Lea - zwei Freundinnen und ein Ehemann

MARKUS NÜSSELER

Lea - zwei Freundinnen und ein Ehemann

ROMAN

Bibliografische Information der Deutschen Nationalbibliothek:
Die Deutsche Nationalbibliothek verzeichnet diese Publikation in der
Deutschen Nationalbibliografie; detaillierte bibliografische Daten sind
im Internet über dnb.dnb.de abrufbar.

© 2022 Markus Nüsseler
Satz, Herstellung und Verlag: BoD – Books on Demand, Norderstedt
ISBN 978-3-7562-1202-6

1

Tim Gerling, der Geschäftsführer des Hotels Best Stay in München, saß vor dem Notebook in seinem Büro und überflog die anstehenden Termine. An erster Stelle interessierte sich Tim für die Belegungsquote der Zimmer in seinem Hotel. Er wollte wissen, wie hoch der Prozentsatz der gebuchten Hotelzimmer in seinem Haus war und öffnete die entsprechende Seite des internen Hotelportals. Mit 64 % war die aktuelle Belegungsquote weit unter den Kapazitäten, die sein Haus an zentraler Lage in München, unweit einer U-Bahnstation, aufbieten konnte. Doch Ende April stand die eigentliche Reisesaison noch bevor. Darum war der Reisebus mit den chinesischen Touristen, die für zwei Nächte im Best Stay ihre Deutschlandtour unterbrachen, hochwillkommen. Die Auslastungsquote wird am Freitagabend auf über 85 % steigen. „Schon besser", dachte Tim. Die Asiaten würden heute gegen 15 Uhr aus Berlin kommend eintreffen. Für die Monate Mai und Juni gab es eine steigende Zahl von Kurzurlaubern, die München als Reiseziel gebucht hatten. Morgen Samstag erwartete der Geschäftsführer gut 50 Seminarteilnehmerinnen, die sich zu einem Seminar im Veranstaltungsraum des Hotels angemeldet hatten. Das für weibliche Teilnehmerinnen gedachte ganztägige Seminar stand unter dem Titel: „Selbstbestimmt zu finanzieller Sicherheit und Wohlstand kommen – Frauenpower beim Geldanlegen." Die Seminarteilnehmerinnen würden zwar - mit Ausnahme der Referentin, die schon heute erwartet wurde - nicht zur Nacht bleiben. Doch die Miete für den Vortragsraum, die Snacks und die Getränke für die Pausen, die er der Finanzagentur in Rechnung stellen konnte, waren eine willkommene Einnahmequelle. Sicherlich würde auch die Bar in der Lobby von der Veranstaltung profitieren. Tim freute sich auch auf das nächste Seminar im Juni, das unter dem Thema stand: „Finanzplanung, Geldanlage und Absicherung für das Alter". Auch dieses Seminar wandte sich an weibliche Investorinnen. Diese Veranstaltung wurde von der gleichen Referentin organisiert und gestaltet. Das letzte Seminar stand im September auf der Agenda, ebenfalls im Hotel Best Stay. „Mein Weg an die Börse – so arbeitet mein Geld gewinnbringend für mich."

Tim war bemüht, seinen Gästen in jeder Hinsicht einen angenehmen Aufenthalt zu ermöglichen. Auch unausgesprochene Wünsche sollten geweckt und nach Möglichkeit erfüllt werden. Dazu zählte zuallererst ein freundliches, zuvorkommendes Willkommen an der Rezeption, verbunden mit dem persönlich formulierten Wunsch, einen angenehmen Aufenthalt zu haben. „Willkommen bei uns. Ich hoffe, Sie fühlen sich wohl im Hotel Best Stay und verbringen eine schöne Zeit in München!" Genau das waren die Worte, die die Mitarbeiterinnen und Mitarbeiter den neuen Hotelgästen bei der Übergabe der Chipkarte für das Zimmer sagen sollten. Tim hatte diese Form der Begrüßung der Hotelgäste im Zusammenhang mit einer hauseigenen Schulung den Mitarbeitern und Mitarbeiterinnen sogar durch ein Rollenspiel nahegebracht und die Form der Begrüßung eingeübt. Jeder Mitarbeiter am Empfang war verpflichtet, mit diesen Worten die Gäste willkommen zu heißen. Tim hatte zwar hintenherum erfahren, dass sich eine Angestellte über diese Vorschrift mokiert hatte. Aber Tim wollte trotzdem an diesem Verfahren festhalten.

Tim war davon überzeugt, dass ein zufriedener Hotelgast am ehesten wieder einmal zurück in das Hotel Best Stay finden würde. Vielleicht postete ein zufriedener Gast auch ein Lob in einem der Hotelportale unter „Bewertungen."

Tim griff nach dem Handy und rief den Mitarbeiter im Facility Management an. „Antonio, ist der Vortragssaal schon bestuhlt?", wollte er wissen. „Sehr gut, danke. Lüftest du morgen früh noch kurz durch, so gegen halb neun? Fein. Danke nochmals."

Der Geschäftsführer stand auf und ging zur Treppe, die ihn zur Rezeption hinunterbrachte. „Slavica, rufen Sie mich an, sobald Frau Hauf zum Check-in kommt? Ich möchte sie persönlich begrüßen."

Slavica war eine hochgewachsene junge Frau mit kroatischen Wurzeln. Sie war von ihrem Platz aufgestanden, als Tim auf sie zukam. Ihre langen braunen Haare hatte Slavica aufgesteckt. Aus dem blassen Gesicht waren zwei braune Augen auf Tim gerichtet. „Was gibt's, Herr Gerling?" – „Morgen ist ja wieder einmal Seminartag. Die Referentin, Frau Hauf, kommt schon heute und übernachtet bei uns. Rufen Sie mich bitte sofort an, sobald sie hier eintrifft! Ich möchte sie persönlich begrüßen. Ich komme dann runter, wenn sie bei Ihnen angekommen ist." Slavica bestätigte verbindlich: „Genau so machen wir das. Gerne, Herr Gerling." An sich kam Tim mit Slavica bestens aus. Er schätzte ihre freundliche, verbindliche Art sehr. Sie war ihm sympathisch. Leider blieben Tims Augen gelegentlich auf Slavicas Mundpartie haften, denn die junge Frau hatte einen leicht schiefen Mund. „Ein Schönheitsfehler", dachte Tim oft. „Dabei ist sie doch ganz fesch!" So unterließ es Tim auch heute nicht, einen Blick auf die langen Beine Slavicas zu werfen, die ein kurzer schwarzer Lederrock freigab.

Tim wollte noch heute mit der Referentin reden. Dabei ging es Tim nicht nur um den persönlichen Kontakt zu einer guten Kundin, sondern auch um die Fortsetzung der bisherigen Partnerschaft mit Frau Hauf und ihrer Finanzberatung. Tim wollte Frau Hauf auf die Termine der Vortragsreihe im nächsten Jahr ansprechen. Er brauchte dringend Kunden, die den Vortragssaal buchten. Falls Frau Hauf und Tim sich darauf einigen könnten, würde er Frau Hauf für die beiden letzten Termine im nächsten Jahr jeweils 5% Nachlass gewähren. Er war gespannt auf das Ergebnis seines Gesprächs mit Frau Hauf.

Tim trat ins Freie und schaute nach oben. Weiße Wolken zogen ostwärts und gaben immer wieder den Blick auf das Blau des Himmels frei. Noch war es kühl. Nur wenige Gäste saßen auf den Stühlen des gegenüberliegenden Cafés im Freien. Als Tim sich umdrehte, sah er Frau Hauf mit ihrem hellblauen Hartschalentrolley auf ihn zukommen. Tim machte ein paar kurze Schritte auf die Referentin zu und reichte ihr die Hand. „Ich freue mich, Frau Hauf, dass Sie uns wieder die Ehre geben. Schön, dass ich Sie treffe. Hatten Sie eine angenehme Reise?" – „Ja, danke." – „Haben Sie viele Anmeldungen für morgen?" – „Mehr als letztes Jahr. Das Interesse an einem persönlichen Management in Gelddingen ist bei gut verdienenden Frauen gestiegen. Ich hoffe, ich kann die Teilnehmerinnen auch für die beiden anderen Tagungen gewinnen."

Tim begleitete Frau Hauf zu Slavica. „Frau Hauf ist jetzt da. Sie kennen sich ja bereits vom letzten Jahr." Slavica war aufgestanden und begrüßte Frau Hauf. „Wir haben wieder das große Zimmer für Sie reserviert." Was Slavica nicht wusste: ihr Chef hatte vor einer halben Stunde eine kleine Flasche Sekt als zusätzlichen Willkommensgruß in das Zimmer von Frau Hauf gestellt. Mit einem Kärtchen: „Herzlich willkommen!" Handschriftlich hatte der Geschäftsführer noch ergänzt: „Für einen angenehmen Aufenthalt. Tim Gerling."

Slavica übergab Frau Hauf die Chipkarte für das Zimmer und sprach: „Willkommen bei uns. Ich hoffe, Sie fühlen sich wohl im Hotel Best Stay und verbringen eine schöne Zeit in München!" Zufrieden nickte Tim. „Hätten Sie noch einen Moment Zeit für mich? Wollen wir uns kurz in die Bar setzen?" Der Geschäftsführer griff nach dem Trolley von Frau Hauf.

Tim winkte dem Kellner und beide setzten sich in die Sitzecke gegenüber der Theke. Der Geschäftsführer sprach die Termine der drei Tagungen im kommenden Jahr an. Frau Hauf rief die Termine für das kommende Jahr im iPad auf. „Ihr Angebot nehme ich gerne mit in die Agentur. Der Rabatt ist verlockend. Sie hören bald von mir." Als beide ausgetrunken hatten, begleitete Tim Frau Hauf noch zum Aufzug.

Als Tim eine Stunde später das Foyer des Hotels betrat, drängte sich die chinesische Reisegruppe schon vor Slavica und ihrer Kollegin. Zufrieden lächelte Tim in sich hinein. Er mochte solche Momente, wenn das Foyer voll von ankommenden Gästen war. Eine erfolgreiche Arbeitswoche ging zu Ende. Erfreut dachte Tim daran, dass er morgen mit Freunden verabredet war. Er hatte am Samstagnachmittag frei und konnte wieder einmal mit seinen Freunden in die Allianz Arena gehen. Die Bayern spielten gegen Schalke 04.

2

Lea Lanzing schob die vor ihr liegenden Blätter zusammen. „Gut. Wir werden den Kreditrahmen zwischen unserer Bank und Ihrem Hotel auf 50000 € erhöhen. Sie haben damit den nötigen Spielraum für Sanierungs- und Instandhaltungsmaßnahmen. Ich werde Ihnen den neuen Vertrag ausdrucken." Lea griff nach dem Vorentwurf, zerriss die Vordrucke und steckte sie in zwei Etappen in den Shredder. Sie machte einige Klicks auf ihrem Notebook und drehte sich zum Drucker um. Jetzt erst fielen Tim die langen schwarzen Haare auf, die Lea Lanzing bis zur Mitte des Rückens reichten. Lea hatte wunderschönes, dichtes schwarzes Haar, das sich von ihrer weißen Bluse kontrastreich abhob und damit besonders gut zur Geltung kam. Jetzt wandte sich die Mitarbeiterin der Bank dem Geschäftsführer des Hotels Best Stay wieder zu. Mit ihrem Zeigefinger wies sie auf die Unterschriftenzeile. Tim nahm den Kugelschreiber entgegen und unterschrieb.

„Jetzt fehlt noch die Unterschrift aus der Konzernzentrale", beschied Lea Lanzing. „Ich gebe Ihnen noch ein Kuvert für die Rücksendung mit. Das Original des Vertrages mit unseren Unterschriften erhalten Sie umgehend per Post, sobald beide Unterschriften von Ihrer Seite bei uns vorliegen."

Lea Lanzing steckte den Vertragstext in den Umschlag und schob ihn in Richtung Tim. Der Geschäftsführer nahm das Kuvert, hob den Kopf und blickte in das mit Rouge geschminkte Gesicht. Er war nicht wenig überrascht, als er feststellte, dass Lea wunderschöne blaue Augen hatte. Sein Blick ruhte auf dem Gesicht seiner Gesprächspartnerin. Tim hielt inne. Er lächelte, senkte seinen Kopf und erhob sich. Als er Lea Lanzing die Hand zur Verabschiedung entgegenstreckte, kostete er noch einmal den Blick in die blauen Augen Leas aus. Halb geschäftlich, halb aus persönlichem Interesse lächelte er Lea Lanzing an, als er sprach: „Wir sind von der Entfernung her schon Nachbarn. Wenn Ihr Weg Sie einmal an meinem Hotel vorbeiführt, kommen Sie ruhig mal zu mir ins Hotel. Gerne offeriere ich Ihnen einen Drink in der Lounge. Seien Sie mein Gast!" Beim letzten Wort drückte er Lea Lanzing die Hand etwas fester.

Die Hände gaben sich frei, und Lea Lanzing meinte: „Danke, Herr Gerling. Mal sehen. Ich wünsche Ihnen noch einen schönen Tag."

Als Tim das Gebäude der Bank verließ, war er erleichtert. Die Sanierungsarbeiten konnten beginnen, sobald er die Unterschrift aus der Konzernzentrale hatte. Er würde das Vertragswerk umgehend zur Unterschrift weiterleiten. Der Austausch der Heizungsanlage war in der Zentrale genehmigt worden. Mit der Erweiterung des Kreditrahmens war die Bezahlung der eingehenden

Rechnungen sichergestellt. Innerhalb dieses Rahmens konnte er die erforderlichen Aufträge an die beteiligten Unternehmen in eigener Regie vergeben.

Die Rücklagen auf dem Betriebskonto des Hotels Best Stay in München waren pandemiebedingt geschrumpft. In sehr guten Jahren konnten erhebliche Mittel für die Modernisierung und Austauschreparaturen zurückgelegt werden. Während der Pandemie war dies nicht möglich gewesen, und Reparaturen waren nicht aus den laufenden Einnahmen, sondern aus den Rücklagen bezahlt worden. Lange genug war das Hotel durch Corona in einen teuren Dornröschenschlaf versetzt worden. Die Einnahmen vielen fast ganz aus. Doch die Fixkosten fielen trotzdem an. Monatelang hatte Tim die Fixkosten durch Entnahmen aus dem Rücklagenkonto bezahlen müssen.

Tim freute sich über die Zunahme der Vorausbuchungen für den Frühling und den kommenden Sommer. Am meisten lachte Tims Herz, wenn nachmittags die ankommenden Hotelgäste vor Slavica und Chiara an der Rezeption Schlange standen.

Die allmähliche Rückkehr zur Normalität hatte auch allen anderen Mitarbeitern des Hotels gutgetan.

Wenigstens jenen, die ihren Arbeitsplatz behalten hatten.

Tim ging in das Büro und bat Frau Müller, die Sekretärin, den Vertrag an die Konzernzentrale weiterzuleiten. Frau Müller war die älteste Mitarbeiterin des Hotels und hatte schon einige graue Haare.

Tim holte sich einen doppelten Kaffee Crema schwarz an der Bar und zog sich in sein Büro zurück.

Er setzte sich an den Schreibtisch. Vor seinem geistigen Auge erschien wieder das Gesicht von Lea Lanzing. „Schwarzes Haar und blaue Augen, sehr ungewöhnlich", dachte Tim. „Aber äußerst apart." Tim gestand sich ein, dass ihm Lea Lanzing gefiel. Sehr sogar. „Schade nur, dass wir nicht persönlich miteinander sprechen konnten."

Tim Gerling war noch ledig. Eine Beziehung, die fast ein Jahr Bestand hatte, war durch seine Freundin gelöst worden. Im Augenblick war Tim Single.

3

Tim war mit seinem Freund Lukas und dessen Freundin Mirela zum Essen verabredet. Die Freunde wollten einen neuen Italiener ausprobieren, der in der Maxvorstadt eröffnet hatte. Tim hatte online einen Tisch reserviert. Der Kellner führte Tim zum Tisch. Er war der erste am Tisch und setzte sich mit dem Rücken zur Wand, damit er Lukas beim Betreten des Lokals ein Zeichen geben konnte. Obwohl die Uhr noch nicht einmal halb sieben Uhr anzeigte, waren nur noch wenige Tische frei. Es machte Tim Spaß, neue Lokale aufzusuchen. Vielleicht konnte er seinen Stammlokalen, denen es in München einige gab, ein weiteres hinzufügen? Tim freute sich immer, wenn er beim Betreten des Lokals mit seinem Namen begrüßt wurde. Er war in seinem Hotel zwar nur Geschäftsführer, ein Angestellter, der die Abläufe koordinierte, kleinere und größere Aufträge an Partnerfirmen des Hotels vergab und überprüfte, sich gelegentliche Beschwerden der Hotelgäste anhörte und eine für alle zufrieden stellende Lösung ermöglichte. Viele ganz unterschiedliche Tätigkeiten hielten den Betrieb am Laufen. Ganz am Anfang, als er seine neue Stelle im Hotel Best Stay angetreten hatte, war ihm der hohe Anteil an organisatorischen Tätigkeiten aufgefallen. Ständig musste er zum Telefon greifen, E-Mails lesen, beantworten und neue schreiben, die Mitarbeiterin im Sekretariat aufsuchen und nach einem Mitarbeiter im Facility Management rufen. Auch die Damen an der Rezeption beanspruchten seine Aufmerksamkeit.

Auf der Hotelfachschule hatte Tim nie die Idee gehabt, dass der Betrieb eines Hotels so viel Organisation und Koordination erforderte.

Wenn es in der Eingangshalle des Hotels sehr ruhig war, verweilte er gelegentlich bei Slavica oder ihrer Kollegin Chiara zu einem Gespräch.

Tim schaute auf und sah, dass Lukas und Mirela die Osteria betraten. Er hob seine Hand und machte mit einem Zeichen auf sich aufmerksam.

„Du bist also Mirela. Lukas hat mir von dir schon einiges erzählt. Ich freue mich, dich kennenzulernen." Tim streckte der jungen Brünetten mit dem Pferdeschwanz die Hand entgegen. Mirela lächelte: „Du bist also der Freund von Lukas mit dem Hotel, nicht wahr?" – „Ja, der bin ich. Auch wenn es nicht mein Hotel ist!" Tim lachte. „Alter Schwede!" Lukas war Mitte 30, etwa in er Größe von Tim, jedoch etwas breiter gebaut. Er hatte Tim den Arm auf die Schulter gelegt, währenddessen er die andere Hand seinem Freund entgegenstreckte. Lukas hatte dunkles, dichtes Haar, das kurzgeschnitten war. Ein Lachen erschien auf seinem breiten Gesicht.

Tim bot dem Paar den Platz an der Wand an. „Ich setze mich mal auf die andere Seite. Dann habt ihr den Blick in das Lokal."

Der Kellner brachte die Speisekarten. Lukas wollte mit seiner Freundin eine Platte Antipasti Misti teilen. Tim hatte sich für gegrillte Paprikaschoten als Vorspeise entschieden. „E dopo?" fragte der Kellner. Lukas und Mirela wurden bei Pizza fündig. Tim bestellte Saltimbocca alla Romana.

„Wie ich sehe, bist du noch immer Single," begann Lukas. „Du bist doch in deiner Arbeit immer wieder unter Frauen. Da muss doch auch eine dabei sein, die jung und fesch ist. Und da findest du keine, die dir gefällt?" Lukas zog die Augenbrauen hoch. „Ich habe dich doch neulich im Hotel abgeholt, als wir in die Allianz Arena gingen. Da sind doch zwei an der Rezeption, die ganz fesch sind?" – „Du meinst Chiara und Slavica? Ja, mit Slavica komme ich ganz gut klar. Eine nette junge Frau! Aber weißt du, mit weiblichen Angestellten möchte ich nichts anfangen, so hübsch sie auch sein mögen. Ich möchte Privates und Geschäftliches trennen." Ein breites Grinsen zeigte sich auf dem Gesicht von Lukas. „Dann müssen wir dir etwas nachhelfen. Tim! Es gibt so viele nette Frauen in München!" Dabei schaute Lukas ganz verliebt Mirela an.

„Weißt du Tim, Lukas und ich wollen nachher noch in die Stella Bar zum Tanzen gehen. Komm doch einfach mit?" Mirela schaute Tim fragend an. „Die Stella Bar? Wo ist denn die?" – „Gar nicht weit. In der Nähe der

Münchner Freiheit." Tim überlegte kurz. „Na ja, warum nicht?"

„Wir haben noch etwas Zeit. Zu früh ist dort nichts los. Wollt ihr noch etwas trinken?" Lukas gab dem Kellner ein Zeichen. Tim entschied sich für Kaffee, Lukas und Mirela blieben beim Rotwein. „Sag mal, Mirela, was machst du beruflich?" – „Ich habe BWL studiert. Mit Master. Momentan arbeite ich bei einem Personaldienstleister." – „Es ist nicht leicht, eine Stelle zu finden, die zur Ausbildung passt. Es sind zu viele Hochschulabsolventen auf dem Arbeitsmarkt. Und alle wollen einen Job. Für viele Unternehmen in der Wirtschaft ist das ein Vorteil. Die Anzahl der Bewerber auf eine einzelne Stelle ist riesig. Für jene, die die Uni verlassen, ist es hingegen schwierig. Und viele Unternehmen machen sich das zunutze, indem sie nur befristete Arbeitsverträge anbieten", erklärte Lukas. „Und du, Tim, bist du mit deiner Stelle zufrieden?" Fragend richteten sich zwei Augenpaare auf Tim. „Ja, sehr. Ich bin auch dankbar dafür, dass mein Arbeitsvertrag unbefristet ist. Und meine Mitarbeiter sind motiviert. Von anderen, die mit mir abgeschlossen haben, habe ich schon ganz anderes gehört." Tim wischte sich mit der Serviette über den Mund.

Gegen zehn Uhr brachen die drei Freunde auf.

Als sie in Schwabing vor der Stella Bar ankamen, kam das Nachtleben allmählich in Gang. Sie fanden einen Eckplatz unter der Spiegelwand. Lukas bestand darauf, dass diesmal Tim mit dem Blick auf die Tanzfläche zum Sitzen kam. Die Discomusik war schmissig und laut. Der persönliche Austausch mit Worten erstarb. Schon zog Lukas die hübsche Mirela auf die Tanzfläche. Beide ließen sich von einem ungestümen Bewegungsdrang leiten. Später, als die Melodien inniger, langsamer wurden, schmiegten sich Lukas und Mirela eng aneinander. „So schön kann Liebe sein," dachte Tim.

Nachdem er auch mit Mirela getanzt und ihr schweres Parfüm aufgenommen hatte, wollte Tim sich frisch machen gehen. Sein Weg führte ihn an der Bar vorbei, die im hinteren Teil des Lokals auch Plätze an der Theke anbot.

Auf dem Weg zurück blieben seine Augen an einer jungen Frau haften, deren lange schwarze Haare ihm auffielen. Jetzt drehte sich die junge Frau zu ihrer Begleiterin neben sich um. Damit konnte Tim ihr Gesicht seitlich von vorne sehen. Seine Schritte wurden langsamer. Kein Zweifel, die fesche Frau auf dem Barhocker war Lea Lanzing. Sie trug einen roten Pullover und eng anliegende modische Jeans, die in roten Pumps steckten. Tim blieb stehen. War das die Gelegenheit, zu Lea Lanzing privat in Kontakt zu kommen?

Lea war nicht entgangen, dass Tims Augen auf sie gerichtet waren. Sie hatte sich Tim zugwandt. „Hallo Frau Lanzing", brachte Tim hervor. „Ach Herr Gerling! Sie hier in der Disco! Gerade hier hätte ich Sie nicht erwartet!" Ein überraschtes Grinsen war über Leas Gesicht gehuscht. Tim hatte mittlerweile Leas Begleiterin mit einem freundlichen Nicken bedacht. „Darf ich meine Einladung auf ein Getränk wiederholen? Da Sie im Hotel noch nicht vorbeigekommen sind, mache ich das hier an der Bar. Was darf ich für Sie bestellen?" – „Wenn Sie darauf bestehen – ein Glas Sekt wäre mir recht." Da wandte sich Leas Begleiterin um. Sie war blond und trug ihre Haare aufgesteckt. „Ich lasse euch mal allein", sagte sie zu Lea. Als sie sich umdrehte und sich vom Barhocker gleiten ließ, nahm Tim ihr mädchenhaftes, fast kindlich wirkendes Gesicht mit den tief liegenden Augen kurz wahr. Sie war schlank und großgewachsen und trug ein kurzes Kostüm mit Blumenmustern. Dadurch wirkte sie nun doch ausgesprochen weiblich. Das Kindliche in ihrem Gesicht verschwand, als sie vor Tim an der Theke stand.

Tim machte dem Barkeeper ein Zeichen und bestellte zwei Gläser Sekt. „Darf ich?" Mit diesen Worten eroberte Tim den Barhocker neben Lea Lanzing. Tim versuchte, mit Small Talk Lea Lanzing näher zu kommen. „Sind Sie öfters hier?" – „Carmen hat mir die Stella Bar letztes Jahr gezeigt. Ab und an gehe ich mit Carmen hierher. Die Musik ist recht flott hier. Ich finde, der DJ macht seine Sache ganz gut. Carmen tanzt sehr gerne. Ich glaube, sie kommt auf dem Parkett besser auf ihre Kosten als hier an der Theke der Bar." Der Kellner stellte die Sektkelche vor Lea und Tim. Sie prosteten sich zu. Tim scannte Leas Gesicht mit seinen Augen. Bei dem Dämmerlicht in der Bar kam das Blau in Leas Augen nicht zur Geltung. „Sind Sie allein gekommen?", wollte Lea Lanzing wissen. „Nein. Dort drüben sitzen Freunde von mir." Tim markierte mit seinem Kopf die Richtung, in der Lukas und Mirela saßen. Sofern sie nicht tanzten. Denn Mirela tanzte leidenschaftlich gerne.

„Ich finde zu tanzen ist eine schöne Abwechslung zu unserem Alltag. Tanz ist eine Bereicherung für unser Leben. Sehen Sie das auch so, Frau Lanzing?" – „Eine prima Abwechslung zur Büroarbeit ist es auf jeden Fall."

Lea sah Tim fragend an. „Würden Sie mit mir tanzen?" fragte Tim. Einen kurzen Moment war er über seine Frage selbst überrascht. Lea nahm das pragmatisch. „Warum nicht? Wenn es Ihnen eine Freude macht?" Lea hatte ihren Kopf zu Tim gedreht und dabei leicht angehoben. Durch das Licht, das von den starken Leuchten von oben auf die Theke fiel, konnte Tim das Blau in Leas Augen aufnehmen. „Was für wunderschöne Augen!" Schon zum zweiten Mal prägte sich diese Wahrnehmung in Tim ein.

Ganz Kavalier, bot Tim Frau Lanzing die Hand, als sie sich vom Barhocker gleiten ließ.

Auf drei wilde Rhythmen folgten einige langsame Klänge, die den Übergang zu Paartänzen markierte. Tim bot Frau Lanzing die Hand, und wenig später spürte Lea Tims Arm an ihrem Rücken. Sie ließ Tim führen.

Nur zu bald waren die innigen Melodien zu Ende. Frau Lanzing beugte sich vor und brüllte etwas in sein Ohr, das Tim als das Zeichen zur Rückkehr an die Bar deutete. „Sie sind ein guter Tänzer!" Mit diesem Lob hatte Tim nicht gerechnet. Er spürte das Dopamin in seinem Körper.

Carmen war an den Tresen zurückgekehrt. Sie saß wieder auf ihrem Platz. Zum Glück war neben Frau Lanzing ein Barhocker frei geworden. Tim kletterte hoch. „Möchten Sie noch etwas trinken?" Lea Lanzing bejahte, und als sie wieder anstießen, meinte Frau Lanzing: „Wollen wir nicht du sagen?" Sie streckte Tim den Sektkelch entgegen: „Lea." – „Tim." Jetzt meldete sich Leas Freundin: „Und was ist mit mir?" Vorwurfsvoll blickten ihre Augen in Tims Gesicht. „Das machen wir ganz korrekt. Auf das Du stoßen wir an! Mit Sekt, ist das okay?" Tim bestellte ein drittes Glas für Carmen. Als jeder ein Glas in der Hand hatte, hob Tim seinen Kelch und prostet auch Carmen zu. Prost Carmen!" Jetzt war auch Carmen mit von der Partie, und bald stellte Tim fest, dass Carmen überaus gewitzt und geistreich war. Lea lachte mit, aber die Pointen hatte immer Carmen geliefert.

Noch einmal konnte Tim mit Lea den Weg auf die Tanzfläche antreten. Gegen halb ein Uhr wollten Lea und Carmen aufbrechen. Carmen war vom Barhocker geglitten und stellte keck fest: „Die Lea kann ich dir nicht überlassen, denn sie schläft heute Nacht bei mir."

„Schön war es!" Tim sah Lea lange in die Augen. Auf der Straße, bei der Verabschiedung, sagte Tim, als er Lea die Hand gab: „Über ein Wiedersehen würde ich mich freuen."

Beschwingt kehrte Tim in die Stella Bar zurück. Der Weg zurück führte ihn an der Tanzfläche vorbei. Eng umschlungen sah er Lukas mit Mirela tanzen. „So würde ich auch gerne mit Lea tanzen", sann er vor sich hin.

4

Lea und Carmen waren nicht die einzigen Discobesucher auf dem Weg zum U-Bahnhof Münchner Freiheit. Indessen strömten den beiden Freundinnen immer noch Grüppchen und Pärchen feierfreudiger junger Leute entgegen, die in die noch junge Disconacht eintauchen wollten. Vor der Treppe zum Zwischengeschoß der U-Bahn stand ein Pärchen in inniger Umarmung. Ihre Gesichter einander mit geschlossenen Augen zugewandt, ergaben sie sich ganz dem Spiel ihrer Zungen.

Als sich Lea und Carmen am Bahnsteig gegenüberstanden, wollte Carmen von Lea wissen: „Woher kennst du eigentlich Tim?" Lea lächelte süffisant, als sie meinte: „Tim will Geld von mir!" Carmen, die schon etwas angeheitert war, entgegnete mit großen Augen: „Und du lässt dich wieder ausnützen! Pass bloß auf mit deiner Gutmütigkeit! Denk daran, wie das mit deinem Ex war! Reicht dir das noch nicht?" Ein herzhaftes Lachen erfasste Lea. „Er will das Geld doch nicht von mir. Es geht um einen Kredit von der Bank. Damit du es genau weißt: meine Bank hat den Kreditrahmen für Tims Hotel erhöht. " Jetzt musste auch Carmen lachen. Gut gelaunt puffte sie ihre Freundin in den Arm. „Tim sah ja auch nicht danach aus, als ob er knapp bei Kasse wäre. Er hat uns reichlich Sekt spendiert. Gefällt er dir?" – „Tim ist ganz nett. Als du auf der Tanzfläche warst, haben wir uns gut unterhalten. Er hat sich für meine Arbeit interessiert, sogar Einzelheiten über die Arbeit in der Kreditabteilung haben ihn neugierig gemacht. Und er ist ein guter Tänzer." – „Wirst du Tim wiedersehen?" bohrte Carmen.

„Mal sehen. Er hat mich schon in der Bank auf einen Drink in seine Hotelbar eingeladen. Aber mit Kunden lasse ich mich sonst nie ein." – „Jetzt, nach einem Abend an der Bar, nachdem ihr euch privat unterhalten habt und sogar miteinander getanzt habt, ist er doch kein Kunde mehr für dich. Aber Lea!" Darauf gab Lea keine Antwort.

Nach dem gemeinsamen Tanz war Tim für Lea nicht mehr der Kunde der Kreditabteilung. „Doch, Tim ist wirklich nett", dachte Lea für sich selbst. Tim hatte sich für sie interessiert, hatte ihr gerne zugehört. Als sie in der U-Bahn nach Giesing saß, rätselte sie, ob Tim sich bei ihr melden würde. Würde Tim mit ihr noch einmal ausgehen wollen?

In Giesing Bahnhof stiegen Carmen und Lea aus. Carmen hatte eine kleine 2-Zimmer Wohnung in der Perlacher Straße, unweit des Giesinger Bahnhofs. Lea selbst wohnte am Ortsrand von Dachau in einem Neubaugebiet. Da die Busse, die vom S-Bahnhof Dachau Stadt aus die verschiedenen Stadtteile bedienten, nach Mitternacht nicht mehr fuhren, war Lea froh, dass sie bei Carmen zur Nacht bleiben konnte. Das geschah immer wieder. So hatte Lea in Carmens Badezimmer einen eigenen Kulturbeutel mit Zahnbürste, Rouge, Lippenstift und weiteren Utensilien für die Kosmetik. Lea war glücklich darüber, dass sie während ihrer Ausbildung Carmen kennengelernt und sich mit ihr angefreundet hatte. Carmen, die unternehmungslustige und lebensfrohe Blondine, fast ein Gegenpol zu der ernsten und zurückhaltenden Lea. Carmen hatte Lea vorgeschlagen, mit ihr zum Tanzen zu gehen. Und dank Carmens Vorschlag hatte sie Tim in der Bar getroffen, sich mit ihm glänzend unterhalten und mit ihm getanzt. Ein wunderbarer Abend war eben zu Ende gegangen.

Lea lag schon auf der Couch im Wohnzimmer und strich gerade die Decke glatt, als Carmen aus dem Bad kam und auf dem Weg in ihr Schlafzimmer rief: „Schlaf gut und träum süß von deinem Verehrer Tim!"

5

Tim saß in seinem Büro im Hotel und sah die E-Mails durch. Er freute sich, dass Frau Hauf von der Vermögensberatung für Frauen auf sein Angebot eingegangen war. Ihre Vermögensberatung wird nächstes Jahr wieder drei Veranstaltungen in Tims Hotel durchführen. Am Schluss der Mail las Tim den Satz: „Danke nochmals für die perfekte Organisation und die persönliche Betreuung während der Veranstaltung." – „Dann haben wir alles richtig gemacht", dachte Tim. Die Leistungen des Hotels hatten die Erwartungen des Veranstalters erfüllt, und die Teilnehmerinnen hatten sich wohlgefühlt. Tatsächlich hatte Tim nicht nur der Veranstalterin, Frau Hauf, persönlich ein freundliches Willkommen bereitet, sondern als Geschäftsführer des Hotels hatte Tim auch während der Pausen zwischen den Vorträgen Präsenz gezeigt, hatte Frau Hauf gefragt, ob alles zu ihrer Zufriedenheit verlief. Auf dem Weg zurück in sein Büro hatte er sich sogar einmal bei einem Stehtisch während der Kaffeepause dazugestellt, den Damen zugenickt und dem Gespräch zugehört. Eine Teilnehmerin des Seminars war offenbar der Meinung, er sei von der „Vermögensverwaltung für Frauen", denn sie hatte ihn gefragt, wie hoch der Anteil der Geldanlagen in den Emerging Markets im Wertpapierdepot sein sollte. Tim, der inkognito bleiben wollte, meinte salomonisch auf diese Frage: „Die Emerging Markets dürfen Sie auf keinen Fall unterschätzen. Die gehören in ein gut diversifiziertes Depot." Damit war alles und gleichzeitig nichts gesagt. Die Frage, wie viele Prozent von dem Geld in den Emerging Markets angelegt werden sollten ebenso wie die Frage nach den bevorzugten Regionen oder die Frage, ob aktiv oder passiv verwaltet, blieben mit Tims Antwort unbeantwortet. Trotz dieser nichtssagenden Antwort hatte sich die Dame im besten Alter, sicher eine gestandene Frau in ihrem Beruf, vielleicht eine Anwältin oder gar eine Ärztin, für Tims Antwort mit einem wohlwollenden Blick und verbindlichen Worten bedankt. Auf dem Rückweg in sein Büro war Tim der Slogan einer Bank eingefallen. „So einfach geht Geldanlage." Beinahe hätte er über die Situation am Stehtisch gelacht.

Durch die Mail, die er eben gelesen hatte, war ihm all dies wieder präsent.

Da fiel ihm plötzlich Lea ein. Was hätte die fesche Mitarbeiterin einer Bank zu dieser Frage gesagt?

Tim machte die E-Mail von Frau Hauf zu und in seinen Gedanken war er wieder bei dem Abend, den er mit Lea in der Bar verbracht hatte. Tim wollte Lea wiedersehen, unbedingt. Aber auf welchem Weg sollte er ein neues Date vorschlagen, und welchen Ort dazu auswählen? Das war ihm noch unklar.

Das Telefon klingelte. Slavica teilte mit, dass der Tankwagen mit dem Heizöl eben vorgefahren sei. Antonio war schon auf dem Weg nach draußen. Er musste den Zugang zum Öltank mit dem Schlüssel öffnen und dem Fahrer zeigen, wo der Schlauch des Tankfahrzeugs anzubringen war. Tim verließ sein Büro und machte sich auf den Weg zum Hoteleingang. Er kannte den Fahrer von der letzten Lieferung. „Sollen wir voll machen?" fragte der Fahrer. Tim bejahte. Gegen Ende der Heizperiode fielen die Ölpreise leicht. Entscheidenden Einfluss auf den Lieferpreis hatte jedoch nicht die inländische Nachfrage nach Heizöl, sondern der Preis am internationalen Markt für Rohöl. Dieser wurde von weltpolitischen Faktoren ebenso beeinflusst wie von der Fördermenge, die die OPEC dem Weltmarkt zur Verfügung stellte. Um auf der sicheren Seite zu sein, war Tim ein voller Öltank sympathischer als ein halb leerer.

Als Tim wieder an der Rezeption vorbeikam, gab ihm Slavica die Post mit. Das DIN 5-Kuvert fiel durch das Logo des Inhabers auf. Als Tim das Kuvert an seinem Schreibtisch öffnete, erkannte er den neuen Rahmenvertrag mit der Unterschrift seitens der Direktion zur Erhöhung des Kreditvolumens, das Leas Bank seinem Hotel gewähren wollte. Jetzt war der Vertrag perfekt und er konnte ihn an die Kreditabteilung der Bank weiterleiten. Merkwürdig war nur, dass die Konzernzentrale das Kuvert mit der Empfängeradresse der Bank nicht verwendet hatte und stattdessen den unterschriebenen Vertrag ihm persönlich wieder zugesandt hatten. War das ein Wink des Schicksals mit dem Zaunpfahl? Sollte er den Vertrag persönlich in der Kreditabteilung vorbeibringen und bei dieser Gelegenheit Lea wiedersehen und sie dann zu einem Essen einladen?

Tim dachte kurz nach. „Nein. Der Vertrag ist das eine, eine Einladung an Lea auszusprechen ist das andere."

Tim war aufgestanden. Etwas unschlüssig ging er in seinem Büro auf und ab. „Jetzt probiere ich es einfach mal. Ich werde Lea anrufen!"

Tim nahm den Vertrag mit der Bank zur Hand und las oben rechts: „Kreditabteilung, Ihre Ansprechpartnerin:

Lea Lanzing", und wählte mit klopfendem Herzen die angegebene Nummer.

„Lanzing", hörte er Lea sprechen. „Grüß dich Lea. Hier ist Tim Gerling, Tim, aus der Disco." – „Ach du, Tim?" Der fragende Ton in Leas Stimme machte Tim unsicher. Er fasste all seinen Mut zusammen und ergriff die Initiative. „Lea, die Stunden mit dir letzten Freitag habe ich genossen. Es war schön mit dir! Vielleicht können wir in Ruhe noch einmal miteinander reden. Wo es nicht so laut ist." – „Jaa…" Lea hatte etwas gedehnt zugestimmt. War sie unsicher oder nur neugierig auf seinen Vorschlag? Was bedeutete das langgestreckte „Jaa?" Noch einmal fasste Tim allen Mut und wurde deutlicher. „Ich würde dich gerne mal zum Essen ausführen, vielleicht abends nach der Arbeit. Was hältst du davon?" - „Ja gerne. Was schlägst du vor?" – „Ich würde dich gerne vor der Bank abholen. Was ist dir lieber: Donnerstag oder Freitag?" – „Donnerstag passt mir gut." – „Fein. Ich freue mich. Bis Donnerstagabend, 18 Uhr, vor der Bank." Tim und Lea hatten ein Date.

Als Tim eingehängt hatte, entwischte ihm halblaut ein Ausruf der Freude: „Super!" Ein breites Grinsen erschien auf seinem Gesicht. Der erste Schritt war getan. Die junge Frau, die ihm so gut gefiel und mit der er sogar getanzt hatte, war bereit, mit ihm essen zu gehen! Eine Mischung aus Stolz und Glücksgefühl ergriff Tim.

Doch wohin sollte er Lea zum Essen ausführen? Tim kannte weder Leas Geschmack noch ihre Lieblingsküche. Bevorzugte Lea scharfe Gerichte, asiatische Küche oder mediterranes Essen? Italienisch, kroatisch, oder griechisch? Oder mochte sie gehobene internationale Küche? Wäre ein Steakhaus eine gute Wahl?

„Mist! Hätte ich bloß einen konkreten Vorschlag gemacht! Dann hätte ich an Leas Reaktion ablesen können, ob ich richtig lag." Tim nahm sich vor, nochmals in Ruhe darüber nachzudenken und dann am Abend einen Tisch reservieren zu lassen.

Tim griff nach dem Kreditvertrag, faltete ihn und zog aus der Schreibtischschublade ein Kuvert. Er trug den Namen der Bank ein, ergänzte es mit „Kreditabteilung, Frau Lea Lanzing" und vervollständigte die postalische Anschrift. Er verschloss das Kuvert. Er wollte es mittags in den Briefkasten bei der Bankfiliale einwerfen.

Das Vertrauen der Kreditabteilung hatte sein Hotel, das war nun vertraglich geregelt. „Werde ich auch Leas Vertrauen, mehr noch, ihr Herz für mich gewinnen können?"

6

Obwohl der Sommer noch nicht angebrochen war, hatte Tim sich für seinen weißen Anzug entschieden. Der graue Anzug erschien ihm zu geschäftsmäßig, der dunkelblaue zu offiziell und der schwarze Anzug passte zum Anlass ganz und gar nicht. Im weißen Anzug und bunter Krawatte, in der rechten Hand eine steife Tüte aus der Konditorei mit Pralinen, stand Tim vor dem Eingang der Bank und wartete auf Lea. Er war fast zehn Minuten zu früh gekommen. Da kam auch schon Lea, fünf Minuten zu früh, im blauen Businesskleid. Darüber trug Lea eine schwarze Lederjacke. Freudig begrüßte Tim seine Angebetete: „Hallo Lea. Schön dass du kommst. Geht es dir gut?" Lächelnd gab Lea Tim die Hand. „Hallo Tim. Danke für die Einladung. Ja, mir geht es gut." Zur Bekräftigung hatte Lea mit dem Kopf genickt. „Ich habe leider nicht gefragt, welche Küche deinen Geschmack trifft. Ich möchte dir deshalb das „Ristorante Alla Borsa" vorschlagen. Sie haben neben italienischen Spezialitäten auch internationale Gerichte. Ist das für dich okay?" – „Gerne. Solange wir nicht den ganzen Abend über Berufliches reden. Du weißt ja, ich arbeite in einer Bank." Lea lachte, und als Tim das Lächeln seiner Begleiterin wahrnahm, dachte er: „Wie hübsch ist doch Lea, wenn sie lacht!"

Als Tim seiner Begleiterin im Lokal die Lederjacke abnahm, staunte er, wie gut das blaue Kleid Lea stand. Als er Lea gegenübersaß, begann er das Gespräch mit den Worten: „Das blaue Kleid steht dir ausgezeichnet. – Wie war dein Tag?" – „Danke, gut. Ist dein Hotel zurzeit ausgebucht?" – „Leider nein, aber wir haben mehr Vorausbuchungen als letztes Jahr. Das sagt allein aber noch nichts aus über die Belegungsquote. Viele Gäste buchen ihr Zimmer ganz kurzfristig. Wir stellen fest, dass das ein neuer Trend ist."

Der Kellner kam und nahm die Bestellungen entgegen. Lea entschied sich für das rosa gebratene Roastbeef, währenddessen Tim sich für den Burger mit den Kartoffelecken entschied.

Nach dem Essen gelang es Tim, Lea noch für einen weiteren Schoppen Wein zu gewinnen. Tim war neugierig, mehr Privates von Lea zu erfahren, und er war froh, dass die so fesche Frau mit dem hübschen Gesicht, aus dem strahlend blaue Augen ihn ansahen, sich im Gespräch immer mehr öffnete. Lea wirkte – anders als die lustige und gewitzte Carmen – eher zurückhaltend, in sich ruhend. Eben erfuhr Tim, dass Lea eine kleine Wohnung am Stadtrand von Dachau hatte und gelegentlich bei ihrer Freundin Carmen in Giesing übernachtete, wenn sie mit ihrer Freundin ausging. „Ich bin wirklich froh, dass ich die Carmen kennengelernt habe und dass sie meine beste Freundin geworden ist. Was wäre ich ohne Carmen?" Lea trank einen Schluck Wein. Tim erfuhr noch, dass Lea am Wochenende gelegentlich ins Fitnessstudio ging und regelmäßig ihre Eltern in Erding besuchte.

„Und die Arbeit in der Bank – wie kommst du damit klar, dass du so viel mit Geld und Zahlen zu tun hast? Ist das alles nicht irgendwie trocken?" Lea hob den Kopf und schaute auf. Leas große blaue Augen ruhten auf Tims Gesicht, als sie sprach: „In der Kreditabteilung habe ich immer mit Menschen zu tun, die wir mit unserem Geld unterstützen. Ich muss mir ihre Situation, ihr Geschäft, genau ansehen, überlegen, ob wir an der Seite des Unternehmers in das Risiko gehen können. Ich muss mich in sie hineinversetzen und herausfinden, welche Chancen sie im Markt haben und ob ich der Geschäftsleitung die Kreditvergabe empfehlen kann oder nicht. Ich lerne die Antragsteller auch persönlich kennen." Lea senkte ihren Kopf.

Gespannt war Tim Leas Ausführungen gefolgt. Was Lea darstellte, traf so auch auf ihn und sein Hotel zu. Er war in seiner Eigenschaft als Kreditnehmer vor drei

Wochen Lea gegenübergesessen. Jetzt saßen sie sich in vertraulicher Atmosphäre bei einem Glas Wein gegenüber… Nie hätte Tim bei seinem ersten Kontakt mit Lea von einem so schönen Abend zu träumen gewagt… mit Lea!

„Und so haben wir uns kennengelernt. Und jetzt sitzen wir hier bei einem Glas Wein." Tim griff den Gesprächsfaden Leas auf. Lea blickte wieder auf, und ihre Blicke ruhten ineinander. Tim versank in den blauen Augen Leas. Er überlegte, was er Lea in diesem Augenblick sagen wollte. „Ich finde es schön, so wie es jetzt ist", brachte er endlich hervor. Ein Lächeln huschte über Leas Gesicht. War das eine Zustimmung?

Auch Tim war aus sich herausgegangen, hatte berichtet, dass ihm der Umgang mit seinen Gästen Freude bereitete. Er hatte es geschafft, Lea den Eindruck zu vermitteln, dass er gerne Geschäftsführer in dem Hotel war und auch zu seinen Mitarbeitern ein gutes Verhältnis hatte. Mit Umsicht leitete er die Geschicke eines bekannten Hotels in der Münchener Innenstadt.

Diesen Eindruck nahm Lea mit, als sie sich trennten. Mit einem Lächeln reichte Lea Tim die Hand. „Danke für das Essen und den schönen Abend." Tim hielt Leas Hand fest, als er sagte: „Es war schön mit dir. Wollen wir uns wieder einmal treffen?" – „Das können wir machen. Ja!"

Das Ja, mit dem Lea sich von Tim verabschiedete, war diesmal nicht gedehnt.

Ein letztes Mal ruhten ihre Blicke ineinander. Dann gaben sich ihre Hände frei.

7

Lea saß in der S-Bahn nach Dachau. Sie war in Gedanken bei dem Abend mit Tim. „Tim ist nett, sympathisch. Und er interessiert sich für mich." Dieser Gedanke hinterließ ein wohliges Gefühl in Lea. Tim hatte von sich erzählt, von seiner Verantwortung, die er gegenüber dem Eigentümer des Hotels hatte, von seinem Kontakt zu den Gästen und den Angestellten. Es schien Lea, dass er seinen Job gut und mit Herzblut machte. Und er hatte ihr gerne zugehört, hatte auch Fragen zu ihrem Beruf und ihrem Leben gestellt.

Es war ein angenehmes Gespräch in entspannter Atmosphäre gewesen. Dass Tim ein persönliches Interesse an ihr hatte, war Lea klar geworden. Schon durch seine Art, ihr zuzuhören. Und er wollte sie wiedersehen!

Lea war froh, dass Tim keine weiteren Erwartungen mit diesem ersten Date verbunden hatte. Weder hatte er den Abend durch den Wechsel des Lokals verlängern wollen, noch hatte er sich ihr aufgedrängt, sie nach Hause bringen wollen.

„Was sage ich bloß Carmen über unser erstes echtes Date?" In Gedanken hörte sie schon Carmens neugierige Fragen: „Wie ist denn Tim so? Habt ihr euch geküsst? Bist du zu ihm nach Hause gegangen?" Die letzte Frage aus dem Mund von Carmen bedeutete nichts weniger als: „Hast du mit ihm geschlafen?"

So gut kannte Lea ihre Freundin Carmen. Ihre Freundin war eine Draufgängerin. Sie wollte das Leben hier und jetzt. Gelegenheiten beim Schopf packen. Den Moment voll auskosten. Ein Ja ging Carmen viel leichter über die Lippen als der zurückhaltenden, bedächtigen Lea. So unterschiedlich Carmen und Lea auch waren, sie waren beide dicke Freundinnen. Bei all den Unterschieden in ihren Ansichten und ihrer Wesensart, beide mochten sich gegenseitig. Und gegenseitig gestanden sie sich das Recht zu, es anders zu machen. So, dass es stimmig war, dass es passte. Carmen akzeptierte Lea so wie sie war, und Lea nahm Carmen so an, wie sie sich gab. Manchmal war Lea auf Carmens unbeschwerte, lebensfrohe Art fast neidisch.

Für Lea war der Abend mit Tim stimmig gewesen. Es war schön gewesen, und sie waren auseinandergegangen mit der Vorfreude auf ein Wiedersehen.

8

Lukas rief Tim an wegen eines Fußballspiels in der Allianz Arena. „Gehst du übernächsten Samstag mit?" Tim verfolgte die Spiele der Bundesliga mit Interesse und sympathisierte mit den Bayern. Sonntagabend verfolgte er stets die Sportschau am Fernsehen. Aber momentan war sein Kopf nicht frei für Fußball. „Lukas, es freut mich, dass du mich dabeihaben möchtest, wenn die Bayern ein Heimspiel haben. Aber ich habe etwas anderes vor. Ein andermal gerne wieder." - „Aha, triffst du dich mit deiner neuen Flamme?" Tim war verletzt. Das Telefonat dauerte nicht mehr lange. Um nicht unhöflich zu sein, fragte er nach Mirela. „Geht Mirela mit dir ins Stadion?" – „Leider nein. Darum habe ich ja dich gefragt, ob du mich begleiten willst.

Jetzt werde ich halt Max fragen." – „Sag Mirela schöne Grüße von mir. Tschüss!"

„Lea ist für mich keine Flamme. Wie denkt denn Lukas über mich?" So dachte Tim, nachdem er das Handy wieder auf den Tisch gelegt hatte.

Die Erinnerung an den Abend mit Lea wurde in Tim wach. Ein warmes Gefühl ergriff ihn. Nein, nicht Fußball. Er wollte Lea.

Tim überlegte. Was könnte er Lea für das nächste Treffen vorschlagen? Neulich, als er in das Büro der Tourist Information am Marienplatz ging, hatte er eine kleinere Anzahl von Prospekten für die Hotelgäste mitgenommen. Mit Lea einen Teil Münchens entdecken, der für beide noch fremd war? Eine Stadtführung, z.B. eine von den sogenannten Obskuren Touren? Oder eine Fahrt mit Lea in der Rikscha? Eine geführte Besichtigung der Residenz? Mit Lea ins Kino, danach in die Bar? Was gefällt Lea, woran hat sie Freude? Die Entscheidung darüber war gar nicht so einfach. So vieles wusste er noch nicht über Lea. Es gab noch viel an der jungen Frau, die sein Herz gewonnen hatte, zu entdecken. Das machte die junge Liebe so reizvoll.

Tim stand auf und ließ sein Büro hinter sich zurück. Manchmal stand er von seinem Schreibtisch auf und machte eine Runde durch sein Hotel. Als kleine Pause von der Schreibtischarbeit. Heute fuhr er erst mal mit dem Lift in die fünfte Etage. Sein Rundgang führte ihn an einigen offenen Zimmertüren vorbei. Das war das Zeichen dafür, dass die Hotelgäste den Check-out hinter sich gebracht hatten. Vor einem Zimmer stand ein Sektkübel mit einer leeren Sektflasche der Hausmarke. Die Gäste hatten von der Bar eine Flasche Sekt der Hausmarke kommen lassen. „Sehr gut," dachte Tim. Bei Getränken war die Marge hoch, und bei Sekt und Hochprozentigem sprudelte ordentlich Geld in die Kasse des Hotels. Tim begrüßte Emiliana und Filipa, beides Zimmermädchen aus Portugal. Wie Tim erst kürzlich erfahren hatte, waren sie Kusinen. Neulich hatte ihn Emiliana gefragt, ob er für die Bar noch jemanden brauchen könne. Ihr Bruder würde gerne nach Deutschland zum Arbeiten kommen. Tim hatte sich für dieses Angebot bedankt. An der Bar hatte er bereits tüchtige und motivierte Mitarbeiter. Momentan konnte er kein neues Personal einstellen. Aber Tim wusste jetzt, dass er über die Angestellten selbst auch neue Mitarbeiter gewinnen konnte. Oft kamen die besten Neueinstellungen ohne Stellenausschreibung zu Stande. Durch Blindbewerbung oder Mundpropaganda. Das hatte mehr als einmal sehr gut funktioniert, und Tim war stolz darauf, eine neue Methode für die Gewinnung neuer Mitarbeiter mit Erfolg angewandt zu haben.

Er fuhr mit dem Lift ins Erdgeschoß hinunter. Chiara hatte für einen Gast die Rechnung fertiggestellt. Slavica hob ihren Kopf. Zeit also für ein kurzes Schwätzchen. Heute trug Slavica ihren roten Lederrock, den mit dem seitlichen Schlitz. Tim sah von Slavicas Rock zu den Beinen hinunter. „Fahren Sie im Sommer zu Ihrer Familie nach Kroatien?" – „Ja, Herr Gerling, sobald die Schulferien zu Ende sind." Stimmt. Slavica hatte noch keine Kinder. Sie war in ihren Urlaubsplänen unabhängig von den Schulferien.

„Erwarten wir Reisegruppen für das Wochenende?"

fragte Tim. „Das nicht, aber über Himmelfahrt sind wir fast voll. Meist Gäste mit 3 oder 4 Übernachtungen." – „Fein. Ich freue mich, wenn viele bei uns buchen." Tim holte sich einen Kaffee an der Bar und fuhr mit dem Aufzug wieder nach oben, in sein Büro.

9

Lukas arbeitete bei einem großen Versicherungskonzern in München. Dort hatte er vor vielen Jahren das Duale Studium absolviert. Er nutzte die Gelegenheit, sich in wirtschafts- und finanzwissenschaftlichen Fragen weiterzubilden. Er wollte so seine berufliche Karrierechancen erhöhen. Manchmal blickte Mirela etwas neidvoll auf den Job von Lukas und auf seine beruflichen Zukunftsaussichten. Mit dem Master in BWL war sie von der Theorie her besser qualifiziert als Lukas. Seine hausinterne Ausbildung bei dem großen Konzern hatte nur drei Jahre gedauert. Mirela hingegen konnte ein Zeugnis über den Master in Betriebswirtschaft – ausgestellt von einer großen Universität - bei jeder Bewerbung vorlegen. Leider hatte sie mit ihren Bewerbungen bislang nicht die Stelle bekommen, die zu ihrer Ausbildung zur Diplombetriebswirtin – so nannte man den Abschluss früher – passte. Das Wissen, das sie in fünf Jahren Studium erworben hatte, konnte sie auf ihrer Stelle bei einem Personaldienstleister nicht anwenden. Das war für die junge Frau sehr frustrierend. Aber Mirela wusste auch, dass sie dankbar dafür sein musste, dass sie überhaupt eine Stelle bekommen hatte. Und sie war nicht die einzige Absolventin, die eine fachfremde Arbeit erledigte. Und sich damit das nötige Geld für den Lebensunterhalt verdienen konnte. Denn lukrativ waren diese Beschäftigungsverhältnisse in finanzieller Hinsicht nicht. Angesichts der hohen Mietzinsen in München mussten viele Alleinverdiener mit dem Geld haushalten. Es blieb kaum Geld für Freizeitvergnügungen und Urlaubsreisen.

Beide saßen bei der abendlichen Brotzeit, als Lukas meinte: „Ich rufe nachher noch Max an wegen des Heimspiels der Bayern am übernächsten Wochenende. Mal sehen, ob er Lust hat, mitzugehen." Mirela fragte: „Was ist mit Tim? Er begleitet dich doch öfters zum Match?" – „Ich glaube, der hat nur noch Zeit für Lea, seine neue Freundin." – „Der nimmt sich wenigstens Zeit für seine Frau!" Vorwurfsvoll schaute Mirela Lukas an.

Lukas verzog den Mund, entgegnete aber nichts zu dieser Bemerkung. Er kannte diese Kommentare Mirelas. Ein bis zweimal im Monat ging Lukas auf Fußallspiele. Ging Lukas in das Fußballstadion, bedeutete dies, dass der jeweilige Samstag für gemeinsame Unternehmungen ausfiel. Schon öfters hatte er sich deswegen Vorhaltungen Mirelas anhören müssen. Am Anfang ihrer Beziehung, als beide noch frisch verliebt waren, war Mirela Lukas zuliebe oft mitgegangen. Aber Fußball war nicht ihr Ding. Diesmal tat ihr nur der verlorene Samstag leid.

Lukas versuchte, Mirela versöhnlich zu stimmen, als er sagte: „Aber diesen Samstag bin ich ja bei dir. Wollen wir etwas unternehmen? Hast du einen Vorschlag?" – „Wollen wir mal in die Riem Arcaden gehen? Ich würde mir gerne mal die Sommerkollektion ansehen?" – „Wenn du meinst?" Mirela versuchte Lukas eine Brücke zu bauen.

„Wir könnten zuvor in Trudering etwas essen. Und außerdem fände ich es schön, wenn du mich wegen der Sommerkleidung beraten würdest." – „Na gut. Gebongt. Einverstanden!" Lukas gab nach und sagte zu.

„Wegen Samstag drauf werde ich Sarah anrufen. Vielleicht können Sarah und ich etwas zusammen unternehmen." – „Das ist doch eine gute Idee!"

Lukas mimte Zustimmung zu dieser Idee. Er wusste, dass Sarah am liebsten abends ausging. Sarah war eine Nachteule, und wenn Mirela mit ihr ausging, würde sie erst gegen Sonntagmorgen zurückkommen. Aber damit musste er leben. Er ging in die Allianz Arena, und seine Partnerin Mirela mit Sarah in das Nachtleben. War das nicht ein gerechter Kompromiss?

10

Tim hatte sich entschieden. Am liebsten würde er mit Lea tanzen gehen. Die Disco, die er ausgesucht hatte, verfügte über einen hinteren Bereich mit kleinen Tischen, etwas abseits der Tanzfläche. So hätten sie die Möglichkeit zum Gespräch, wenn sie sich nicht auf der Tanzfläche amüsierten.

Tim gab die Durchwahl zu Leas Anschluss in der Bank ein. „Lanzing". – „Hallo Lea, schön dass ich dich erreiche. Geht es dir gut?" – „Hallo Tim. Ja, danke. Du hast Glück, ich komme gerade aus einer Besprechung zurück. Und in fünf Minuten kommt ein Kreditkunde." – „Na dann passt es ja. Und ich freue mich doppelt, mit dir zu reden. Wollen wir uns am Freitagabend wiedersehen?"

– „Können wir machen." Das klang eher sachlich. Tim war etwas ernüchtert. Wohl ganz Lea. Zurückhaltend. Aber seine Angebetete hatte ihn nicht abgewiesen! „Ich mache dir einen Vorschlag. Ich erwarte dich bei mir im Hotel. Ich lasse ein paar Häppchen vorbereiten, die wir in unserer Bar essen. Danach zeige ich dir das Hotel. Mit Blick von der Hotelterrasse." „Oh!" hörte Tim Lea sagen. „Danach würde ich dich in eine der Discos an der Feierbanane einladen." – „Wann soll ich zu dir kommen?", fragte Lea, jetzt ganz zielstrebig. Hatte Lea vielleicht mit Tims Vorschlag gerechnet? Sie einigten sich auf 19 Uhr. „Ich freue mich sehr. Bis Freitag."

Mit einem wonnigen Glücksgefühl legte Tim das Handy auf den Tisch. Lea war zum zweiten Mal bereit, einen ganzen Abend mit ihm zu verbringen.

Die verbleibenden Tage der Woche vergingen zum Glück wie im Flug. Lea war in Gedanken zu einer ständigen Begleiterin in Tims Kopf geworden.

In freudiger Erwartung bummelte Tim am Freitagabend vor seinem Hotel auf und ab. Jetzt sah er Lea kommen. Sie hatte ein buntes Kleid mit lebhaften Mustern angezogen. Heute kam sie ihm in einer roten Lederjacke entgegen, in roten Pumps. Eine schwere orientalische Duftnote empfing Tim, als sie sich die Hand gaben. Gut gelaunt führte Tim Lea zur Bar, wo sie sich zum Essen niederließen. Diesmal trank Lea bloß Mineralwasser. Tim folgte ihrem Beispiel. „Schön hast du es hier", sagte Lea anerkennend.

„Komm, wir fahren hinauf und schauen auf die Stadt." Tim hatte Lea an der Hand genommen und nahm sie mit zum Aufzug. Über einem gelben Streifen im Westen der Stadt sank die Nacht herab. „Kennst du dich aus?" fragte Tim. „Ich bin zwar in Erding aufgewachsen, aber seit dem Beginn meiner Ausbildung bin ich in München zu Hause." – „Und trotzdem wohnst du in Dachau?" – „Du weißt ja, wie es mit dem Mietmarkt in München aussieht. Ich hatte Glück mit der Wohnung in Dachau. Ich habe sogar einen Balkon in Südlage. Und die Miete ist ganz passabel." Tim wandte sich gegen Nordosten, und deutete auf ein Hochhaus hinter dem Englischen Garten. „Das ist ein großer Konkurrent von mir."

Als sie so nebeneinander vor dem Geländer an der Brüstung standen, hätte Tim am liebsten seinen Arm auf Leas Schulter gelegt. Wieder war er von einem mächtigen Gefühl der Zuneigung ergriffen. „Jetzt noch nicht", sagte er sich innerlich. „Du hast wunderbares langes Haar. Und wunderschöne Augen", entfuhr es Tim. „Danke!" Lea lächelte vor sich hin. Sie machten sich auf den Weg in die Disco.

Tim hatte sich diesmal für eine Diskothek in der Innenstadt entschieden, nicht allzu weit vom S-Bahnhof Karlsplatz Stachus entfernt. Lea würde so schneller nach Hause kommen, als wenn sie zum Tanzen nach Schwabing gegangen wären. Auf dem Weg in das Lokal erzählte Lea noch von ihrer Familie. Sie hatte noch einen Bruder, der Gymnasiallehrer für Mathematik und Physik war. „Noch einer in eurer Familie, der Freude an Zahlen hat", bemerkte Tim. „Ich denke, er macht seinen Job ganz gut. Er ist bei Schülern und Kollegen beliebt." – „Ist er verheiratet?" – „Ja, und er hat eine dreijährige Tochter." Tim dachte nach. Sollte er Lea fragen, wie sie über Ehe und Familie dachte? Bevor er sich weiter auf Lea einließ?

„Möchtest du eigentlich mal Kinder haben?" – „Ja, wenn es so weit ist. Natürlich!" Sie standen gerade an einer Ampel, als Lea diese Antwort gab. Sie hatte sich Tim zugewandt und sah ihn direkt an, als sie fragte: „Und du, möchtest du heiraten und Kinder haben?" – „Mit der richtigen Frau: Ja!" Die Ampel schaltete auf Grün.

Mit einem Platz hinten in der Ecke hatten Tim und Lea eine gute Wahl getroffen. Beide bestellten sich einen Schoppen Wein. Bald folgten ihre Körper den Klängen der Musik. Tim freute sich über langsame Rhythmen. Er legte seinen Arm um Lea, zog sie an sich heran. Lea ließ sich führen und ließ Tim gewähren. Tim spürte Leas Atem in seinem Nacken. Ihre Bewegungen wurden langsamer. Nun standen sie einander gegenüber. Ihre Augen versanken ineinander, und ihre Gesichter suchten die Nähe. Ihre Lippen fanden sich, und schon verspürte Lea Tims Zunge in ihrem Mund. Sie erwiderte diesen Gruß, und jetzt spürte Tim einen Druck von Leas Arm auf seinem Rücken. Lea hatte Tim an sich gezogen.

Nach dem Spiel ihrer Zungen brach es aus Tim heraus: „Lea, ich liebe dich!" – „Ich dich auch!" Tim ergriff Leas Hand und führte sie zum Tischchen. Auf der Bank sitzend, zog Tim Lea an sich und legte seinen Arm um sie. Wonne und Glückseligkeit hielten sie fest. Ganz von diesem Gefühl umfangen, verblieben sie für eine ganze Weile ohne Worte. Wieder suchten seine Lippen eine Antwort, und Lea besiegelte ihre Gefühle mit einem innigen Kuss. Wieder wandte Lea ihr Gesicht zu Tim, und ihre Augen versanken ineinander. Tim und Lea hatten sich gefunden.

Noch mehrmals schmiegten sich ihre Körper eng aneinander, und sie hielten sich umschlungen in dem Gefühl einer beseligenden Zweisamkeit.

Tim begleitete Lea noch zur S-Bahn. Lea hatte sich bei Tim eingehakt. Als die S-Bahn nach Dachau angekündigt wurde, sagte Lea zu Tim: „Danke für die Einladung und den wunderschönen Abend. Wir können uns unter der Woche gerne auch mal mittags treffen, oder nach der Arbeit. Und am Wochenende darauf zeige ich dir meine Wohnung. Dann bist du mein Gast!" – „Oh ja, das freut mich riesig!" Und wieder zog Tim Lea an sich, und ihre Zungen spielten miteinander. Nur ungern ließ Tim Lea los.

Selig vor Glück winkte Tim dem abfahrenden Zug nach. Leichten Schrittes machte er sich auf den Weg nach Hause. Er konnte sein Glück kaum fassen. Er hatte Lea für sich gewonnen. Dass Lea ihm ihre Wohnung zeigen wollte, hatte ihn staunen lassen. Sie hatte sich für ihn geöffnet. War sie jetzt bereit?

„Für Dienstag oder Mittwoch könnte ich sie zum Mittagessen bei uns in die Bar einladen. Da wir von unseren Arbeitsplätzen her Nachbarn sind, könnte daraus eine feste Einrichtung werden." Tim freute sich auf die gemeinsame Zeit, die er mit der hübschen jungen Frau verbringen würde. „Endlich bin ich nicht mehr solo!"

11

Lukas kam mit Mirela von den Riem Arkaden zurück. Mirela war erfolgreich gewesen, und sie hatte gestaunt, wie großzügig Lukas gewesen war. Zweimal hatte er seine Kreditkarte aus seinem Portemonnaie gezogen, um Mirela drei Sommerkleider zu bezahlen. Er war auf ein dankbares Wort aus, als er Mirela auf dem Weg zur U-Bahn fragte: „Konnte ich dir denn wenigstens eine Freude machen, als ich dir die Sommerkleider gekauft habe?" – „Aber ja, sehr, Lukas, das habe ich dir doch schon im Laden gesagt. Ich hoffe, ich kann sie bald tragen. – Wollen wir heute abends tanzen gehen?" – „Heute? Vielleicht lieber morgen?" – „Schade, ich wäre so in der Stimmung." Mirela senkte ihren Kopf.

„Du könntest doch heute schon mit Sarah ausgehen, nicht erst, wenn ich beim Fußball bin?" – „Aber Lukas, ich möchte mit dir ausgehen! Mit dir möchte ich tanzen und fröhlich sein!" – „Aber heute wird das Spiel Hertha gegen Freiburg übertragen. Das möchte ich eigentlich sehen." Mirela beklagte sich: „Dann bin ich heute Abend wieder allein!" – „Das stimmt doch gar nicht, ich bin ja zu Hause. Oder du machst doch was mit Sarah aus, wenn du es mit mir nicht aushältst." Lukas wirkte säuerlich. Er verlor die Lust an diesem Thema. Wortlos stiegen sie in die U-Bahn ein.

Nachdem Mirela die neuen Sommerkleider im Kleiderschrank verstaut hatte, holte sie ihr Handy und setzte sich auf das Bett. „Hallo Sarah, hast du schon Pläne für heute Abend?" Mirela hoffte, dass sie mit Sarah ausgehen konnte. „Oh, dann frage ich dich mal: wollen wir heute tanzen gehen?" Nach einer Weile leuchteten Mirelas Augen. Sie strahlte förmlich, als sie antwortete: „Dann bis halb zehn. Treffpunkt Münchner Freiheit, wie immer!"

Mirela zog sich ihre enganliegende Jeans und eine modische Bluse an. „Lukas, ich treffe Sarah heute Abend." Fast entschuldigend fügte sie hinzu: „Wie du mir vorgeschlagen hast!" – „Dann wünsche ich dir viel Spaß. Amüsiert euch gut." Mirela wusste nicht recht, wie Lukas das gemeint hatte.

Mirela war froh, dass sie mit Sarah in die Disco gehen konnte. In die Rhythmen der Musik eintauchen, tanzen, den Alltag hinter sich lassen…

In der letzten Woche war Mirela wieder das Unbefriedigende an ihrer beruflichen Situation bewusst geworden: mit einem Master in BWL musste sie in der Personalagentur fachfremd arbeiten. Und das bei eher bescheidenem Gehalt. Und als ihr gestern ihre Kollegin Tanja, die ebenfalls auf ein abgeschlossenes Universitätsstudium zurückblicken konnte, freudestrahlend in der Mittagspause berichtete, dass sie mit ihrer Bewerbung bei einem großen Konzern Erfolg gehabt hatte, fielen ihr wieder ihre zahlreichen eigenen Bewerbungen ein, die leider erfolglos geblieben waren. Unzufrieden mit ihrer beruflichen Situation hatte sie gestern ihren Arbeitsplatz ganz deprimiert verlassen. Nachdem sich Lukas für die Übertragung eines Fußballspiels am Fernsehen entschieden hatte, war sie überglücklich, dass sie mit Sarah in die Disco gehen konnte.

Die Begrüßung zwischen Mirela und Sarah fiel herzlich aus. Mit einem breiten Lachen war Sarah auf sie zugekommen. Sarah war blond und trug eine rote Lederjacke, unter der ein blauer Lederrock hervorstach. Ihre Beine steckten in Netzstrümpfen. „Fesch bist du heute", lobte Mirela ihre Freundin. „Du aber auch!" Zwei muntere blaue Augen lachten ihr entgegen. Mirelas Laune stieg.

Sie machten sich auf den Weg zur Stella Bar. „Bar oder Tisch?" – „Lieber Tisch", meinte Mirela. Wie durch einen Zufall landeten sie an jenem Tisch, an dem sie damals mit Lukas und Tim gesessen waren, bis Tim bei Lea an der Bar geblieben war.

Laut fetzte der Discosound, und ein geübter DJ bemühte sich, für jeden Geschmack etwas zu bieten.

Mirela und Sarah überließen sich ganz den Rhythmen der Musik. Während der langsamen Tänze saßen sie hinter dem Tischchen und ließen ihre Blicke in der Runde schweifen. „Schade, dass Lukas nicht mitgekommen ist!" dachte Mirela. Nun reichte Sarah Mirela die Hand. „Komm, wir wollen die schöne Melodie genießen." Sarah zog Mirela auf die Tanzfläche. Sarah umfing mit ihrer rechten Hand Mirelas Rücken, die nun ihre Hand auf Sarahs Schulter legte. Das war für Mirela zunächst ungewöhnlich, denn zu zweit hatten sie immer nur offen, ohne Körperkontakt, getanzt. Doch je mehr sie sich der Musik hingab, desto vertrauter wurde ihr diese Form des gemeinsamen Tanzens. Sie empfing die Wärme von Sarahs Körper.

Eine ganze Weile tanzten die beiden Freundinnen wie ein Paar. Beim Ausklingen der Melodie bemerkte Mirela, wie Sarah sie an sich zog, ja an sich drückte. Es war schön, dass sie mit Sarah hier war.

Als sie wieder Platz genommen hatten, verzauberte ein Lächeln Mirelas Gesicht. Nach einer arbeitsreichen und stressigen Arbeitswoche war dies ein wunderbarer Ausklang. Das tat Mirela zutiefst wohl. Die negativen Gedanken waren wie weggefegt.

Sarah beugte sich zu Mirela hinüber. „Willst du noch etwas trinken?" – „Nicht unbedingt. Ich bin schon rechtschaffen müde." – „Dann lass uns wenigstens noch bis halb zwölf bleiben."

Bei der Verabschiedung am U- und S-Bahnhof Marienplatz umarmten sich die beiden Freundinnen wie immer. Als sich ihre Körper wieder lösten, sahen sie sich in die Augen. In Sarahs Augen lag ein geheimnisvoller Glanz, als sie leise hauchte: „Schön war es mit dir." Sarahs Lippen näherten sich Mirelas Lippen. Mirela spürte Sarahs Zunge in ihrem Mund. Erschrocken zog Mirela den Kopf zurück, fasste sich dann und machte einen kleinen Schritt zurück. „Danke fürs Kommen!", brachte Mirela hervor. Fragend sah Sarah Mirela an: „Willst du noch zu mir kommen?" – „Ich glaube nicht. Tschüss!" Mirela wandte sich zum Gehen.

Während der Fahrt mit der S-Bahn grübelte Mirela: „Was will Sarah von mir? Warum hat sie mich geküsst? So, wie sonst ein Mann eine Frau küsst. Ist sie lesbisch?" Bis jetzt hatte Mirela keinen Hinweis gefunden, der diesen Schluss nahelegen würde. Einmal war Sarah auch mit einem Mann zum Tanzen gekommen. Mirela wusste nicht, was Sarahs Kuss bedeutete. Aber sie hatte an diesem Abend bemerkt, dass Sarah sie sehr gerne mochte. Sicher hatte sie Sarah mit dem gemeinsamen Abend in der Disco eine Freude gemacht. Und gemeinsam tanzen zu gehen, hatte Mirela wieder aufgerichtet. Es war toll, dass sie in Sarah eine Freundin hatte, mit der sie immer wieder etwas unternehmen konnte. Ein guter Kumpel eben. Gut gelaunt schlenderte sie nach Mitternacht ihrer Wohnung entgegen.

12

Tim hatte schon am Sonntagabend Lea in ihrer Wohnung in Dachau angerufen. Er hatte sie nur kurz für den kommenden Mittwoch in die Bar in der Lounge seines Hotels einladen wollen. Als er das Handy wieder auf den Tisch legte, stellte er jedoch fest, dass sie länger als eine Stunde miteinander telefoniert hatten. So viel hatte jeder von ihnen zu erzählen, zu berichten gehabt. Lea hatte sich Tim gegenüber geöffnet wie die Knospe einer Blüte in der Sonne.

Tim hatte an der Bar in seinem Hotel schon am Montag dem Kellner den Auftrag gegeben, für sie beide eine kalte Platte mit Lachs und französischem Käse herzurichten.

Diesmal erschien Lea in einem blauen Kostüm. Nach dem Kuss zur Begrüßung fragte Tim: „Kommst du aus einer Sitzung?" Lea bejahte. „Aber auch wenn Kreditnehmer zu mir kommen, ist ein Kostüm in einer gedeckten Farbe bei uns vorgeschrieben. Unsere Chefs denken da konventionell." Tim führte Lea zum Barhocker, und beide setzten sich und genossen die Kalte Platte.

Diesmal blieb wenig Zeit für den persönlichen Austausch. Leas Mittagspause war mit 45 Minuten knapp bemessen. Und sie hatte noch einen kurzen Fußweg zurück zu ihrer Bank zurückzulegen.

Tim begleitete Lea noch ein kurzes Stück auf dem Weg zur Bank. Er tat das mit Absicht, denn er wollte an seinem Arbeitsplatz, vor den Augen seiner Mitarbeiter, Lea nicht umarmen, sie an sich drücken. Und beim hingebungsvollen Spiel ihrer Zungen, wenn sie sich küssten, wollte er keine Zuschauer. Wenigstens keine Angestellten, die den Kopf nach dem frisch verliebten Paar umdrehten… Tim war klar, dass die Rolle, die Lea in seinem Leben jetzt ausfüllte, den Mitarbeitern sehr schnell klar werden würde. Alles war jetzt anders. „Das muss ja kein Geheimnis bleiben", dachte er. Tim war stolz darauf, dass er die fesche junge Frau aus der Bank erobert hatte.

Zurück in der Lounge seines Hotels steuerte er die Rezeption an. Er wollte wissen, ob es Neuigkeiten gab. Slavica war aufgestanden und reichte ihm einige Geschäftsbriefe. Er würde die Post in seinem Büro öffnen und sortieren. Rechnungen würde er prüfen und bei Richtigkeit mit dem Stempel „Zur Zahlung angewiesen" und seiner Unterschrift versehen. Die Überweisungen erledigte dann Frau Müller. Als er die Post aus den Händen von Slavica entgegennahm, fiel ihm auf, dass Slavica blass war. Slavica kam ihm irgendwie verändert vor. Slavica war wie immer aufgestanden, als er sich ihr genähert hatte, aber das freundliche Lächeln fehlte heute. Slavicas Augen sahen verweint aus. „Was ist denn los, Slavica?" – „Mein Vater musste gestern mit dem Notarztwagen ins Krankenhaus. Er hatte einen Herzinfarkt." – „Oh, das tut mir aber leid. Wie geht es ihm denn?" – „Die Ärzte sagen, er hat den Infarkt knapp überlebt. Aber er ist über dem Berg. Er bekommt jetzt einen Stent."

– „Haben Sie ihn schon besucht?"- „Ich fahre nach der Arbeit ins Rechts der Isar. Meine Mutter ist jetzt bei ihm." – „Dann wünsche ich Ihrem Vater gute Besserung und einen guten Verlauf der Behandlung. Falls Sie mal früher gehen wollen, das ist in Ordnung. Sprechen Sie sich mit Chiara ab." – „Danke, Herr Gerling." Slavica hatte sich wieder gesetzt.

Nachdenklich kehrte Tim in sein Büro zurück.

Am Samstagnachmittag fuhr Tim mit einem Strauß roter Rosen nach Dachau. Er war ganz aufgeregt, als er in Dachau Stadt aus der S-Bahn stieg. Lea wartete am Bahnsteig, und als ihre Blicke sich trafen, beschleunigten beide ihren Gang. Er nahm Lea wortlos in die Arme, drückte sie fest an sich. Ihre Lippen fanden zueinander und ihre Zungen begrüßten sich. Erst danach tauschten sie Worte. Tim hielt Lea den Strauß mit den roten Rosen hin. Sachte öffnete Lea das Papier und blickte von oben auf den Strauß. „Sind die schön! Danke, lieber Tim!"

Während der Fahrt mit dem Stadtbus schmiegte sich Lea an Tims Schulter. „Bei der nächsten Haltestelle müssen wir aussteigen. Dann haben wir es nicht mehr weit."

Tim gefiel Leas Wohnung auf Anhieb. Dank der großen Fensterfront war das Wohnzimmer hell und wirkte groß. Tim ging in Richtung Balkon. „Du kannst ruhig rausgehen", sagte Lea, währenddessen sie eine Vase suchte. Die Rosen bekamen einen Platz auf dem Couchtisch. Dort stand schon das Gebäck, das Lea zum Kaffee gekauft hatte.

Bevor Lea in die Küche ging, um die Kaffeemaschine in Betrieb zu setzen, umarmten sie sich nochmals innig und überließen sich dem Spiel ihrer Zungen. Als Lea in die Küche ging, bemerkte Tim: „Schön hast du es hier."

Gemütlich tranken sie Kaffee und aßen von dem Gebäck, das Lea gekauft hatte. „Ich sehe, du magst jede Art von Hörnchen", stellte Tim fest, als Lea sich ein Nusshörnchen auf den Teller legte. „Ich finde, die Hörnchen haben eine süße Form, findest du nicht auch?" Lea lächelte ihn an. Tim nickte. Er wählte für sich ein Puddinghörnchen aus. „Hörnchen kann man auch herzhaft zubereiten, zum Beispiel mit Schinken- und Käsefüllung. Vielleicht kennst du auch Würstel im Blätterteig. Beide habe ich schon gebacken, wenn ich Gäste hatte." - „Das hört sich ja vielversprechend an. Würdest du die auch für mich machen?" – „Ja, natürlich." Ob Lea eine gute Köchin war?

„Wir haben hier in Dachau die berühmte Schloss-Konditorei. Da können wir mal hinauffahren. Oben gibt es bei gutem Wetter eine schöne Aussicht." – „Ja, gerne. Hat Dachau nicht auch eine berühmte Künstlerkolonie gehabt?" – „Ja, Dachau und Worpswede in Niedersachsen sind die beiden bedeutendsten Künstlerkolonien des ausgehenden 19. Jahrhunderts und Anfang des 20. Jahrhunderts in Deutschland gewesen."

Als der Kaffeetisch abgedeckt war, sagte Lea: „Ich habe eine Flasche Sekt kaltgestellt. Hättest du Lust, mit mir auf uns anzustoßen? Bis jetzt warst du es ja, der immer den Sekt spendiert hat. Heute bin ich dran." Tim freute sich. „Das ist eine gute Idee. Soll ich die Flasche aufmachen?" – „Ja, du findest sie im Kühlschrank."

Lea stellte die Sektgläser bereit, und Tim entkorkte die Sektflasche. Er schenkte ein. Sie hoben die Gläser und prosteten sich mit einem innigen Blick in die Augen zu. „Auf ein Leben mit dir, Lea!" sagte Tim. Leas Augen strahlten Tim an. Hatte er mit diesen Worten Lea einen Heiratsantrag gemacht?

Sie stellten ihre Gläser auf den Couchtisch. Ihre Lippen fanden zusammen, und ihre Zungenspitzen begrüßten sich freudig. Lange Zeit verharrten sie fest umschlungen.

Sachte schob Tim Leas Pullover an ihrem Rücken nach oben. Lea nahm Tim bei der Hand und zog ihn mit ins Schlafzimmer. Ihre Körper verschmolzen ineinander.

Lange blieben sie noch liegen. Lea hatte ihren Kopf auf Tims Arm gelegt, und als sie sich Tim zuwandte, sah er in ihre blauen Augen. „Ich liebe dich." – „Ich dich auch." Tim richtete sich auf. „Weißt du, was ich jetzt schön fände?" – „Was denn?" – „Wollen wir tanzen gehen?"

Lea wollte gerne tanzen gehen. „Ich kenne eine Disco gar nicht weit von hier. Wir können mit dem Stadtbus fahren. Falls es spät wird, können wir ein Taxi für den Weg zurück nehmen. Jetzt gehe ich mal ins Bad." Tim blieb liegen und dachte an die vergangene Stunde zurück. Es war herrlich mit Lea gewesen.

Das Lokal in Dachau war kleiner und intimer als die Stella Bar in München. Kaum einen Tanz ließen die Liebenden aus.

Als sie zurück in Leas Wohnung waren, fanden sie sich bald in Leas Bett wieder. In einem wahren Liebestaumel kamen sie zum Höhepunkt.

13

Slavica verließ das Krankenhaus Rechts der Isar und ging in Richtung U-Bahnhof Max-Weber-Platz. Sie hatte ihren Vater besucht, der nur knapp einen Herzinfarkt überlebt hatte. Sie war erschrocken, als sie ihn unter dem weißen Laken liegen sah. Bleich und schwach lag er da. Aber er war stabil, das hatten die Ärzte versichert. Nach der Implantation eines Stents würde er bald in die Reha entlassen werden. Aber die Hauptsache war, dass er überlebt hatte und medizinisch in guten Händen war. Alle waren erleichtert, ihre Mutter, ihr Bruder und ihr Mann. Sie hatten mit Worten und Zeichen der Zärtlichkeit auch ihre Mutter wieder aufgerichtet. Besonders hatte sie sich gefreut, dass sie im Krankenzimmer ihren Mann Drago treffen konnte. Liebevoll hatten sich Slavica und Drago umarmt und geküsst. Drago stammte auch aus Kroatien und war Kellner. Slavica und Drago hatten vor einem Jahr geheiratet und wohnten in einer Dreizimmerwohnung in Unterschleißheim. Slavica war froh, dass sie eine Dreizimmerwohnung gefunden hatten, denn beide wünschten sich später Kinder. Sie liebte Drago aus ganzem Herzen, und es tat ihr oft leid, dass sie so wenig Zeit mit Drago verbringen konnte. Durch seine Arbeit in der Gastronomie kam sie abends nach ihrem Dienst im Hotel Best Stay sehr oft in eine leere Wohnung. Gelegentlich besuchte sie auf dem Nachhauseweg noch eine Freundin, die in einem Nachbarhaus wohnte, denn der Abend allein in ihrer Wohnung war lang. Nicht selten zeigte die Uhr halb zwei Uhr an, wenn er nachts nach Hause kam. Zum Glück fuhr die S-Bahn zum Flughafen auch nachts regelmäßig, wenngleich nach zwei Uhr nachts nur noch einmal in der Stunde.

Drago hatte sich vom Krankenbett ihres Vaters bald verabschiedet, denn sein Dienst begann. Slavica war noch eine halbe Stunde geblieben.

Heute trug Slavica schwarze Hosen. Fast immer trug sie Hosen, wenn sie zu ihren Eltern ging, oder einen der wenigen langen Röcke, die sie hatte. Ihr Vater hatte Slavica vor langer Zeit einmal verletzt, als er eine böse Bemerkung über ihren kurzen Rock gemacht hatte. Seither vermied es Slavica, ihre schönen langen Beine den Blicken ihres Vaters auszusetzen. Mochte ihr Chef, Herr Gerling, sich daran satt sehen. Tims Blicke waren ihr nicht verborgen geblieben.

Slavica war nicht kokett. Aber sie war eine selbstbewusste junge Frau, die mit der Mode etwas aus sich selbst zu machen verstand.

Kaum zu Hause angekommen, wurde Slavica angerufen. Es war Lisa, Slavicas Freundin aus ihrer Nachbarschaft. „Hallo Slavica, wie geht es dir?" Slavica berichtete vom Herzinfarkt ihres Vaters und dass sie ihn gerade im Krankenhaus besucht hatte. Und dass sein Gesundheitszustand nicht mehr kritisch war. „Hör zu, Slavica. Ich gehe gegen neun mit Laura ins La Paloma. Bisschen tanzen. Das täte dir doch auch gut? Willst du mitkommen?" – „Danke für deine Einladung. Aber nach den Aufregungen, die wir gestern hatten, bin ich recht geschafft. Ich gehe lieber früh schlafen. Ein andermal gerne." – „Schade! Tschüß!"

Slavica war etwas geschafft. Das stimmte. Aber es gab noch einen anderen Grund, warum sie mit Lisa heute nicht zum Tanzen gehen wollte: Drago. Zum Tanzen ging Slavica nie ohne ihren Mann. Ins Kino mit einer Freundin, das vielleicht. Doch sie konnte sich nicht vorstellen, feiern zu gehen, während ihr Mann in der Arbeit war. Und sie fürchtete seine Eifersucht. Diesen Grund behielt Slavica jedoch für sich.

14

Samstagvormittag, und Lukas kam vom morgendlichen Joggen zurück. Am Ende seiner Runde hatte Lukas noch beim Bäcker frische Semmeln geholt. Bevor er unter die Dusche ging, legte er die Semmeln in das Brotkörbchen und stellte dieses auf den Tisch. Er öffnete die Türe zum Schlafzimmer und rief fröhlich: „Hallo Mirela, ich bin wieder da! Ich geh noch schnell unter die Dusche, danach mache ich Frühstück." Mirela drehte sich im Bett um. „Morgen Lukas! Ich bleibe so lange noch im Bett!" – „Ist recht. Ich rufe dich, wenn das Frühstück fertig ist."

Gegen zehn Uhr war das erweiterte Frühstück vorbereitet. Neben Marmelade gab es auch Kalbsleberwurst, Aufschnitt und Käse. Mirela setzte sich im Bademantel zu Lukas an den Frühstückstisch. „Schön hast du aufgedeckt, danke!" – „Nun lass es dir gut schmecken." Als Lukas die Semmel aufschnitt, sah er Mirela an und fragte: „Hast du dir die Sache mit unserem Sommerurlaub überlegt?" – „Ach wie schön wäre ein Badeurlaub am Meer. Mal so richtig am Strand liegen, schwimmen, ein paar Ausflüge machen und in Ruhe shoppen." – „Was wäre mit Malta? Im Nordwesten der Insel liegt Mellieha. Schöner Sandstrand. Und eine Tauchschule gibt es auch." - „Würdest du denn einen Tauchkurs machen wollen?" Jetzt schaute Lukas Mirela direkt in ihr noch etwas verschlafen wirkendes Gesicht. „Das war schon immer mein Traum." Nachdenklich biss Mirela in die mit Leberwurst bestrichene Mohnsemmel. „Wie lange dauert denn so ein Tauchkurs?" – „Das kommt darauf an, was du buchst. Drei oder vier Tage, zum Beispiel." – „Dann bin ich ja wieder allein!" Mirela ließ ihren Kopf sinken. „Und wenn du den Tauchkurs mitmachst?" – „Ich weiß nicht. Vielleicht ist mir so ein Kurs im Urlaub einfach zu anstrengend. Ich habe gehört, dass da auch ordentlich Theorie dabei ist, bei so einem Tauchkurs." – „Wärst du denn böse, wenn ich den Kurs allein buchen würde? Wir haben ja vor und nach dem Kurs noch reichlich Zeit für uns." – „Wenn du meinst?"

Lukas nahm sein Notebook zur Hand. Während Mirela eine neue Semmel aufschnitt und mit Wurst belegte, versank Lukas über den Hotelangeboten für Mellieha. „Da. Hier sind zwei 4-Sterne-Hotels in Mellieha. Schau dir die Angebote ruhig mal an!" Mirela winkte ab. „Lukas, sobald ich mit dem Frühstück fertig bin. Aber lass mich jetzt in Ruhe essen."

Nachdem Mirela gefrühstückt hatte, ging sie ins Bad. Lukas deckte ab und räumte auf.

„Mellieha ist aber schon etwas ab vom Schuss, findest du nicht? Ich habe da kaum Läden gesehen. Gibt es denn auf Malta keinen anderen Ort, an dem du den Kurs machen kannst, der nicht so abgelegen ist?" – „Da müsste ich noch einmal schauen."

Eine Entscheidung über den Sommerurlaub kam an diesem Samstag nicht zu Stande.

„Ich geh dann mal einkaufen. Brauchst du noch etwas, Lukas?" – „Nein, danke."

Auf dem Weg zum Einkaufscenter überlegte Mirela, was sie abends machen sollte. Das Fußballspiel begann um 18 Uhr. Erfahrungsgemäß ging Lukas mit seinem Freund Max nach dem Spiel noch auf ein Bier. Ein freier Abend lag vor Mirela. Wie gerne wäre sie wieder mit Lukas tanzen gegangen! Wie schön war jener Abend gewesen, an dem Tim mitgekommen war. Der hatte zwar bald an der Bar Anschluss gefunden. Aber mit Lukas hatte sie getanzt, so oft wie schon lange nicht mehr. Diesen Abend hatte sie in schöner Erinnerung behalten.

Was nun? Sollte sie Sarah fragen, ob sie mit ihr zum Tanzen ginge? Seit dem Kuss, den ihr Sarah bei der Verabschiedung auf den Mund gedrückt hatte, fühlte sie sich Sarah gegenüber verunsichert. Was wollte Sarah von ihr? Was hatte Sarah vorgehabt, als sie Mirela nachts zu sich eingeladen hatte?

Da fiel ihr Tanja ein, die nette Kollegin, die mit ihrer Bewerbung erfolgreich gewesen war. „Mit Tanja könnte ich doch mal was privat unternehmen", sinnierte Mirela. „Schade, dass ich ihre Handynummer nicht habe."

Mirela erledigte ihre Einkäufe bei Super. Es lag nicht viel in ihrem Einkaufswagen: Tomaten, eine Gurke, Quark und eine Packung Pumpernickel, dunkles Brot in Scheiben. Morgen würden sie und Lukas auf dem Ausflug oder im Anschluss an den Spaziergang beim Italiener einkehren.

Als Mirela die Lebensmittel in der Küche verstaut hatte, setzte sie sich mit einer Tasse Espresso auf den Balkon. Die Sonne schien. Ein warmer, wolkenloser Tag kündigte sich an. „Viel zu schade, um daheim zu bleiben." Sie gab sich einen Ruck. „Ich werde doch Sarah anrufen. Vielleicht ergibt sich was?" Sie holte ihr Handy. „Hallo Mirela, was machst du so?", quirlte es aus dem Handy heraus. Sarah war gut gelaunt. Sie wirkte irgendwie aufgekratzt. Mirela berichtete, dass Lukas das Spiel der Bayern in der Allianz Arena miterleben wollte. „Ich bin wieder einmal allein", seufzte sie. „Nein Mirela, du hast doch mich!" Sarah machte eine Pause, so, als sollte ihre Antwort dadurch mehr Gewicht bekommen. „Hör zu, ich mache mit ein paar Freundinnen einen Mädelsausflug. Wir fahren auf den Heiligen Berg, nach Andechs, in den Biergarten. Fahr doch einfach mit?" – „Wer kommt denn noch?" – „Anja und Zoe, und noch ein paar Mädels, die du nicht kennst. Na, was sagst du – kommst du mit?" – „Ja gerne. Wo trefft ihr euch?" – „Um zwei Uhr, Stachus-Untergeschoß." – „Ich habe aber kein Dirndl zum Anziehen." – „Mensch Mirela, wir gehen doch nicht auf das Oktoberfest. Ich gehe in Jeans." - „Gut, zwei Uhr, Stachus-Untergeschoß. Ich freue mich riesig." Ein Lächeln zeigte sich auf Mirelas Gesicht.

Sie ging zurück ins Wohnzimmer und teilte Lukas ihre Entscheidung mit. „Ich gehe mit Sarah auf einen Mädelsausflug. Es geht nach Andechs!" – „Oh! Das wäre doch auch mal was für uns. Da beneide ich dich. Viel Vergnügen!"

Viel Zeit blieb nicht mehr, bis Mirela gut gelaunt die Wohnung verließ.

Auf dem Weg zur U-Bahn dachte Mirela nach. „Aber am Montag halte ich mich mal an Tanja. Vielleicht geht sie mit mir in die Mittagspause. Und ich frage sie nach ihrer Handynummer. Komisch, auf die Idee hätte ich schon längst kommen können." Tanja hatte den Master in Business Administration und saß ganz in ihrer Nähe. Durch ihre zurückhaltende Art war sie Mirela lange nicht aufgefallen. Doch die Blondine mit dem Pferdeschwanz hatte ihr immer freundlich zugelächelt, wenn sie sich über den Weg liefen. „Jetzt, wo Tanja weggeht, wird sie mir fehlen."

15

Die neue Arbeitswoche begann Tim wie auf Wolke sieben. Die zwei Tage mit Lea in Dachau waren wunderbar gewesen. Er sprühte vor Energie und Tatendrang. Die Reisesaison stand bevor, und Chiara und Slavica waren vormittags und gegen Abend von Gästen umlagert. Tims Herz lachte. Ein fast volles Hotel über Himmelfahrt! Fantastisch. Er wollte Slavica nach dem Gesundheitszustand ihres Vaters fragen. Da sie gerade die Abschlussrechnung für einen Hotelgast vorbereitete, trat er ins Freie und schaute nach oben. Strahlend blauer Himmel, wie schon gestern und vorgestern. Es wurde allmählich wärmer, und am Nachmittag würden sich die Biergärten füllen.

Der Hotelgast hatte sich von Slavica verabschiedet. Tim trat an die junge Frau heran. „Wie geht es Ihrem Vater?" – „Besser. Er kommt am Mittwoch auf Reha." – „Wann werden Sie ihn wieder besuchen?" – „Am liebsten nach vier Uhr. Dürfte ich eine halbe Stunde früher gehen?" – „Aber sicher! Wie sind denn die Besuchszeiten?" – „Von 14 bis 17 Uhr."

„Das passt", dachte Tim. Er wollte Slavicas Vater im Krankenhaus besuchen. Noch bevor Slavica ihren Vater heute sehen würde. Er wollte damit seine Sympathie für Slavica ausdrücken. Sie war seine beste Mitarbeiterin für die Betreuung der Gäste. Stets freundlich, verbindlich, zuvorkommend. Manchmal zeigte sie sogar Humor. „Solche Mitarbeiter muss man halten", dachte Tim. Und er mochte Slavica.

Tim hob die Augenbrauen. „Die Post?" Slavica reichte ihm eine Fachzeitschrift und einige Briefe.

Tim machte sich auf den Weg in sein Büro. Er bearbeitete die Rechnungen, indem er die Lieferscheine aus dem Ordner nahm und mit den Abrechnungen verglich. Stimmten die Mengenangaben überein und war der Preis nicht zu beanstanden, versah er die Rechnung mit dem Stempel „Zur Zahlung angewiesen" und unterschrieb. Jetzt war Frau Müller am Zug. Sie würde die Rechnung überweisen. Ein Weinlieferant pries sein Sortiment an. Zu den Getränkeautomaten passte sein Sortiment nicht. An der Bar war die Auswahl beschränkt, da Bier und Mineralwasser viel gefragter waren als Wein. Und da der Wein glasweise ausgeschenkt wurde, wurde das Angebot aus verschiedenen Gründen klein gehalten. „Wir haben ja kein Speiselokal mit feiner Küche, darum brauche ich keine Spitzenweine mit großem Abgang", schmunzelte Tim. Er selbst war kein großer Weinkenner. Dennoch freute er sich bei einer Brotzeit mit Käse und Baguette über einen Begleiter. Am liebsten Rotwein.

Tim warf den Prospekt des Weinhändlers in den Papierkorb.

Auf dem Weg in das Krankenhaus Rechts der Isar dachte er über das kommende Wochenende nach. „Was könnten Lea und ich unternehmen? Am Freitag vielleicht zum Tanzen gehen, am Sonntag einen kleinen Ausflug?" Im Dachauer Hinterland gab es eine ganze Reihe von Sehenswürdigkeiten. Auch einige Gaststätten fielen ihm ein. Auf jeden Fall wollte er die Frage am Mittwoch beim Lunch mit Lea besprechen.

Slavicas Eltern staunten nicht schlecht, als sich Tim ihnen vorstellte. „Ich bin der Herr Gerling vom Hotel. Ihre Tochter ist meine beste Mitarbeiterin. Ich freue mich darum besonders, Sie kennenzulernen." – „Wie lieb von Ihnen, dass Sie an uns denken", rief Slavicas Mutter, sichtlich gerührt. Sie hielt Tims Hand lange fest. „Wie geht es Ihnen denn? Fühlen Sie sich besser?" – „Danke Herr Gerling. Unkraut vergeht nicht!" Slavicas Vater hatte den Humor behalten.

Tim blieb nicht lange im Krankenzimmer. Selten hatte er einen so dankbaren, freudigen Empfang erfahren. Das hatte ihm gutgetan. Durch den Gang ins Krankenhaus hatte er das Mittagessen ganz vergessen. Er überlegte. Da er nichts gegessen hatte, überlegte er, Lea zum Abendessen einzuladen. So verlockend der Gedanke war, mit Blick auf die erneute Geldausgabe zögerte Tim. Es war wunderbar, mit einer so hübschen jungen Frau auszugehen. Und sie freizuhalten. Aber er hatte bemerkt, dass sein Taschengeld das nicht hergab. Er musste seine monatlichen Ausgaben neu ordnen.

Die andere Frage, die ihn bewegte, war der Urlaub. „Wie gerne werde ich Lea einen Wunsch erfüllen."

16

Als Slavica nach halb fünf Uhr das Krankenzimmer ihres Vaters betrat, schoss es aus ihrer Mama hervor: „Slavica, stell dir vor, wer Papa besucht hat: dein Chef! Herr Gerling war heute Mittag da!" Erst jetzt umarmten sich Mutter und Tochter. Etwas ungläubig sah Slavica erst ihre Mutter, dann ihren Vater an. Damit hatte sie nicht gerechnet. Sie hatte Tim immer als etwas förmlich erlebt, der als Geschäftsführer im Umgang mit seinen Mitarbeitern eine gewisse Distanz wahrte. Ein Chef, der Berufliches und Privates trennte. Korrekt eben. „Ist das ein netter Mensch. Hast du Glück mit deinem Chef! Kein Vergleich zum Patron von Drago." – „Na ja, Drago ist ja auch ein Mann, und er ist erst ganz kurz auf seiner neuen Stelle." Bei sich selbst dachte sie: „Drago hat auch keine schönen Beine, die in kurzen Röcken und Netz-strümpfen stecken."

Slavica war eine selbstbewusste junge Frau mit Sinn für Mode, die gerne ihre weiblichen Attribute zur Geltung brachte. Sie selbst hatte Freude, sich nett herzurichten, auch ihrem Mann zuliebe. Hatte sie am Ende des Monats Geld übrig, stöberte sie gerne in der Modeabteilung großer Kaufhäuser. Aber große Sprünge konnte sie mit ihrem Gehalt nicht machen. Drago und Slavica konnten mit ihrem Verdienst auch keine Urlaubsreisen in ferne Kontinente machen. Meistens fuhren sie mit dem Bus zum Baden an die Küsten Istriens oder Dalmatiens.

Morgen würde ihr Vater in die Reha entlassen, und dieses Gesprächsthema füllte die nächsten Minuten. „Drago und ich besuchen dich am Wochenende", versicherte Slavica, bevor sie zum Abschied ihren Papa auf die Wange küsste.

„Sag mal, Slavica, ist dein Chef eigentlich verheiratet?" löcherte ihre Mutter. „Bis jetzt nicht. Aber es gibt eine junge Frau, mit der er manchmal in der Bar zu Mittag isst." – „Vielleicht solltet ihr Herrn Gerling mal zu euch zum Essen einladen. Das freut ihn sicher." – „Ich werde mit Drago darüber reden."

Nachdem Slavica sich verabschiedet hatte, ging sie zur U 5, die sie zum Stachus brachte. Dort stieg sie um in die S-Bahn nach Unterschleißheim.

Als Slavica in der S-Bahn saß, dachte sie: „Herr Gerling ist wirklich ein netter Mann. Gut möglich, dass er ein Familienmensch ist. Wie reizend, dass er meinen Vater im Krankenhaus besucht hat."

Auf dem Heimweg machte sie noch ein paar Besorgungen bei Super. Heute kam Drago wieder spätnachts nach Hause. Morgen jedoch hatte er seinen freien Tag. Sie hatte vor, abends für Drago und sich zu kochen. Gegrilltes, wie sie es aus ihrer Heimat Kroatien kannte, mit Djuvecreis und Ajvar.

Als Slavica beim Frühstück von Tims Besuch bei ihrem Vater im Krankenhaus berichtete, war Drago sehr beeindruckt. „So einen Chef gibt es heute kaum noch. Was für eine nette Geste!" – „Mama meinte, wir sollten ihn einmal zu uns einladen. Was hältst du davon?" – „Ja, warum nicht. Was willst du kochen?" Slavica dachte nach. „Vielleicht etwas, das nicht jedes kroatische Lokal anbietet. Da muss ich noch nachdenken. Es kann ruhig typisch für unsere Heimat sein, aber nicht alltäglich."

17

Lea war noch nicht lange zu Hause in ihrer Wohnung in Dachau, als ihr Handy klingelte. Es war Carmen. „Lea, was ist denn mit dir passiert? Hat dich der Erdboden verschluckt? Warum meldest du dich nicht mehr?" Tatsächlich war zwischen den beiden Freundinnen eine Funkstille von drei Wochen eingetreten.

Die letzten Wochenenden hatte Lea mit Tim verbracht. Trotz der einschneidenden Ereignisse, die ihr Leben verändert hatten, war die gemeinsam verbrachte Zeit schnell vergangen. Lea hatte Tim ihre Wohnung gezeigt, sie hatten stundenlang geredet, sich gegenseitig ausgetauscht, waren tanzen gewesen. Und Lea hatte sich Tim hingegeben. Und dennoch kam es ihr so vor, als würde sie ihren Geliebten schon sehr lange kennen.

„Ich bin jetzt mit Tim zusammen. Er hat sogar bei mir übernachtet." Damit war Carmens wichtigste Frage im Voraus beantwortet. „Dann wirst du wohl nicht mehr bei mir zur Nacht bleiben. Schade! Ich fand das immer ganz lustig, wenn du nach der Disco zu mir zum Schlafen kamst." – „Und mir wird das Frühstück mit dir am Samstagmorgen fehlen!", gestand Lea.

„Wie ist Tim denn so, außerhalb der Disco?" bohrte Carmen. Lea nannte die Eigenschaften ihres Liebsten, die sie besonders schätzte. „Ich sehe schon, du liebst ihn sehr. Ist es diesmal der Richtige?" – „Wenn er mich nicht mit einer anderen hintergeht, dann schon."

Tatsächlich empfand Lea nicht nur ein sehr starkes Gefühl der Zuneigung für Tim, nein, es war mehr. Tim vermittelte Lea ein Gefühl der Sicherheit. Lea fühlte sich bei Tim geborgen. Viele gemeinsame Interessen und ähnliche Einstellungen zu den Dingen des Lebens schufen eine gemeinsame Basis für ihre Beziehung.

„Wie ist es denn bei dir, Carmen? Bist du noch allein?" – „Ich bin noch frei und ungebunden. Aber wir gehen doch mal wieder in die Stella Bar?" Das hörte sich für Lea wie eine Feststellung an. Sie überlegte kurz. Am schönsten war die Zweisamkeit mit Tim, die körperliche Nähe, wenn sie eng umschlungen sich in kleinen Schritten auf der Tanzfläche drehten und die körperliche Hingabe daheim in ihrem Bett. Aber Carmen war und blieb ihre Freundin, und es gab vieles, was die beiden Frauen gemeinsam erlebt und geteilt hatten, das sie als Seelenverwandte miteinander verband.

„Natürlich können wir uns mal in der Stella Bar treffen. Ich glaube, Tim hat an diese Bar eine sehr schöne Erinnerung, denn dort sind wir uns das erste Mal nähergekommen. Ich werde Tim vorschlagen, dass wir zu dritt in die Stella Bar gehen. Wie wäre es mit Freitagnacht in der nächsten Woche?" – „Von mir aus gerne. Gib mir dein Okay, wenn du mit Tim gesprochen hast."

Beim Lunch am Mittwoch fragte Tim Lea, ob sie mit ihm zusammen Urlaub machen möchte. „Ja, unbedingt!" Lea küsste Tim. Sie strahlte ihn an. „Was schlägst du vor?" – „Ich war noch nie in Griechenland. Das würde mich reizen." – „Meine Freundin Carmen war mal in Kreta. Ich glaube, der Ort heißt Rethymno. Sie schwärmte von dem schönen Strand." Tim nickte. „Ach ja, Carmen hat nach dir gefragt. Ich habe ihr gesagt, dass wir jetzt zusammen sind. Sie hat vorgeschlagen, dass wir zu dritt mal in die Stella Bar gehen. Dann könnte sie uns doch wegen Kreta beraten." – „Okay, wann willst du Carmen treffen?" – „Was ist mit Freitagnacht nächster Woche?" Tim stimmte zu.

18

Der Mädelsausflug führte in das Fünfseenland nach Herrsching. Dort stiegen die jungen Frauen um in den Bus nach Erling-Andechs. Als sie im Biergarten ankamen, fanden sie Platz an einem langen Tisch mit bester Aussicht auf die Alpenkette. Sarah hatte sich als erste gesetzt und hatte Mirela ein Zeichen gemacht. Sie bot Mirela einen Platz neben sich an. Mirela setzte sich zu Sarah, die heute ganz aufgekratzt war. Mirela freute sich darüber, dass sie gegenüber Anja saß. Sie kannte Anja schon vom Mädelsabschied im letzten Jahr, zwei Wochen vor ihrer Hochzeit. Damals war Mirela auch mit von der Partie gewesen. Anja erzählte von ihrer Arbeit als Anlageberaterin bei einer Bank. „Hast du viele Beratungsgespräche?", wollte Mirela wissen. „Ja, mindestens zwei pro Tag. Wir brauchen ja viel Zeit, vor allem beim Erstgespräch. Der Gesetzgeber hat ein Beratungsprotokoll vorgeschrieben, und da muss ich den Kunden viele Fragen stellen, zunächst zu ihrer aktuellen finanziellen Situation. Dann ist für mich wichtig zu wissen, welche Ziele der Kunde mit der Geldanlage verbindet. Will der Kunde etwas gegen Altersarmut tun oder ist er schon in der Lage, Vermögen aufzubauen? Der Zeithorizont ist für jede Geldanlage enorm wichtig. Ferner müssen wir die Risikofähigkeit und die Risikobereitschaft der

Kunden klären. Bei jedem einzelnen Kunden muss ich eine Anamnese der persönlichen Finanzsituation vornehmen." – „Berätst du auch viele Frauen?", wollte Mirela wissen. „Ja, die Zahl der Kundinnen, die Beratung in finanziellen Dingen suchen, steigt. Vor allem im Hinblick auf die private Altersvorsorge buchen viele Frauen einen Termin bei mir. Das ist auch dringend nötig. Ein Ehemann ist keine Altersvorsorge. Neuere Studien gehen von 30 % Altersarmut bei den heute berufstätigen Frauen aus."

Das Gespräch wurde unterbrochen, denn der Kellner nahm die Bestellungen auf. Die Stimmung in der Runde war heiter und wurde beim zweiten Bier ausgelassen.

Sarah fragte nach Lukas und den Plänen für morgen. „Lukas hat einen Ausflug vorgeschlagen. Und auf dem Rückweg gehen wir dann essen." Sarah sah Mirela ins Gesicht, dann gab sie ihr einen Puff in den Oberarm. „Wir sollten wieder einmal tanzen gehen. Das tut uns beiden gut." Mirela blieb die Antwort schuldig.

„Anja, wie bist du denn Anlageberaterin geworden?" – „Ganz normal. Erst Banklehre, dann betriebsinterne Ausbildung. Und ich habe Freude an der Arbeit." – „Da hast du aber Glück!", sagte Mirela halblaut. „Anja kann das, was sie gelernt hat, anwenden. Ich bin gespannt, ob ich je in meinem Berufsleben eine Arbeit bekomme, die mit meinem Studium an der Uni etwas zu tun hat." Mirelas Kopf sank nach unten.

Als die Mädelsgruppe den Bus zum S-Bahnhof Starnberg Nord bestiegen hatte, wurde es sehr laut. Immer wieder füllte lautes Gelächter den Bus.

19

Mirela war auf dem Weg in die Arbeit. Sie saß in der U-Bahn und dachte an Tanja. Sie wollte Tanja vorschlagen, gemeinsam in die Mittagspause zu gehen. Gegen zehn Uhr besuchte sie Tanja an ihrem Arbeitsplatz. „Hallo Tanja. Du verlässt uns ja bald. Das finde ich schade. Was machst du heute Mittag?" - „Ich hole mir was beim Bäcker. Manchmal hänge ich noch einen kleinen Spaziergang dran." – „Darf ich mich dir anschließen?" – „Ja klar. Ich hole dich ab, und dann gehen wir zu zweit los!"

Tanja hatte den Master in Business Administration. Sie hatte sich mit Erfolg auf die Stelle „Assistent/in Geschäftsführung und Strategieentwicklung" bei einem großen, weltweit agierenden Konzern beworben. „Die haben mich ganz intensiv gelöchert, was ich denn bis jetzt gemacht habe. Ich musste nicht nur genau erklären, was ich hier mache, die haben sich sogar für meine Jobs in der Studentenzeit interessiert. Da habe ich dann auch gesagt, dass ich mehrmals als Kellnerin in den Semesterferien gejobbt habe." – „Aber eine Bistroschürze mit weißen Spitzen wirst du dort nicht tragen müssen?" Beide lachten. „Dafür gibt es dort auch kein Trinkgeld", meinte Tanja und lächelte. „Ich kann mir zwar nur schwer vorstellen, was ich dort machen muss. Die Gesprächspartner haben mehrmals von der Arbeit im Team gesprochen. Ich bin mal gespannt." – „Gehst du gerne von uns weg?" – „Jein. Aber ich muss auch an meinen Lebenslauf denken. Ich will nicht ewig lang auf dieser Stelle bleiben. Das liest sich im Curriculum nicht gut." Mirela hatte bemerkt, dass die sonst sehr zurückhaltend wirkende Tanja ehrgeizig war. Vorsichtig fragte Mirela: „Und die Bezahlung?" – „Ist besser. Und sogar mehr, als ich erwartete hatte."

Sie kauften sich Gebäck. In der Anlage gegenüber setzten sich die beiden jungen Frauen in die Sonne und packten aus, was sie gekauft hatten. Das Gespräch wurde persönlicher. Mirela hatte von Lukas erzählt und auch ihre Urlaubspläne erwähnt. „Lukas legt immer Wert auf sportliche Aktivitäten. Er will jetzt auf Malta einen Tauchkurs machen. Und ich bleibe allein zurück auf dem Liegestuhl. Hast du denn einen Partner?" – „Momentan nicht. Und das macht mir auch nichts aus. Mit Datingplattformen falle ich immer wieder herein. Und bei uns sind ja fast nur Frauen. Vielleicht lerne ich auf der neuen Stelle einen Mann kennen. Vom Profil des Unternehmens her arbeiten dort mehr Männer."

Als Tanja und Mirela auf dem Weg zurück waren, schlug Mirela vor: „Tanja, das war jetzt schön. Wollen wir das mittags wieder einmal so machen?" – „Ja, liebend gerne". Tanja lächelte Mirela fröhlich an.

Als Mirela abends nach Hause fuhr, war sie ganz beschwingt. „Wie schön wäre es, wenn ich Tanja als Freundin gewinnen könnte."

Als Mirela die Türe zu ihrer Wohnung öffnete, war sie ganz überrascht, dass Lukas schon zu Hause war. Er kam ihr entgegen, gab ihr einen Kuss und nahm ihr die Tüte mit den Einkäufen ab. „Was willst du essen? Du kannst wählen zwischen Bruschetta und Mozzarella-Tomaten." Lukas entschied sich für Bruschetta.

„Wie war dein Tag?", fragte Lukas, bevor er seine Bruschetta anschnitt. Voller Freude berichtete Mirela von der Zeit, die sie mittags gemeinsam mit Tanja verbracht hatte. „Tanja verlässt euch bald, nicht wahr?" – „Leider. Aber vielleicht treffen wir uns auch später noch einmal." Lukas nickte. „Das finde ich gut. Freunde hat man nie genug!" Er trank einen Schluck Bier. „Ich bin froh, dass wir bei uns eine Betriebskantine haben. Ich muss nicht allein zu Mittag essen. Gelegentlich verabrede ich mich auch mit dem einen oder dem anderen." Die Namen einiger Kollegen von Lukas kannte Mirela. Er war mit dem Essen fertig und führte die Serviette zum Mund. „Noch etwas, das dich freuen wird: die Bayern spielen erst wieder in drei Wochen in der Allianz Arena." Lukas machte eine Pause. „Wollen wir uns wieder mal mit Tim treffen? Der geht doch oft in die Stella Bar!" Lukas hatte offenbar vergessen, dass er es gewesen war, der Tim die Bar gezeigt hatte. Mirela strahlte Lukas an. Verliebt blickte sie in sein Gesicht: du willst mit mir tanzen gehen? Gerne! Wann wollen wir in die Stella Bar gehen?" – „Was ist mit Freitagnacht nächster Woche?" – „Ja!" Mirela war aufgestanden und hatte Lukas auf den Kopf geküsst. „Dann werde ich Tim anrufen." Er griff nach dem Handy. „Hallo Tim, wie geht es dir?" – „Bestens. Erinnerst du dich noch an die junge Frau mit den langen schwarzen Haaren?" Es entstand eine Pause. „Die du an der Bar getroffen hast?" – „Ja, genau die. Das ist Lea. Wir sind jetzt zusammen." – „Gratuliere!", rief Lukas, sichtlich erfreut. „Wollen wir uns übernächsten Freitag in der Stella Bar treffen?" Lukas bestätigte die Verabredung. „Halb zehn in der Stella Bar, übernächsten Freitag. Abgemacht."

20

Lea fuhr mit der S-Bahn nach Dachau. Sie kehrte von der Arbeit zurück, nachdem sie auf dem Weg zur S-Bahn noch kurz Tim im Hotel besucht hatte. Tim hatte sich sichtlich über den überraschenden Besuch gefreut. Wie schön war es, dass sie nur ein paar Gehminuten voneinander entfernt arbeiteten! Sie tauschten sich über ihre Arbeit aus, dann fragte Lea: „Sag mal Tim, wenn wir nächste Woche in die Stella Bar zum Tanzen gehen, hättest du was dagegen, wenn Carmen mitgeht?" – „Ganz im Gegenteil, sie ist doch nett!" Tim hatte nicht viel mit der Blondine mit den tief liegenden Augen gesprochen, denn sie hatte damals den Platz an der Bar mit der Tanzfläche getauscht. „Dann werde ich Carmen heute Abend anrufen. Und bei der Gelegenheit kann ich sie über ihren Urlaub in Kreta ausfragen." Tim küsste Lea auf die Stirne. „Über einen Urlaub in Griechenland mit dir würde ich mich freuen. Ich bin gespannt auf deinen Bericht." Zur Verabschiedung hatten sie sich umarmt und geküsst.

Auf dem Weg nach Hause machte Lea Einkäufe für die Mahlzeiten, die sie und Tim gemeinsam in ihrer Wohnung einnehmen würden. Am Freitagabend wollte sie mit Schinken und Käse gefüllte Blätterteighörnchen backen. Im Verlauf des Abends wollten sie in Dachau zum Tanzen gehen.

Nachdem sie die Lebensmittel im Kühlschrank verstaut hatte, rief sie Carmen an. Zunächst musste Lea Carmens Neugierde befriedigen, denn Carmen löcherte Lea intensiv über ihr Verhältnis zu Tim. Dann endlich kam Lea zum Zug und stellte Carmen viele Fragen zu ihrem Urlaub auf Kreta. Sie erfuhr auch, dass Rethymno die drittgrößte Stadt der Insel Kreta war und eine sehenswerte Altstadt besaß. Von Rethymno aus waren auch viele Sehenswürdigkeiten gut zu erreichen. „Das wird Tim gefallen", dachte Lea. So wie sie Tim einschätzte, würde er nicht die ganzen vierzehn Tage auf dem Liegestuhl am Meer verbringen wollen.

„Wann sehen wir uns mal wieder?" – „Tim und ich sind für Freitagabend nächster Woche mit Lukas und Mirela in der Stella Bar verabredet. Willst du mitgehen?" – „Mensch Lea, genau das wollte ich dir auch vorschlagen. Super! Klar gehe ich mit."

Lea schlug Carmen als Treffpunkt das Zwischengeschoß des U-Bahnhofs Münchner Freiheit vor. „Tim und ich erwarten dich dort um halb zehn. Ich freu mich! Tschüss!"

Lea freute sich auf ein Wiedersehen mit ihrer besten Freundin Carmen. So unterschiedlich die beiden Frauen in ihrer Mentalität und in ihrem Temperament waren, sie waren dennoch stets ein gutes Team. Die offene, spontane Art Carmens, die Bereitschaft, neue Leute kennenzulernen und ihre unbeschwerte, fröhliche Art imponierte Lea. Carmen hatte einiges an sich, was Lea nicht hatte. Gerade deshalb mochte Lea Carmen sehr. „Wenn ich einmal heirate, soll Carmen meine Trauzeugin sein."

21

Als Lea mit ihrer Freundin Carmen und Tim die Diskothek betraten, fanden sie Lukas und Mirela auf der Tanzfläche vor. Sie machten ihnen ein Zeichen und nahmen in einer Ecke Platz. „Das ist meine Freundin Carmen", sagte Lea, als Lukas und Mirela von der Tanzfläche kamen. Lukas setzte sich seitlich neben Carmen, Mirela nahm auf der anderen Seite von Lukas Platz. Da die Musik recht laut war, vertauschte Lukas recht bald seinen Sitzplatz mit der Tanzfläche. Er tanzte auch mit Carmen, und Lea beobachtete ihn, als er sein Gesicht Carmen zuwandte und ihr etwas ins Ohr brüllte. Daraufhin lachte Carmen herzhaft und blickte Lukas an. Ihm schien die Blondine mit den aufgesteckten Haaren und den tief liegenden Augen zu gefallen. Immer wieder forderte er Carmen zum Gang auf die Tanzfläche auf. Mirela hatte sich jetzt neben Lea gesetzt und versuchte, mit ihr ein Gespräch zu beginnen. Die Musik wurde langsamer und gedämpfter, und beide konnten sich jetzt unterhalten. Lukas hatte seinen Arm um Carmen gelegt und zog sie näher zu sich heran. Die tief liegenden Augen blickten auf zu seinem Gesicht, denn Lukas war größer als Carmen. Es schien, als würden sich Carmen und Lukas auch ohne Worte näherkommen. Lange blieben beide auf dem Parkett. Das fiel Mirela nicht auf, denn sie unterhielt sich angeregt mit Lea.

Endlich war Lukas an den Platz zurückgekehrt. Er lächelte Mirela an und nickte ihr dabei zu. Carmen, die neben Lukas Platz genommen hatte stieß ihn an: „Ich geh mal eine rauchen." – „Da komme ich mit", entschied

Lukas. Er steckte sein Handy ein und folgte Carmen nach draußen, obwohl er Nichtraucher war.

Vor der Stella Bar blickte er in Carmens Augen, lächelte sie an und sagte: „Schön ist es hier – mit dir!" Carmen und Lukas unterhielten sich, Carmen scherzte, und beide lachten herzlich. Auf Anhieb hatten sie sich verstanden.

Carmen musste es Lukas angetan haben, denn als Carmen mit dem Kopf eine Bewegung in Richtung Eingang machte, sprudelte es es aus Lukas: „Carmen, ich möchte dich gerne mal wiedersehen! Ohne Mirela!" Darauf lachte Carmen verschmitzt, doch sogleich schob sie nach: „Ich gebe dir meine Handy-Nummer!" Lukas zog sein Handy aus der Hosentasche und tippte Carmens Handy-Nummer ein.

Als Lukas wieder seinen Platz in der Disco einnahm, legte Mirela ihre Hand auf die seine, und sagte: „Da bist du ja endlich wieder." Doch das war keine Feststellung.

Alsbald tanzten alle wieder. Öfters scannte Lukas mit seinen Augen die Tanzfläche nach Carmen ab. Er tanzte auch mit Mirela, doch seine Gedanken waren nicht bei ihr. Bei den letzten Klängen eines langsamen Musikstücks drückte Lukas Carmen an sich und sagte in ihr Ohr: „Auf ein nächstes Mal." Carmen nickte, bevor sie an ihren Platz zurückkehrte.

Als Lea und Tim auf dem Weg zurück allein waren, fragte Tim: „Du hast dich länger mit Mirela unterhalten, wie findest du sie?" – „Sie scheint mit ihrem Beruf nicht ganz glücklich zu sein. Und sie fühlt sich oft von Lukas alleingelassen. Sonst ist sie nett. Ich war schon etwas überrascht, dass sie so aus sich herausgegangen ist, obwohl wir uns doch bisher nicht kannten." – „Dann ist es sicher gut, dass sie sich bei dir ausweinen konnte." Auch Tim hatte Mirelas Probleme verstanden. Da fiel ihm ein Satz von Lukas ein, den er von ihm schon öfters gehört hatte: „Freunde hat man nie genug!"

Dass sein Freund Lukas Carmen erobern wollte, war ihm noch nicht bewusst.

Beim großen Frühstück am Samstagmorgen fragte Lukas Mirela: „Hat es dir gestern auch gefallen?" – „Ja, es war schön. Ich habe mich sogar mit Lea unterhalten. Da hat Tim aber eine patente Frau gefunden!" Jetzt fiel Lukas ein, dass er gestern kein einziges Mal mit Lea getanzt hatte. Seine Augen waren ganz allein bei Carmen gewesen.

Als Mirela zum Einkaufen unterwegs war, griff Lukas nach seinem Handy. Er rief Carmen an. „Hallo Carmen! Danke nochmals für den schönen Abend mit dir!" – „Hallo Lukas. Ja, es war schön. Wir können gerne mal um die Häuser ziehen. Nur wir zwei!"

„Carmen ist wirklich anders als Mirela", dachte Lukas. „So lebensfroh, humorvoll und unternehmungslustig. Sicher kann man mit Carmen Pferde stehlen. Das vermisse ich an Mirela. So süß Mirela auch ist. Aber Carmen will ich wiedersehen, unbedingt."

Als Mirela vom Einkaufen zurückkam, kam Lukas nochmals auf das Thema Urlaub zurück. Er hatte die Seite mit den Hotelangeboten von Mellieha offen, und zeigte Mirela ein Hotel, das ihm gut gefiel. „Schau dich ruhig etwas um bei den Hotelangeboten. Vielleicht gefällt dir ein anderes Hotel besser?"

Mirela versank über dem Tablet, das Lukas ihr auf den Schoß gelegt hatte. Doch, das Viersterne-Hotel, das Lukas ausgesucht hatte, lag schön und hatte gute Kritiken. Die vielen Annehmlichkeiten, die das Hotel bot, waren wohl der Grund für den recht hohen Preis. „Und in diesem Ort machst du dann den Tauchkurs?" – „Ja, an vier Tagen in der ersten Woche. Danach machen wir auch Sightseeing." Mirela sah auf zu Lukas: „Gehst du auch nach dem Tauchkurs, wenn du zurückkommst, mit mir noch ins Meer zum Schwimmen?" – „Wenn Zeit bleibt und ich dann nicht zu müde bin, ja."

Schweigend gab Mirela Lukas das Tablet zurück. „Und?" – „Von wann bis wann soll ich Urlaub beantragen?" - „Ich würde vorschlagen, vom 16. bis zum 30. August." Mirela sah zu Lukas hinüber. „Gut, dann kläre ich das im Büro."

22

Lea saß mit Tim beim Frühstück. Tim sah Lea an. „Was sagt Carmen noch über Kreta?" – „Carmen hat ihren Urlaub auf Kreta in bester Erinnerung. Ihr hat das orientalische Flair der Stadt Rethymno gut gefallen. Auch der Strand war sehr schön. Sie würde wieder einmal nach Kreta fliegen." Tim hatte gerade ein Hörnchen mit Aprikosenmarmelade bestrichen. Jetzt sah er auf. „Möchtest du Carmen nach Kreta mitnehmen?" – „Ach Tim, wo denkst du hin! Unser erster Urlaub gehört doch uns allein. Nein, Carmen nehme ich nicht mit in den Urlaub. Auch wenn sie meine beste Freundin ist. Die Carmen wird sich in München auch ohne mich amüsieren, wenn wir in Urlaub sind." – „Was meinst du damit?" – „Carmen ist eine Frau, die auch allein in eine Bar oder eine Disco geht. Sie findet dort auch immer Anschluss." – „Lea, das würdest du eher nicht tun?" – „Nein, das würde ich nicht tun. Als wir uns in der Stella Bar getroffen haben, war ich ja auch nicht allein dort. Und ich bin danach auch nicht mit dir zur Nacht in deine Wohnung gegangen."

Tim dachte nach. Die beiden Freundinnen waren wirklich grundverschieden. Carmen war quirlig, unternehmungslustig und bereit, sich immer wieder auf Neues einzulassen. „Wohl auch auf Flirts und flüchtige sexuelle Abenteuer. Darum bleibt sie ungebunden," dachte Tim. Obwohl er die unbeschwerte, heitere Art Carmens mochte, war ihm Leas ernste, zurückhaltende, manchmal fast bedächtige Art lieber. „Lea passt besser zu mir. Und ich weiß, woran ich mit ihr bin."

Nach vielen langen Gesprächen, manchmal auch auf ausgedehnten Spaziergängen, hatte er Lea kennengelernt. In vielen Fragen ahnte er im Voraus schon Leas Antwort oder ihre Reaktion. Und fast immer lag er richtig.

„Dann setzen wir uns nachmittags, wenn wir zurück sind, nochmals hin und suchen uns ein Hotel, das uns beiden gefällt. Wann brechen wir auf zum Biergarten am Chinesischen Turm?" – „Ich bin bald fertig. Gib mir eine halbe Stunde."

Sie fuhren mit der U 6 bis Dietlindenstraße und dann weiter mit dem Bus bis Osterwaldstraße. Hand in Hand bummelten sie in südlicher Richtung zum Chinesischen Turm, am Kleinhesseloher See vorbei. Als die Unterhaltung eine Pause nahm, sinnierte Tim: „Wenn das zwischen uns so bleibt, kann ich mir Lea gut als meine Frau vorstellen." Er blieb stehen, löste seine Hand aus der

Leas, wandte sich ihr zu und küsste sie beherzt. Er nahm Lea in die Arme und drückte sie fest an sich. „Schön, dass es dich gibt!" – „Ja, das geht mir genauso." Lange hielten sie sich aneinander fest, eng umschlungen. Im Weitergehen überlegte sich Tim, wann er Lea die entscheidende Frage stellen sollte.

Als Tim und Lea vom Spaziergang durch den Englischen Garten zurückkamen, googelten beide nach dem passenden Hotel in Rethymno. Sie konnten sich einigen und ihr Urlaubsplan nahm eine feste Gestalt an. Vom 1. August bis zum 15. August wollten sie in einem 4-Sterne-Hotel Plus die schönsten Tage des Jahres verbringen.

Lea war aufgestanden und zu Tim hinübergegangen. Sie beugte sich zu ihm hinunter und küsste Tim zärtlich auf den Kopf. Tim stand auf und nahm Lea in seine Arme. Die Lippen fanden zueinander und ihre Zungen begrüßten sich freudig. Fast schien es, als könnten sie nicht voneinander lassen. Als ihre Augen ineinander versanken, hauchte Tim: „Komm!" Er nahm Lea bei der Hand und zog sie in das Schlafzimmer. Im Spiel der Zärtlichkeiten verschmolzen ihre Körper.

23

Mirela hatte die Daten ihres geplanten Urlaubs in das entsprechende Portal ihrer Firma eingegeben. Jetzt stand sie auf und wollte Tanja kurz an ihrem Arbeitsplatz besuchen. „Hallo Tanja, wie geht es dir?" – „Danke, gut!" Zwei blaue Augen blickten auf zu Mirela. Tanja wirkte aufgeräumt, gut gelaunt. Sie freute sich auf ihre neue

Stelle. „Gehst du heute Mittag wieder zum Bäcker?"
fragte Mirela. „Klar! Willst du mitgehen?" – „Ja, gerne."

Der Weg zurück führte Mirela noch zu ihrem Chef.
Zaghaft klopfte sie an die Türe. Da sie keine Antwort
bekam, klopfte sie nochmals an die Türe, diesmal mit
Nachdruck. Auch diesmal blieb ihr Klopfen ohne Antwort. Ohne Aufforderung öffnete sie die Türe und trat
zögerlich ein. Ihr Chef beendete gerade ein Telefonat mit
den Worten. „Ich freue mich auf Ihre Bewerbung! Auf
Wiedersehen." – „Mirela, was gibt es?" – „Grüß dich Joe,
hast du meinen Urlaubsantrag schon gesehen? Lukas will
nämlich möglichst bald buchen." – „Den schau ich mir
gleich an." Joe wandte sein Gesicht dem Notebook zu.
„Vom 16. bis zum 30. August?" fragend sah er zu Mirela
auf. „Genau." – Joe wandte sich wieder dem Notebook
zu. Einige Klicks füllten die Stille aus. „Gebongt und
genehmigt. Wo solls denn hingehen?" – „Nach Kreta!"
– „Oh, Kreta ist schön." Offenbar kannte Joe Kreta von
einem früheren Urlaub.

Mirela überlegte noch, ob sie ihren Chef über seine
Erfahrungen mit Kreta als Urlaubsziel fragen sollte. Sie
traute sich jedoch nicht, ihren Chef auf seinen Urlaub
in Kreta anzusprechen.

„Na dann schönen Urlaub!" – „Danke, Joe!" – „Keine
Ursache. Der Urlaub steht dir ja zu. Mach was Schönes
draus." Beim Rausgehen fiel ihr wieder der Tauchkurs
ein, für den Lukas brannte. Und das teure und exklu-
sive Hotel, das so abgelegen war. Aber gleich daneben
war ja die Tauchschule, bei der sich Lukas heute Abend
anmelden wollte, nach der Onlinebuchung für die Pau-
schalreise nach Malta.

Nach dem gemeinsamen Gang zum Bäcker ließen sich Mirela und Tanja wieder auf der Bank nieder, auf der sie schon in der vergangenen Woche gesessen hatten. „Tanja, machst du noch Urlaub, bevor du die neue Stelle antrittst?" – „Ja, ich fliege mit einer Freundin für eine Woche nach Mallorca. Wir sind in Playa de Mallorca. Auf diese Weise können wir Baden, Shoppen und Ausflüge leicht miteinander verbinden." – „Oh, da beneide ich dich", kam es aus Mirela hervor. Sie senkte ihren Kopf und schaute auf den Boden. – „Was macht ihr im Urlaub?", wollte Tanja wissen. Mirela berichtete über den Verlauf ihrer Urlaubsplanung. Sie erwähnte anerkennend, dass Lukas ein teures Vier-Sterne-Hotel Plus ausgesucht hatte. Aber so abgelegen. „Ich denke, ihm ging es primär um die benachbarte Tauchschule." – „Gab es keine Alternativen, zum Beispiel in Sliema?" – „Ja, aber dort ist der Strand nicht so schön." Tanja war mit dem Essen fertig und zerknüllte ihre Papierserviette. Sie blickte Mirela in die Augen und sagte: „Darf ich dir einen Rat mitgeben, Mirela. Wir kennen uns noch nicht so gut, aber bei der nächsten Gelegenheit, bestehe darauf, dass deine Interessen im gleichen Maß berücksichtigt werden wie die von Lukas. Du willst doch seine gleichberechtigte Partnerin sein!" Tanjas blaue Augen fixierten Mirelas Gesicht.

„Wie recht hat doch Tanja", dachte Mirela. „Ja, ich werde das Beste aus unserem Urlaub machen. Dann fahre ich halt allein nach Valetta zum Einkaufen," dache sie etwas trotzig. „Schade nur, dass ich dann wieder einen ganzen Tag allein bin."

Jetzt war auch Mirela mit dem Essen fertig. „Du hast ja recht, Tanja. Aber sonst meint es Lukas ja gut mit mir.

Sieh nur, wie viel Geld er bereit ist, für unseren Urlaub auszugeben. Er hat ein wunderschönes, sehr teures Hotel ausgesucht." – „Zahlt Lukas den Urlaub allein?" – „Die Pauschalreisen zahlt Lukas immer von seinem Gehalt. Ich lade ihn dann und wann auf einem Drink ein. Falls wir auf einem Ausflug einkehren, bezahle ich auch das Mittagessen. Mit Geld ist Lukas sehr großzügig. Na ja, er verdient auch deutlich besser als ich. Ich darf auch mit einer Freundin abends ausgehen, wenn ich möchte. Er lässt mir dann freie Hand. Sogar dann, wenn er zu Hause ist." Wieder ruhten Tanjas Augen auf Mirelas Gesicht. „Aber Dinge, die euch beide betreffen, solltet ihr auch gemeinsam entscheiden. So, dass jeder die Entscheidung mittragen kann. Faule Kompromisse gehen immer zu Lasten eines der Beteiligten."

Auf dem Weg nach Hause, in der U-Bahn, dachte Mirela über das Gespräch in der Mittagspause nach. „Tanja ist eigentlich ganz vernünftig. Wie schön ist es, dass wir zusammen Mittag machen. Wie schade, dass sie uns zum 1. verlässt. Ich möchte mit ihr Kontakt halten. Vielleicht geht sie mit mir mal ins Kino."

24

Es war Mittwochmittag, und Tim und Lea saßen in der Bar und aßen die Sandwiches, die der Kellner für sie vorbereitet hatte. Das war für den Kellner der Bar ein Sonderauftrag, denn eigentlich gab es an der Theke der Bar außer Salznüsschen und Knabbergebäck keine Speisen. Für ein großzügig bemessenes Trinkgeld war Ettore gerne bereit, Tim diesen Gefallen zu tun. Das gemeinsame Mittagessen in der Bar war zu einer festen Einrichtung geworden. „Ich freue mich schon auf unseren gemeinsamen Urlaub auf Kreta", sagte Tim gut gelaunt. „Ich freue mich auch", antwortete Lea und strahlte Tim an. „Ich lese abends schon im Reiseführer und überlege, was uns interessieren könnte. Darüber sollten wir am Wochenende mal reden", schlug Lea vor. „Da lass ich mich gerne überraschen!" Tim lächelte. „Kommst du am Freitag wieder zu mir nach Dachau?" – „Lea, das tut mir jetzt leid, aber wir haben am Samstag eine Veranstaltung im Konferenzraum. Da muss ich anwesend sein. Jetzt gibt es zwei Möglichkeiten: entweder ich komme Samstagabend zu dir nach Dachau, oder du holst mich im Hotel ab und wir machen von hier aus etwas." – „Da können wir noch darüber reden. Ich muss jetzt aber zurück in die Bank." Tim begleitete Lea noch hinaus und ging mit ihr ein paar Schritte. Vor einer Einfahrt zog er Lea an sich und sie verabschiedeten sich mit innigen Küssen.

Auf den letzten Schritten zurück an ihren Arbeitsplatz dachte Lea über das kommende Wochenende nach. Tim war am Samstag durch die Veranstaltung in seinem Hotel gebunden. Für ihn begann das Wochenende erst am Samstagabend. Sie könnte am Vormittag ihre Eltern in Erding besuchen und danach zu Tim nach München fahren. Abends käme Kino oder Club in Frage. In diesem Fall würde sie zur Nacht bei Tim bleiben. Oder sie erwartete Tim in Dachau, wo es auch Möglichkeiten zur Unterhaltung gab, allerdings eher Disco als Kino.

Dann fiel ihr Carmen ein, die darauf gedrängt hatte, mit ihr auszugehen. Gewiss, Carmen hatte auch andere Freundinnen, denen sie sich anschließen konnte. Aber nach dem letzten Telefonat hatte sie den Eindruck, dass ihre Freundin sie vermisste, als Carmen gefragt hatte: „Lea, was ist jetzt mit uns beiden?" Als Lea im Bankgebäude mit dem Lift nach oben fuhr, verspürte sie die Lust, wieder mal etwas mit Carmen zu unternehmen. Sogar ohne Tim. „Statt am Samstag zu meinen Eltern zu fahren, könnte ich mich für Samstagnachmittag mit Carmen verabreden, und den Abend dann für Tim freihalten. In diesem Fall hole ich Tim im Hotel ab." Als Lea sich an ihren Schreibtisch gesetzt hatte, fällte sie ihre Entscheidung. „Genau so möchte ich das machen. Ich werde das Tim und Carmen so sagen."

Als Tim in sein Hotel zurückkehrte, führte ihn sein Weg erst zu Slavica. Er fragte nach der Genesung ihres Vaters, der jetzt auf Reha war. „Danke der Nachfrage, es geht ihm täglich besser." Danach nahm Tim die Post entgegen, die ihm Slavica entgegenstreckte. Er wollte gerade weitergehen, als ihn Slavicas Frage zurückhielt. „Herr Gerling, ist Ihnen diese Frau aufgefallen?" Slavica wies auf die rothaarige Frau, die sich an der Bar niedergelassen hatte. Sie war intensiv geschminkt, trug weiße Handschuhe, eine rote Lederjacke, unter der ein kurzer Rock begann. Ihre Beine steckten bis über die Knie in schwarzen Lackstiefeln. Sie nippte an einem Glas mit Whisky, dann zog sie ihre Handschuhe aus. Geistesabwesend sah sie über den Tresen in die Bar.

In Tims Kopf arbeitete es. Er kannte die Frau, die er auf Mitte dreißig schätzte, nicht. Aber er erkannte:

„Sie ist eine Prostituierte! Hier kann sie ihre Dienste aber nicht anbieten! Das verträgt sich nicht mit unserem Selbstverständnis." Schon wollte er sich auf den Weg machen, als ein Herr im blauen Anzug an die Bar trat. Nach einem kurzen Wortwechsel legte der Herr einen Schein auf den Tresen, und beide machten sich auf den Weg zum Lift. Sie fuhren nach oben. „Kennen Sie den Herrn, Slavica?" – „Er hat gestern eingecheckt. Ein Hotelgast aus dem Ausland", antwortete Slavica. „Dann lassen wir das mal so wie es ist", beschied Tim. „Jeder kann Besuch in seinem Zimmer empfangen. Mit wem er sich dort vergnügt, geht uns nichts an. Jedes Hotelzimmer ist Privatbereich." Slavica sah Tim groß an, brachte aber nichts hervor.

25

Von Carmen erfuhr Lea am Telefon, dass ihre Freundin für Samstag andere Pläne hatte. „Aber wir können uns doch Freitag nach der Arbeit treffen. Hast du Lust?" – „Ja. Gehen wir wieder in die gleiche Bar wie beim letzten Mal?"- „Abgemacht. Wir sehen uns am Freitag!"

Erst berichtete Carmen von ihrem Beruf als Anlageberaterin bei einer Fondsgesellschaft. „Wir bauen die Finanzberatung für Frauen jetzt aus. Neben den Kundenterminen, die ich habe, basteln wir im Team an einem neuen Auftritt mit eigenem Profil. Neben der Präsentation nach außen geht es auch um die Suche nach geeigneten Produkten, mit denen wir die Frauen erreichen wollen." Lea hatte interessiert zugehört und auch gelegentlich Fragen gestellt. Sie kannte Carmen von der Ausbildung her gut. Damit waren beide vom Fach. Allerdings war Lea in der Kreditabteilung einer Großbank. Die Kunden, mit denen sie über Finanzierung sprach, waren durchwegs Männer. Durch ihre Arbeit hatte sie auch den Geschäftsführer eines großen Hotels kennengelernt: Tim, den sie jetzt innig liebte.

„Wenn du Geld zum Anlegen hast, bist du bei mir richtig", sagte Carmen und gab ihr einen Puff. Ihre tief liegenden Augen blickten vergnügt in Leas Gesicht. „Wann heiratet ihr?" – „Na hör mal, wir kennen uns doch erst ein paar Monate." – „Weißt du Lea, ich sehe, wie deine Augen leuchten, wenn der Name Tim fällt. Und wie du von ihm redest! So spricht nur eine Frau, die einen Mann in ihr Herz geschlossen hat." Carmen machte eine Pause und führte ihr Glas an den Mund. Dann fuhr sie fort: „So wie ich Tim einschätze, lässt der dich nicht mehr los." Lea hatte Carmen aufmerksam zugehört. „Das will ich auch gar nicht", dachte sie. „Ein gemeinsames Leben mit Tim kann ich mir gut vorstellen." Mit Tim konnte sich Lea bestens unterhalten. Tim hörte Lea auch intensiv zu, ließ sie reden, fragte nach, wenn etwas sein besonderes Interesse fand und ergänzte das Gesprächsthema gelegentlich mit einem persönlichen Blick auf die Dinge. Aber der Horizont ihrer Zukunftspläne reichte nur bis zu ihrem Urlaub auf Kreta. Und nicht darüber hinaus. Momentan jedenfalls.

Als Lea in der S-Bahn saß, dachte sie: „Aber eine Andeutung, dass Tim mich heiraten will, hat er bis jetzt nicht gemacht."

Lea hatte vergessen, dass Tim sie einmal, als sie an der Ampel stehend auf das Grünzeichen warteten, gefragt hatte, ob sie einmal Kinder haben wolle.

Am Samstagabend holte Lea Tim in seinem Hotel ab. Sie gingen erst in eine Pizzeria in der Nähe des Hotels. Tim schien Hunger zu haben, denn er entschied sich für die Pizza della Casa, die besonders reich belegt war. Lea bestellte nur einen Krabbencocktail. Tim berichtete kurz über die heutige Veranstaltung in seinem Hotel. Einen Vortrag hatte er sogar mitverfolgt. „Worum ging es denn?", fragte Lea. „Über Immobilien als Geldanlage. Sehr aufschlussreich. Aber im Moment nichts für mich." – „Vielleicht eher für mich?" Lea lächelte Tim an. „Wie meinst du das?" – „Jemand muss doch den Kredit für das Haus oder die Wohnung geben!" Jetzt lachten beide.

Reichlich früh brachen sie auf in Richtung Münchner Freiheit. Die Stella Bar war noch ganz leer. Dafür war die Musik etwas gedämpfter als bei vollem Club. Beide fanden sie einen Tisch auf der entgegengesetzten Seite. Hier konnte man die Bar gut einsehen. Nach etlichen Tänzen fragte Tim: „Darf ich dir einen Sekt spendieren?" – „Ja, gerne. Wir könnten auf unseren Urlaub in Kreta anstoßen. Oder nur auf uns beide." Lea lehnte sich zu Tim hinüber und küsste ihn. Sie wiederholte, den Mund an Tims Ohr, nochmals die Worte: „Auf uns!" Ihre Lippen berührten sich, und sie küssten sich lange und ganz ineinander versunken. Danach träumte Lea mit versonnenem Blick. „Vielleicht macht Tim mal eine Andeutung?"

Als sie nach den nächsten Tänzen zurückkamen, sah Lea versonnen zur Theke, an der sie damals mit Tim gesessen hatte. Dort hatte er sie auf ein Glas Sekt eingeladen, dort hatten sie ihre ersten Gespräche geführt. Jetzt bemerkte Lea: an der Bar saß Carmen! Ein freudiges Lächeln huschte über Leas Gesicht. Da drehte sich der Mann neben Carmen um und küsste Carmen. Es war Lukas, Mirelas Partner! Vor Schreck blieb Leas Mund offen.

Die Köpfe der beiden blieben einander zugewandt, und wieder küsste Lukas Carmen. Zärtlich streichelte Lukas Carmens Wange.

Lea stieß Tim an. „Siehst du ihn auch, Lukas, mit meiner Freundin Carmen?" Tim schaute ungläubig in Richtung Bar. Ihm fehlten die Worte. Tatsächlich, Lukas tauschte mit Carmen Zärtlichkeiten aus, wie sie unter frisch Verliebten normal waren. Jetzt glitt Lukas vom Barhocker, reichte Carmen die Hand und führte sie auf das Tanzparkett. „Hundling!", dachte Tim. Ihm waren die flotten Sprüche und die gelegentlich etwas saloppe Art von Lukas vertraut, aber dass er seine Frau Mirela so hintergehen würde, hätte er nicht gedacht. „Ich werde Lukas auf das mit Carmen ansprechen, wenn ich das nächste Mal mit ihm zu tun habe," sagte er zu Lea.

Tim war sich als Hotelier bewusst, dass in den Betten seines Hotels schon mancher Seitensprung geschehen war. Jedes Hotelzimmer war Privatbereich. Was dort geschah, interessierte ihn nicht. Viel angenehmer war es, ein Brautpaar auf Hochzeitsreise zu empfangen. Wenn das Paar dies bei der Buchung mitteilte, war eine Flasche Sekt zur Begrüßung inklusive. Allerdings verlangte Tim eine Bestätigung der Hochzeit durch eine Eheurkunde. Es reichte aus, wenn das Paar ihm eine E-Mail mit Anhang sandte.

Tim wollte sich den Abend wegen dieser Beobachtung nicht verderben. Er machte Lea und Zeichen und führte sie auf die Tanzfläche. Beide überließen sich den Klängen der Musik. Im Gewitter der bunten Lichtblitze fielen sie nicht auf. Tim und Lea hatten nichts zu verbergen. Sie blieben lange in der Stella Bar, viel länger als Lukas und Carmen.

„Das hätte ich von Carmen nicht gedacht, aber eigentlich überrascht mich das auch wieder nicht", sagte Lea zu Tim auf dem Weg zur Münchner Freiheit. „So etwas Gemeines. Die arme Mirela!" Jetzt sagte Tim laut hörbar: „So ein Hundling!"

Lea sinnierte vor sich hin. Hatte Carmen Lukas zu sich nach Hause mitgenommen, nach Giesing, in die Perlacher Straße? Wenn ja, was würde aus Carmen und Lukas werden?

26

Tims und Leas Urlaub auf Kreta stand bevor. Lea wollte sich zuvor noch einmal mit ihrer Freundin Carmen treffen. Sie rief Carmen an. „Hallo Carmen! Wie geht es dir?" – „Bestens!", flötete Carmen. „Und bei Dir: auch alles okay?" – „Tim und ich fliegen am 1. August für zwei Wochen nach Kreta. Wollen wir uns vorher noch treffen?" – „Ihr Glücklichen! Urlaub würde mir auch guttun. Aber während der Schulferien komme ich von hier nicht weg. Da sind erst mal die Väter und Mütter von schulpflichtigen Kindern am Zug. Wann wollen wir uns treffen?" Lea schlug Dienstagabend nach der Arbeit vor. Carmen stimmte zu.

Nachdem Carmen am Dienstagabend erst von ihrer Arbeit berichtet hatte, begann Lea. „Du gehst auch ohne mich gerne in die Stella Bar?" – „Ja klar. Wollen wir zwei Mädels nach der Arbeit dort auch wieder mal vorbeischauen?" Lea ließ die Frage unbeantwortet.

„Weißt du, Carmen, Tim und ich waren vor zwei Wochen mal dort zum Tanzen. Da habe ich dich gesehen." – „Und da bist du nicht zu mir gekommen? Wann war das denn genau? An welchem Abend warst du in der Stella Bar?" Offenbar war Carmen Stammgast in der Stella Bar. Carmens Antwort entnahm Lea, dass sie dort sogar unter der Woche öfters hinging. „Das war Samstagabend vor zwei Wochen. Ich habe dich mit Lukas an der Bar gesehen!" Carmens tief liegende blaue Augen fixierten Lea. „Ja, stimmt. Mit Lukas. War schön." Carmen wurde einsilbig. „Hast du mal an Mirela gedacht, als dich Lukas geküsst hat?" – „Nein. Aber es war schön, von ihm geküsst zu werden! Beim Küssen und in der Liebe denke ich doch nie an andere Leute!"

Lea ließ das nicht gelten. Sie ging aus sich heraus, als sie sagte: „Carmen, du spannst Mirela den Mann aus, ist dir das klar?" Carmen konterte aus einer Mischung aus Erstaunen und Verärgerung: „Na hör mal. Erstens ist Lukas mit Mirela gar nicht verheiratet, und zweitens wollte Lukas mit mir ein Date. Er hat mich angerufen und dabei vorgeschlagen, in diese Bar zum Tanzen zu gehen. Mirela war an diesem Abend mit einer Freundin im Kino, und ich habe mit Lukas getanzt." Lea nahm ihren ganzen Mut zusammen, als sie fragte: „Und danach?" Lea hatte ihre Augenbrauen angehoben und schaute Carmen fragend an. Diese legt ihre Hand auf

Leas Arm. Für einen kurzen Augenblick hatte Carmen ihre Augen geschlossen. Strahlend entfuhr es Carmen: „Es war wundervoll! Dieser Lukas ist ein Pfundskerl!" – „Weißt du, was sein Freund Tim dazu sagt: Lukas ist ein Hundling!"

Carmen lehnte sich zurück. Sie schien nachzudenken. Auch Lea schwieg. Sie hatte alles gesagt, was sie loswerden wollte. Es war nicht leicht gewesen. Aber sie hatte für sich selbst festgestellt: „Eine Freundschaft muss auch unangenehme Wahrheiten aushalten." Fast war sie ein Bisschen stolz auf sich.

„Ich finde es gemein, wenn du dich zwischen Mirela und Lukas stellst." – „Aber das tue ich doch nicht. Ich dränge mich Lukas nicht auf. Er ist es, der mich immer anruft. Und jedes Mal ist es so schön mit ihm!" Verschmitzt grinste Carmen Lea an. Unsicher fragte Lea: „Wann trefft ihr Euch?" – „Oft nach der Arbeit. Mirela trifft sich unter der Woche auch mit Freundinnen. Mal mit Tanja, mal mit Sarah. Wir stören Mirela dabei nicht einmal! Suum cuique! Jedem das Seine!" Den letzten Satz hatte Carmen mit Bestimmtheit gesagt.

„Aber Carmen! Das ist doch nicht das Gleiche. Mirela trifft ihre Freundinnen, während Lukas Mirela mit dir hintergeht. Kannst du dir nicht vorstellen, wie Mirela das verletzt, wenn sie davon erfährt?" Carmen warf ihren Kopf hoch. Schnippisch sagte sie: „Wir passen schon auf, dass sie nichts merkt." – „So wie ich Lukas einschätze, nimmt er eure Beziehung ernster als du!" – „Glaubst du? Er hat nie etwas Negatives über Mirela gesagt. Ich glaube, er liebt Mirela wirklich!" Lea dachte nach. Sie kannte Lukas nicht so gut wie Tim. Aber Lea kannte ihre Freundin Carmen schon lange. Und Lea kannte Carmen gut. Carmen hatte ein hübsches Gesicht, aus dem zwei tief liegende Augen einem manchmal fragend, manchmal herausfordernd ansahen. Carmen war ein fröhlicher, lustiger Mensch, wo Carmen war, gab es immer auch etwas zu lachen. Es war leicht, mit dieser Blondine Kontakt aufzunehmen, mit Carmen zu scherzen, ja mit Carmen konnte man sogar Pferde stehlen. Ihre Fröhlichkeit und die Unbeschwertheit, die Carmen ausstrahlte, machte sie für jeden Mann anziehend. Dazu das hübsche, etwas mädchenhafte Gesicht, aus dem zwei etwas tief liegende blaue Augen hervorguckten.

Wie viel mehr zog Carmen die Blicke der Männer auf sich als das bei der stillen, ernsthaften Lea der Fall war. „Carmen lässt auch keine Gelegenheit aus, die sich bietet", dachte Lea. Manchmal staunte Lea selbst, dass sie mit einer jungen Frau befreundet war, die so ganz anders war als sie selbst, denn manchmal empfand sie Carmens Verhalten befremdlich. „Wäre denn Lukas ein Mann für dich, Carmen? Ein Mann für das Leben zu zweit?" Carmen lachte laut. „Um Gottes Willen, Lea! Niemals. Du wirst sehen, er kehrt wieder zu Mirela zurück." – „Ich finde, dann solltest du Lukas auch reinen Wein einschenken!" Carmen sagte nachdenklich: „Der kommt selbst noch drauf, dass ich ihn nicht heiraten will." – „Hoffentlich recht bald. Mir tut Mirela von Herzen leid."

Als Lea am nächsten Tag zum Mittagessen bei Tim im Hotel war, berichtete sie Tim von ihrem Treffen mit Carmen. „Besonders ernst scheint es Carmen mit Lukas nicht zu meinen. Als ich sie gefragt habe, ob sie mit Lukas den Mann für das Leben gefunden habe, hat

Carmen schallend gelacht. Carmen hat mir selbst gesagt, dass sie Lukas nicht heiraten will. Hoffentlich sagt sie ihm das auch klar und deutlich, damit er zu Mirela zurückfindet. Er ist ja in Carmen mächtig verliebt, und rechnet sich ernste Chancen bei ihr aus. Aber so wie ich Carmen kenne, wird sie ihm über kurz oder lang einen Korb geben. Dann sehen wir sie in der Disco wieder mit einem anderen Mann schmusen. Hast Du eigentlich schon mit Lukas geredet?" – „Nein, noch nicht. Ich tue mich da auch etwas hart damit, ihm Vorwürfe zu machen." Lea sah lange nachdenklich in Tims Gesicht. „Ich habe Carmen gesagt, dass wir sie und Lukas beobachtet haben, wie sie intensiv geschmust und Küsse ausgetauscht haben. Ich habe auch gesagt, dass ich das nicht fair finde, solange Lukas und Mirela als Paar zusammenleben. Ganz ehrlich finde ich Carmen aber auch nicht, wenn sie mit ihm schmust, und davon kannst du bei Carmen ausgehen, auch mit ihm schläft, wenn sie keine Beziehung zu ihm aufbauen und halten will." – „Du kennst Carmen viel besser als ich. Ist sie wirklich so flatterhaft in ihren Beziehungen?", wollte Tim wissen. „Lea lachte: Carmen ist wie ein Schmetterling – von einer Blüte zur anderen." Tim schüttelte den Kopf. „Und dennoch ist sie deine beste Freundin?" Fragend schaute Tim Lea an. „Ich nehme Carmen wie sie ist. Und sie mich so, wie ich bin. Ist das nicht die Grundlage jeder Freundschaft? Und wenn zwei Menschen sich gegenseitig so annehmen, wie sie sind, ohne Wenn und Aber, ohne Vorbehalte – ist das nicht auch das, was wir Liebe nennen?" Lea sah Tim mit weit geöffneten Augen an. Tim nickte. Er neigte seinen Kopf zu Lea und gab ihr einen Kuss. „Du hast recht. Echte Liebe nimmt einen Meschen so an, wie er ist. Und nicht so, wie wir ihn gerne haben möchten, mit einer Bedingung." Tim hatte Lea zugestimmt.

„Mir tut nicht nur Mirela leid, die von Lukas mit Carmen betrogen wird, sondern auch Lukas, mit dem Carmen nur flirtet. Beide sind Betrogene, sowohl Mirela als auch Lukas."

27

Lea und Tim trafen gegen zwei Uhr nachmittags in ihrem Hotel in Rethymno auf Kreta ein. Der beliebte Badeort mit der schönen Altstadt lag im Norden der Insel. Da Rethymno die drittgrößte Stadt der Insel war, bot sie auch zahlreiche Attraktionen und die Möglichkeiten zum Stadtbummel. Das sagte sowohl Lea auch als Tim zu. „Wie schön wird es sein, mit Lea an der Hand durch die Stadt zu bummeln, Sehenswürdigkeiten zu besichtigen und in einem der zahlreichen Straßencafés einen Drink zu nehmen! Einfach sitzen und das Treiben beobachten. Endlich viel Zeit für und beide!" Tim war ganz selig. Er schlang seine Arme um Lea und küsste sie auf den Mund. Lange spielten ihre Zungen miteinander. „Ich freue mich auf den Urlaub mit dir!" Lea strahlte Tim an. Immer wieder trat Tim auf den Balkon und nahm den Ausblick auf das Meer in sich auf.

„Ich ziehe jetzt den Badeanzug an", verkündete Lea. Du gehst doch auch mit an den Pool?" Tim versprach, schnell fertig auszupacken und sich dann mit Lea auf den

Weg zum Pool zu machen. „Herrlich, einfach herrlich", waren seine Worte, als sie ihren Platz bezogen hatten. Er hatte sich auf dem Liegestuhl ausgestreckt und blickte in den blauen Himmel. „Lea, kannst du dir vorstellen, wie sehr ich das genieße, in einem fremden Hotel Gast zu sein? Mal keine Verantwortung tragen zu müssen, dass alles läuft und funktioniert. Keine Anrufe vom Serviceteam oder von der Rezeption, keine Rechnungen…" – „Und bedient zu werden, feines Essen, ausschlafen…" ergänzte Lea.

Sie genossen das Schwimmen im Pool. Immer wieder zog Tim seine Runden. „Ich geh dann mal raus", verkündete Lea. „Ich komme gleich nach."

Das schöne Viersternehotel übertraf die Erwartungen, die der Internetauftritt im Reiseportal geweckt hatte. Auch beim Essen. Wechselweise schenkten Tim und Lea dem reichhaltigen Büffet ihre Aufmerksamkeit. „Gefällt es dir Lea?" fragte Tim, als sie nach dem Essen zu einem kleinen Bummel aufbrachen. „Ja Tim, alles ist herrlich. Viel schöner, als ich es mir vorgestellt habe." Sie küsste Tim, und er legte seine Arme um sie.

„Ich bin froh, mal Pause machen zu können", begann Lea das Gespräch. Tim antwortete: „Und ich genieße es als Angestellter eines Hotels besonders, wenn ich mal Gast sein kann. Wenn für alles gesorgt ist. Und wenn ich mich verwöhnen lassen kann." – „Dann genießt du jeden Urlaub in einem Hotel gleich doppelt!" befand Lea. „Bestimmt."

Als sie an eine einsame Stelle mit Blick auf das Meer kamen, nahm Tim Lea in die Arme. „Schön ist es mit Dir. Ich freue mich auf unseren Urlaub! Ich bin so dankbar, dass ich dich kennengelernt habe, und ich wäre glücklich, wenn du das auch so erlebt hast." Er sah zärtlich in Leas Augen. Voller Liebe klopfte er mit seinem Zeigefinger auf Leas Nasenspitze. „Ich würde mich freuen, wenn wir gemeinsam durch das Leben gehen. Lea, willst du meine Frau werden?" Leas Pupillen weiteten sich, und sie zog Tim an sich: „Ja, ich will!"

Beide küssten sich und hielten sich lange fest umschlungen. Als sich ihre Körper wieder lösten und sie sich gegenseitig verliebt in die Augen sahen, bemerkte Tim, dass Lea Tränen in den Augen hatte. Jetzt griff er in seine Hosentasche, und hervor kam eine kleine weiße Schachtel: „Schau mal, Lea!" Und er zeigte Lea den Ring mit dem Brillanten. „Oh, ist der schön", rief Lea ganz entzückt. „Bei Tageslicht funkelt er noch mehr! Darf ich ihn dir anstecken?" Tim steckte Lea den Ring an ihren Ringfinger. Wieder küsste Lea Tim. „Ja!" – „Der Ring steht dir gut! Ich freue mich, dass du meine Frau wirst." Eng umschlungen standen sie in der untergehenden Sonne.

28

Mirela hatte sich mit Sarah verabredet. Eigentlich hätte sie ihr Herz lieber Tanja ausgeschüttet. Aber sie wusste, dass Tanja am Ende ihrer zwei Wochen auf Malta selbst in Urlaub gefahren war. Und Mirela wollte über das Erlebte nicht am Telefon reden. Darum hatte sie schon an dem Abend, als sie mit ihren Koffern vom Flughafen zurückgekommen waren, Sarahs Nummer gewählt.

Mirela kannte Sarah lange genug, dass sie wusste: Sarah wird mich verstehen. Schon am Anfang ihres Anrufs bei Sarah fragte Sarah: „Willst du mit mir reden?"

Mirela wartete vor dem Bistro. Es war der 1. September. Ein sonniger, warmer Spätsommertag ging zu Ende. „Bald fängt das Oktoberfest auf der Theresienwiese an", dachte Mirela, als sie in kleinen Schritten vor dem Lokal auf und ab ging. „Hoffentlich geht Lukas auch mit mir auf die Wiesn!" Letztes Jahr war er nur mit den Kollegen vom Büro auf das größte Volksfest der Welt gegangen. „Aber dieses Jahr möchte ich mal mit Lukas fröhlich und lustig sein. Und ich möchte mit Lukas auf das Riesenrad."

Jetzt sah sie Sarah kommen. Die junge Frau mit den blonden langen Haaren beschleunigte ihre Schritte. Sie fielen sich in die Arme. Sarah hielt sie noch fest, als sie Mirela ein Kompliment machte. „Gut siehst du aus. Eine schöne Farbe hast du!" – „Das täuscht, mir geht es nicht so gut, wie es scheint." – „Komm!" Sarah fasste Mirela bei der Hand. Sarahs unbeschwerte, lebensfrohe Art hatte Mirela immer imponiert. Sarah verbreitete Zuversicht und Freude am Leben. Mirela hatte sich schon öfters bei Sarah ausgeweint. Und jedes Mal hatte ihr das Zusammensein mit Sarah gutgetan.

„Nun erzähl mal. Alles!" Sarahs blaue Augen weiteten sich. „Eigentlich war ja alles bestens. Super Hotel, tolle Büffets, sogar das Wetter hat mitgespielt. Und Lukas ist mit mir zusammen sogar einmal nach Valetta gefahren, wo er mir dieses bunte Kleid gekauft hat. Gefällt es dir?" – „Ja, das Kleid steht dir bestens. Die bunten, fröhlichen Farben in dem Blumenmuster machen dich hübsch. Nun erzähl schon! Was war denn?" Sarah hatte schon am Telefon gemerkt, dass Mirela bedrückt wirkte. Nach einer Flugreise auf die Sonneninsel Malta, nach dem Aufenthalt in einem teuren Hotel! „Ach, weißt du Sarah, ich war halt viel allein. Allein am Hotelpool, allein im Meer zum Schwimmen. Einen weiteren Ausflug nach Valetta habe ich auch allein gemacht. Zuvor hat Lukas mich angeblafft und mich lächerlich gemacht. Er meinte, es sei schade um die Zeit, so lange im Bus auf der Fahrt in die Hauptstadt zu sitzen, wenn die Läden dort denen in München nicht das Wasser reichen könnten. Er hat so gar keine Lust fürs Bummeln und Stöbern. Und mal in einem Straßencafé zu sitzen, einen Drink zu bestellen, den Leuten zuzusehen. Aber für mich gehört das nun mal zum Urlaub. In das romantische Mdina wollte er auch nicht gehen. Ich bin dann doch gefahren, allein, auf eigene Faust. Die Busse auf Malta bringen dich ja überall hin, und das ist spottbillig. Ich habe aus lauter Verzweiflung mir dann noch die Katakomben in Rabat angeschaut, und wieder war ich allein." – „Recht hast du gehabt, Mirela, ich finde es gut, dass du etwas für dich getan hast!" – „Und als ich zurück war, war unser Platz am Pool leer. Der Tauchkurs war ja nur von Montag bis Donnerstag in der ersten Woche. So hat mir Lukas das in München noch schmackhaft gemacht. Er sagte mir, nachher habe er Zeit für mich. Dem war aber nicht so, denn er hat für die restlichen zehn Tage die Tauchausrüstung gemietet und ist dann auf eigene Faust getaucht. Und ich war wieder allein." Mirela schluckte. „Und ich hatte mich so auf die gemeinsame Zeit gefreut, mit Lukas."

Sarah nickte. „Ich verstehe dich. Du tust mir leid. Du hast dich doch sicher auf den Urlaub gefreut?" – „Ja, und wie! Da wir unter der Woche beruflich ziemlich unter Strom stehen, hätten wir doch den Urlaub für uns beide nutzen können. Zeit für uns! Nicht nur für das blöde Tauchen!" Mirela sank zurück auf ihren Stuhl. Den Kopf gesenkt, atmete sie durch. Dann blickte sie auf und sah in Sarahs blaue Augen. „Jetzt weißt du, wie es mir ergangen ist. Aber jetzt, wo ich dir das erzählt habe, fühle ich mich besser." Sarah legte ihre Hand auf Sarahs Schoß, beugte sich vor und sah Mirela in die Augen, ohne ein Wort zu sagen, eine ganze Weile lang. „Du weißt, ich bin für dich da!" – „Danke, Sarah. Das tut mir gut."

„Lukas hat es sehr mit Sport?" – „Zu Hause geht er samstags immer joggen. Und ein bis zwei Mal im Monat in die Allianz Arena, zu den Heimspielen der Bayern. Die lässt er selten aus. Dann bin ich auch wieder allein. Manchmal geht er mit Tim zum Fußballspiel." – „Tim?" Sarah sah Mirela fragend an. „Tim ist sein Freund. Er ist Geschäftsführer im Hotel Best Stay. Aber seitdem Tim eine Freundin hat, muss Lukas ohne ihn in die Allianz Arena gehen. Die Lea hats gut! Tim verbringt das ganze Wochenende mit Lea, obwohl sie in Dachau wohnt und er in München. Mal besucht er sie in Dachau, mal bleibt Lea bei ihm in München zur Nacht. Schade, dass du die beiden nicht kennengelernt hast. So ein nettes Paar. Und ich habe festgestellt, jeder von beiden geht auf den anderen ein, kommt ihm entgegen, wenn er einen Wunsch hat. Ich gehe jede Wette ein, da gibt es nächstes Jahr eine Hochzeit!"

Sichtlich erleichtert, dass sie sich bei Sarah hatte aussprechen können, fielen Mirela andere Themen ein.

Als der Kellner die Rechnung gebracht hatte, schlug Sarah vor: „Wollen wir nicht wieder tanzen gehen, wenn Lukas in die Allianz Arena geht?" Mirelas Gesicht heiterte sich auf. „Das würdest du mit mir tun? Liebend gerne! Das geht schon nächsten Samstag, denn da haben die Bayern ein Heimspiel und Lukas ist weg!" Das ließ sich Sarah nicht zwei Mal sagen. Sie wollten sich am Samstag nach neun Uhr abends an der Münchner Freiheit treffen.

Bei der Verabschiedung umarmten sich die beiden Freundinnen. Wieder empfingen Mirelas Lippen Sarahs Zunge.

29

Als Tim nach der Rückkehr aus dem Urlaub sein Büro betrat, fand er die üblichen Stapel von Post nach einer Abwesenheit von vierzehn Tagen vor. Frau Müller hatte vorsortiert: Rechnungen, geschäftliche Angebote an das Hotel, Zeitschriften und Briefe eher privater Natur, die aber die Leitung und Führung des Hotels betrafen. Vier unterschiedlich hohe Stapel, die Tim in den nächsten Tagen abarbeiten musste. Tim hatte Frau Müller gebeten, bei den Rechnungen die jeweiligen Angebote und Lieferscheine aus dem entsprechenden Ordner im Schrank zu nehmen und mit einer Büroklammer anzuheften. Das war ein wertvolles Stück Vorarbeit. Gut gelaunt machte Tim sich mit den Rechnungen zu schaffen. Er verglich die Angaben miteinander, überprüfte den Preis, versah sie mit dem Stempel „Zur Zahlung angewiesen" und dem Datumsstempel, unterschrieb mit seinem Namen und legte sie beiseite. Sein erster Weg führte ihn zu Frau Müller, mit den Rechnungen in der Hand.

„Sonst alles in Ordnung?", fragte er, als er Frau Müller die Rechnungen übergeben hatte. „Ja, ich hoffe, es ist alles zu Ihrer Zufriedenheit."

Danach fuhr Tim mit dem Aufzug hinunter zur Rezeption. Die Eingangshalle des Hotels war noch leer. Die Hotelgäste, die vor ihrer Abreise standen, waren noch beim Frühstück. Auch für den Check-in war es noch zu früh. Slavica und Chiara hatten ihre Augen auf die Bildschirme gerichtet. „Herr Gerling, guten Morgen. Sie sind wieder da!" Die junge Frau mit kroatischen Wurzeln freute sich sichtlich, dass Tim wieder da war. Sie hatte zwar nicht gesagt „Schön, dass Sie wieder da sind", aber ihr strahlendes Gesicht drückte genau diese Empfindung aus. Slavica war aufgestanden. Tim begrüßte sie und Chiara mit Handschlag. „Größere Zugänge heute?", fragte Tim, eher geschäftsmäßig. Diesmal antwortete Chiara: „Am Donnerstag kommt wieder eine Gruppe Asiaten. 28 Gäste." – „Oh, das ist erfreulich." Tim selbst mochte die etwas fassadenhaft wirkende Freundlichkeit der Asiaten nicht sonderlich. Ihr Lächeln zu jeder möglichen und unmöglichen Gelegenheit hielt er für aufgesetzt, manchmal sogar für unecht. Viel lieber begrüßte er Gäste aus anderen Ländern.

Tim wollte sich nicht länger mit den Damen an der Rezeption unterhalten. Wie gerne hätte er sowohl Slavica als auch Chiara nach dem Zeitpunkt ihres bevorstehenden Urlaubs gefragt und gerne auch etwas über ihre Urlaubspläne erfahren. Aber noch lieber war ihm ein Anruf bei Lea in der Bank. Er beeilte sich, zurück in sein Büro zu kommen. Die Bank, in der Lea arbeitete, öffnete um neun Uhr für den Kundenverkehr. Nach diesem Zeitpunkt empfingen die Mitarbeiter in den verschiedenen Abteilungen Kunden, mit denen sie eine Terminvereinbarung hatten. Zielstrebig ging Tim in sein Büro.

Es war kurz nach halb neun Uhr, als Tim Lea erreichte. Sie waren schon am Samstag aus dem Urlaub zurückgekommen. Am Sonntag hatten sie sich nicht gesehen, weil Lea an diesem Tag Wäsche waschen und aufräumen wollte. „Tim, Liebling! Wie schön, von dir zu hören. Darf ich heute nach der Arbeit schnell vorbeikommen?" – „Gerne. Soll ich etwas herrichten oder gehen wir essen?" – „Wenn du ein Sandwich für mich hättest, das wäre schön!" Leas Stimme klang beschwingt. Seit Tim Lea den Heiratsantrag gemacht hatte, war Lea viel heiterer und oft richtig beschwingt. Lea freute sich auf die Heirat mit Tim, und wer die junge Frau mit den langen schwarzen Haaren und dem nachdenklichen Gesicht mit den blauen Augen kannte, nahm ihre Veränderung wahr. Mit einem Mal war die ernste, bedächtige junge Frau aufgeblüht und sprühte voller Leben.

Abends, an der Bar, erfuhr Tim, warum Lea persönlich noch zu ihm kommen wollte. „Ich habe gestern nicht nur Wäsche gewaschen und aufgeräumt, sondern ich war gestern bei meinen Eltern in Erding. Ich habe ihnen gesagt, dass wir heiraten werden!" – „Und? Wie haben sie es aufgenommen?" – „Sie freuen sich riesig! Sie haben mich beglückwünscht und meine Mutter hat meinen Vater in den Keller geschickt, um eine Flasche Sekt zu holen. Dann haben wir angestoßen! Übrigens haben sie dich sehr gelobt. Du seist ein tüchtiger und sympathischer Mann! Das ging wie Öl an mir herunter!"

Tim hörte das gerne. Er hatte vor dem Urlaub mit Lea ihre Eltern in Erding besucht, und Leas Mutter hatte ihr in der Küche gesagt: „Der Tim lässt dich bestimmt nicht mehr los!" Daraufhin hatte auch Lea begonnen, sich eine gemeinsame Zukunft mit Tim auszumalen.

„Wir haben noch einiges zu besprechen, Tim. Aber nicht heute."

Schon auf der Insel Kreta hatten beide gemeinsam die Frage der gemeinsamen Wohnung besprochen. Beide wohnten in einer eigenen Zweizimmer-Wohnung zur Miete. Für die gemeinsame Zukunft mit Kindern dachten Tim und Lea an eine Vierzimmer-Wohnung. Aber es gab nur wenige große Wohnungen auf dem Mietmarkt. Beiden war klar geworden, dass sie weiter die Angebote studieren mussten. Lea hatte versprochen, eine Kollegin zu fragen, die sie von der Ausbildung kannte. Die Kollegin arbeitete in der Niederlassung ihrer Bank in Freising. „Aber weißt du, in München, in Ismaning, und auch in Freising sind die Mieten hoch, wegen des Flughafens im Erdinger Moos. Viele suchen dort eine Wohnung." Tim hatte genickt und nach einem Seufzer bemerkt: „Da werden wir noch eine Weile lang suchen müssen."

Tim brachte Lea noch zur S-Bahn nach Dachau. Am Bahnsteig stehend, drückte er Lea an sich und sie verabschiedeten sich mit einem innigen Kuss.

30

Tanja saß in der U-Bahn und dachte nach. Gestern war sie aus dem Urlaub zurückgekehrt. Der Kalender zeigte schon den Monat September an. Noch vier Arbeitswochen bei der Personalagentur lagen vor ihr. Und in zwei Wochen war Oktoberfest! Siebzehn Tage lang war München im Ausnahmezustand, und selten präsentierten sich die Frauen so hübsch und adrett in ihren Dirndln wie während des Oktoberfests. Dieses Jahr dauerte das größte Volksfest der Welt sogar einen Tag länger, denn der Tag der Deutschen Einheit fiel auf einen Montag. Tanja war mit Leidenschaft auf das Oktoberfest mitgegangen, wenn sich dazu eine Gelegenheit bot. Seit ihre langjährige Beziehung vor zwei Jahren zerbrochen war, fehlte ihr der Mann, mit dem sie dieses Vergnügen teilen konnte. Der Bruch ihrer Beziehung war für Tanja schmerzlich gewesen. Tanja war tief enttäuscht und verletzt gewesen, als sie bemerkte, dass ihr Freund sich gleichzeitig auch noch mit einer anderen Frau vergnügte. Einen Seitensprung hätte sie Florian verziehen. Aber eine Beziehung zu dritt war eine Kränkung, die sie nicht ertragen konnte. Tanja hatte Schluss gemacht und Florian den Laufpass gegeben. Nach einem halben Jahr war sie wieder offen für eine neue Beziehung gewesen. Aber alle Männer, auf die sie ein Auge geworfen hatte, waren verheiratet oder lebten in einer festen Beziehung. Tanja war an ihrem Arbeitsplatz beliebt. Sie war tüchtig und engagiert, stets freundlich zu allen. Joe, ihr Chef, ließ sie nur ungern ziehen. Und mit ihm hatte sie sich blendend verstanden. Joe war wie sie zurückhaltend und alles, was er tat und sagte, schien gut durchdacht. Joe konnte allerdings sehr humorvoll sein. Er hatte die Firma aufgebaut und bekannt gemacht. Joes Leistung hatte Tanja imponiert. Sie träumte von einem starken, erfolgreichen Mann, an den sie sich anlehnen konnte. Joe war dieser Mann. Aber er war verheiratet und hatte eine kleine Tochter, die schon in den Kindergarten ging. Dem hatte Tanja Rechnung getragen, als sie ihr Glück dann über Partnerportale versucht hatte. Schon zwei Mal war es ein Reinfall geworden. Das zweite Mal hatte der Mann ihr sogar ein abgeschlossenes Universitätsstudium vorgegaukelt. Obwohl er nach der zehnten Klasse vom Gymnasium abgegangen war! Tanja verwarf die Idee mit den Partnerportalen.

Und ausgerechnet jetzt sah es danach aus, als hätte sie eine neue Freundin gewonnen: Mirela! Das tat der zurückhaltenden Tanja gut, und sie freute sich heute auf das Wiedersehen mit Mirela. Mirela war auch im Urlaub gewesen. Sicher würde sie ihr mittags ausgiebig berichten. Tanja hörte gerne zu. Die zurückhaltende junge Frau war eher die Empfangende. Heute, anlässlich der Rückkehr aus dem Urlaub, konnte sie aber Mirela auch ein paar schöne Erlebnisse mitteilen. Mit ihrer Bekannten Zoe, die während ihrer gemeinsamen Woche in Palma de Mallorca zu ihrer Freundin geworden war, hatte sie tolle Urlaubstage verbracht. Die beiden Frauen hatten sich auch über ihre Erfahrungen mit Dating Plattformen ausgetauscht. Abends, auf der Hotelterrasse, bei einem Drink, hatte Zoe ihre bisherigen Erfahrungen mit der Partnersuche über das Internet in die Worte gefasst: "Die flunkern doch alle. Und wenn es scheinbar gut anläuft, und du dich auf einen einlässt, ihn abends mit nach Hause nimmst, du weißt schon, merkst du recht schnell, dass es nicht ernst gemeint war. Just for fun. Nicht mehr. So kann ich keinen Mann zum Heiraten finden."

Als Tanja an ihrem Arbeitsplatz ankam, wurde sie schon im Flur freudig von Mirela begrüßt. Sie verabredeten sich wieder für die gemeinsame Mittagspause.

Tanja hörte Mirela aufmerksam zu, als diese von ihrem Urlaub in Mellieha auf Malta erzählte. „Ich finde es toll, dass du etwas für dich selbst getan hast und du auch auf eigene Faust dir ein Stück Malta reingezogen hast. Da bist du ganz allein in die Grotten bei Rabat gegangen? Das finde ich gut!" – „Aber Lukas habe ich trotzdem vermisst. Er kannte während dieser zwei Wochen nur dieses vermaledeite Tauchen. Kannst du dir vorstellen, wie frustrierend das ist, immer allein unter dem Sonnenschirm zu liegen? Dabei hatte ich mich doch so auf unseren gemeinsamen Urlaub gefreut!" – „Und sonst? Hat Lukas dich wenigstens abends betreut?" – „Doch schon. Wir waren zu zweit in der Bar. Wir haben in der Bar auch getanzt, und das war schön. Dort sind wir auch lange geblieben." – „Und danach, hat er dich auch besucht?" Mirela dachte nach. Was meinte Tanja mit „besuchen"? Jetzt lächelte sie. „Doch doch, er hat mit mir geschlafen. Da ist er ganz der Alte! Er hat mich erobert, immer wieder!" Mirelas Augen strahlten. Wenigstens nachts hatte sie von Lukas die Zuneigung erfahren, die sie am Tag so sehr vermisst hatte. Es war herrlich gewesen, und auch nach dem Höhepunkt hatte sie seine Nähe ausgekostet, indem sie sich an ihn geschmiegt hatte. Dieses Kuscheln hatte ihr gut getan. Tanja deutete mit ihrem Kopf ein

Nicken an. „Dann bist du im Urlaub wenigstens nicht ganz leer ausgegangen. Aber unter einer Partnerschaft zwischen Mann und Frau stelle ich mir mehr Gemeinsamkeit vor." – „Ich mir auch." Nach einer Pause fragte Tanja: „Willst du Lukas heiraten?" Mirela sah zu Boden. „Als ich frisch mit Lukas zusammenzog, konnte ich ihn mir sehr gut als Mann für das Leben vorstellen. Aber jetzt leben wir so nebeneinanderher wie ein altes Ehepaar. Jeder macht das Seine. Und das jetzt schon, nach anderthalb Jahren." Mirela schluckte. „Wenn er mich heute fragen würde, ob ich ihn heiraten will, ich weiß gar nicht, was ich ihm dann antworten würde."

Als Mirela abends die Türe zu ihrer Wohnung aufsperrte, stellte sie überrascht fest, dass Lukas schon zu Hause er war. Er telefonierte. Als er Mirela bemerkte, beendete er abrupt das Gespräch mit den Worten: „Bis dann. Auf wiedersehen."

Als Mirela das Wohnzimmer betrat, stand Lukas auf und küsste Mirela. „Wie war dein Tag?" – „Gut! Tanja ist wieder zurück aus dem Urlaub. Wir haben zusammen die Mittagspause verbracht.!" – „Oh! Deine neue Freundin?" – „Ja. Wir verstehen uns prima. Es ist so schade, dass sie zum 1. Oktober die Stelle wechselt. Aber wir wollen uns auch weiterhin treffen." – „Da hast du recht. Kontakte sind wichtig." Bei sich selbst dachte Lukas: „Ich habe ja noch Carmen. Die will ich mir warmhalten. Die Carmen ist echt spitze!" Schon morgen wollte er nach der Arbeit noch auf einen Drink mit ihr gehen. Er wollte Carmen an ihrer Arbeitsstelle abholen. Lukas lächelte bei diesem Gedanken. „Soll ich aufdecken?" – „Oh ja gerne."

Als sie mit der abendlichen Brotzeit fertig waren, sagte Lukas zu Mirela: „Hör zu, ich gehe morgen mit den Kollegen noch auf ein Bier. Warte nicht mit dem Essen auf mich. Es kann spät werden."

31

Carmen kam mit einem strahlenden Gesicht auf Lukas zu. Sie trug eine rote Lederjacke und modische Jeans. „Hallo Lukas!", flötete sie und gab ihm einen Kuss. „Ich habe schon Sehnsucht nach Dir gehabt. Wo gehen wir hin?" – „Ich kenne einen Pub am Sendlinger Tor. Der ist prima." Lukas nannte den Namen. „Den kenne ich auch. Dort spielt ab neun eine Band. Dann lass uns mit der U-Bahn hinfahren!" Carmen war einverstanden.

„Was hast du eigentlich Mirela gesagt, warum du heute später nach Hause kommst?" – „Ich habe ein Bier mit den Kollegen vorgeschoben!" – „Wenn wir nachher noch tanzen wollen, ist das aber ein langer Abend mit deinen Spezis vom Büro!" Carmen grinste. „Es ist auch blöd, dass ich immer die Uhr im Hinterkopf haben muss, wenn ich mit dir zusammen bin." – „Also ich habe Zeit. Du kannst auch bei mir zur Nacht bleiben." Das klang verlockend, aber Lukas wollte sein Verhältnis mit Carmen unbedingt geheim halten. Er wollte seine Beziehung zu Carmen unter der Decke halten und machte einen anderen Vorschlag. „Weißt du was, ich lasse das nächste Spiel mit den Bayern sausen. Mirela geht davon aus, dass ich am Samstag ab 16 Uhr in der Allianz Arena bin. Das lass ich mal so stehen. Darf ich dich stattdessen am

Samstagnachmittag besuchen?" Zwei tiefliegende blaue Augen schauten forsch in sein Gesicht. „Aber nur, wenn du mich ordentlich verwöhnst!" Carmen puffte ihn mit der Faust. Lukas zog Carmen an sich und küsste sie. Ein schwerer orientalischer Duft stieg von Carmens Hals in seine Nase. „Dann habe ich Zeit für dich, Carmen. Wir können nachher noch tanzen gehen. Mirela trifft sich mit Sarah." Im Stillen dachte Lukas: „Was bin ich bloß froh, dass es diese Sarah gibt!" Carmen sah Lukas tief in die Augen, als sie Lukas fragte: „Wann darf ich dich am Samstag erwarten?"

Die restlichen Tage der Woche fieberte Lukas dem Samstagnachmittag entgegen. Carmen konzentrierte sich auf ihre Arbeit. Als sich Lukas am frühen Samstagnachmittag von Mirela verabschiedete, fragte sie: „Schon so früh musst du aufbrechen? Das Spiel ist doch erst um vier?" – „Vor der Allianz Arena gibt es immer so ein Gedränge vor dem Einlass. So ist es besser für mich." Er gab Mirela einen flüchtigen Kuss und schon zog er die Wohnungstüre hinter sich zu. Mit großen Schritten strebte er dem U-Bahnhof zu. Er war verliebt wie in den Anfängen seiner Beziehung zu Mirela. Ein Gefühl der Wonne und Glückseligkeit hatte ihn erfasst. In Giesing kaufte er in einem Supermarkt noch einen großen Strauß Blumen. In die Perlacher Straße war es nicht mehr weit.

„Ei sind die schön!", bemerkte Carmen, als er ihr die Blumen unter der Schwelle entgegenstreckte. Heute trug Carmen ihre Haare offen, und erstaunt stellte Lukas fest, dass Carmen dichte blonde Haare hatte, die sogar die Schultern bedeckten. Erst als die Blumen in der Vase standen, konnte er Carmen an sich ziehen und in seine

Arme schließen. Ihre Zungen spielten miteinander, und sie blieben lange eng umschlungen stehen. Als sich ihre Arme gelöst hatten, fragte Carmen: „Willst du etwas trinken? Ich habe eine Flasche Sekt kaltgestellt?" – „Ja, gerne." Jetzt erst bemerkte Lukas, dass auf dem Couchtisch das Tablett mit den Sektgläsern schon bereitstand.

„Prost", sagte Carmen, als sie die Sektkelche in den Händen hielten. „Auf uns!", ergänzte Lukas. Er stellte sein Glas bald ab, dann näherte er sich wieder Carmen und zog sie an sich. Als er mit seinen Händen den kurzen Lederrock Carmens nach oben schob und dabei überrascht feststellte, dass Carmen gar keinen Slip trug, hauchte Carmen: „Komm, gehen wir ins Schlafzimmer." Carmen zog Lukas an sich und beide versanken im Spiel der Liebe, dem Höhepunkt entgegen.

Lange blieben sie noch eng umschlungen liegen.

Nachdem sie sich wieder angekleidet hatten, nahmen sie wieder am Couchtisch Platz. Sie tranken den Sekt aus und unterhielten sich über ihren Berufsalltag. „Was rätst du deinen Kunden bei der Geldanlage? Welche Aktien würdest du empfehlen? Oder empfiehlst du eher Betongold?" Carmen lachte hellauf. „So einfach ist das für mich nicht. Ich muss mir erst ein Bild über die gesamte finanzielle Situation des Kunden machen. Einschließlich seiner Versicherungsverträge und seiner Verbindlichkeiten. Viele Fragen sind im Vorfeld einer Investition zu klären. Gibt es eine eiserne Reserve? Heute rechnet man dafür vier Nettogehälter auf dem Giro- oder Tagesgeldkonto. Dann muss ich nach den Zukunftsplänen fragen, dem freien Kapital, das investiert werden kann und dem Zeithorizont, in dem das Geld angelegt werden soll. Und vor allem muss ich herausfinden, wie risikobereit der Kunde ist." – „Gut. Gesetzt den Fall, der Kunde kann 100000 € anlegen, wie soll er die anlegen? Jeweils ein Fünftel in Apple, Meta, Microsoft, Coca-Cola und McDonalds?", fragte Lukas, mit einem Grinsen im Gesicht. „Um Gottes Willen, doch nicht nur USA! Diversifizieren! Nach Branchen, Ländern und Währungen! Dafür eignen sich ein paar wenige ETFs bestens." Lukas hatte sich zurückgelehnt. Ihm gefiel es, zu sehen, wie Carmen in Fahrt kam. „Im Grunde genommen kann ich zu Einzelaktien nur raten, wenn der Kunde bereits ein gut diversifiziertes Depot hat, frühestens ab einem Depotwert von 300000 €. Das wäre dann die Kür für den ambitionierten Anleger." – „Du machst deinen Job gerne, Carmen, oder sehe ich das falsch?" – „Ja. Noch macht es mir Spaß! Aber jetzt sollten wir überlegen, wo wir heute noch hingehen!"

Sie beschlossen, erst eine Kleinigkeit in der Nähe der Feierbanane zu essen, und dann gegen 9 Uhr in einer der Discos tanzen zu gehen.

Diesmal wollte Lukas nicht so lange mit Carmen in der Disco bleiben. Es war nicht das schlechte Gewissen wegen dem, was er mit Carmen erlebt hatte. Aber nachdem das Fußballspiel schon um 18.30 Uhr zu Ende gewesen war, konnte er das Alibi mit dem Bier nach dem Spiel nicht bis Mitternacht ausdehnen. Das wäre unglaubwürdig. Auf der anderen Seite: wenn Mirela mit Sarah nach Schwabing in die Stella Bar ging, würde sie auch nicht vor Mitternacht zu Hause sein. Wieder legte er seinen Arm um Carmen und nahm den Duft ihres Parfums wahr.

32

Mirela und Sarah verließen die Stella Bar nach elf Uhr. „Schön war es mit dir!", sagte Sarah. „Mir hat es auch gut gefallen. Das war ein schöner Abend!" Gemächlich schlenderten sie in Richtung U-Bahnhof Münchner Freiheit. Sie fuhren bis Sendlinger Tor, wo Mirela Sarah noch zur U-Bahn Richtung Messestadt West begleiten wollte. Sie standen auf der Rolltreppe nach unten. Versonnen sah Mirela nach unten und ließ die vergangene Woche in Gedanken vorbeiziehen. Als sie den Kopf wieder hob und auf die gegenüberliegende Rolltreppe blickte, die nach oben lief, erstarrte sie: eng umschlungen, die Lippen aneinandergepresst, kamen ihr Lukas und Carmen entgegen. Kein Zweifel: die beiden waren ein Liebespaar. Vor Schreck stieß Mirela Sarah in die Seite: „Da – siehst du es auch: Lukas küsst Carmen!" Jetzt fixierte auch Sarah die beiden. „Die Arme!", dachte sie. Sarah legte ihren Arm um ihre Freundin. „So eine Gemeinheit. Sagt, er geht zum Fußballspiel und hintergeht mich mit diesem Weibsstück!" Tränen waren in ihren Augen.

Als sie unten am Bahnsteig ankamen, brach es aus Mirela hervor: „Womit habe ich das verdient?" Tränen liefen über Mirelas Wangen. Sarah nahm Mirela in den Arm. Sie flüsterte ihr ins Ohr: „Weißt du was, jetzt kommst du erst mal zu mir." Sarah hakte sich bei Mirela ein. Als die U 2 Richtung Messestadt einfuhr, nahm Sarah Mirela bei der Hand und zog sie in das Abteil. „Du schläfst heute bei mir!", erklärte Sarah.

Als sie vom Bahnhofsplatz in Giesing in Richtung Sarahs Wohnung gingen, fuhr Mirela fort: „Das fing heute

Vormittag schon mit der Lüge an, dass er in die Allianz Arena geht. Schon um halb zwei! Sonst ist er immer erst um halb drei losgezogen. Und dann wirft er sich dieser Carmen um den Hals. Ich geh jede Wette ein, er schläft auch mit ihr! Jetzt verstehe ich auch, warum Lukas in der letzten Woche immer so spät nach Hause kam. Sicher hat er sich nach der Arbeit noch mit ihr getroffen." – „Was machst du jetzt? Schmeißt du Lukas raus?" – „Ich wäre in der Stimmung, das zu tun. Aber so einfach geht das nicht. Ich bin bei Lukas eingezogen. Er ist der Mieter der Wohnung!" – „Ich würde erst mal mit ihm reden. Jedenfalls musst du ihm klarmachen: entweder gibt er Carmen den Laufpass – oder du machst Schluss mit ihm." Mirela dachte nach. „Ich werde erst darüber schlafen. Und dann stelle ich Lukas zur Rede." – „Du könntest Lukas drohen, dass du ihn verlässt, wenn er nicht mit Carmen Schluss macht. Wenn du willst, kannst du bei mir wohnen." Mirela horchte auf. „Echt, würdest du mich vorübergehend aufnehmen?" – „Warum nicht?" Als Sarah das gesagt hatte, drückte sie Mirelas Arm an sich.

„Willst du noch etwas trinken?", fragte Sarah, als sie in ihrer Wohnung angekommen waren. „Danke. Im Moment nicht."

Sarah war im Schlafzimmer verschwunden. Als sie wiederkam, hatte sie Toilettenartikel bei sich, die sie in das Bad trug. Sogar eine neue Zahnbürste war dabei.

„Schade, dass der schöne Abend so zu Ende geht! Und danke, dass ich bei dir zur Nacht bleiben kann. Hast du noch eine Decke, damit ich mich auf der Couch zudecken kann?" – „Ausgeschlossen! Du kannst bei mir schlafen, ich habe ein französisches Bett."

Als beide im Bett lagen, wandte sich Sarah Mirela zu. Erst streichelte Sarah Mirelas Wangen, dann verspürte Mirela Sarahs Zunge auf ihrer Brust. Ihre Zunge spielte mit Mirelas Brustwarze. Wie elektrisiert lag Mirela reglos da. Bald fühlte sie Sarahs Hände, die streichelnd nach unten fuhren und die Vagina ihrer Freundin suchten. Auch Mirela fühlte eine starke sexuelle Erregung. Willenlos überließ sie sich Sarahs Zärtlichkeiten mit den Händen und ihrer Zunge.

Als Mirela wach wurde, war sie verwirrt. Im ersten Moment wusste sie nicht, wo sie war. Jetzt war der vergangene Abend wieder gegenwärtig: das Tanzen in der Disco, Lukas mit Carmen auf der Rolltreppe, die Zärtlichkeiten, die ihr Sarah geschenkt hatte. Sie räkelte sich, dann drehte sie sich zur Seite. Sie war allein im Bett. Nach dem Gang ins Bad stellte sie fest, dass sie allein in der Wohnung war. Wo mochte Sarah stecken? Da hörte sie Sarah die Wohnungstüre sperren. „Mirela, ich bin wieder da. Ich habe frische Semmeln zum Frühstück geholt." Sarahs Stimme verbreitete Fröhlichkeit. Sie ging auf ihre Freundin zu, zog diese an sich und umarmte sie. Sie schwieg, aber Sarahs Augen waren voll Zärtlichkeit für Mirela. „Ich mache uns Frühstück!" Sarah verschwand in der Küche.

„Was hast du jetzt vor?" eröffnete Sarah das Gespräch. „Ich werde Lukas sagen, dass wir ihn mit Carmen schmusend auf der Rolltreppe gesehen haben. Und ich werde ihm ein Ultimatum stellen: entweder Carmen oder ich." Sarah nickte zustimmend. „Du hast auch keine andere

Wahl. Ich würde das genauso machen. Falls Lukas dich rauswirft, kannst du zu mir ziehen." - „Danke, Sarah. Ich hoffe, dass es nicht so weit kommt." Dabei dachte Mirela nicht nur an die Möglichkeit, dass Lukas sich für sie entscheiden würde und das Verhältnis mit Carmen beenden würde. Nach der Nacht im Bett mit Sarah hatte sie eine Erfahrung gemacht, die ihr fremd war. Ja, sie hatte sich Sarah hingegeben, hatte intime Zärtlichkeiten empfangen. Sarahs Nähe, die Wärme ihres Körpers hatte ihr gutgetan. Die körperliche Zuwendung war schön gewesen. Aber der Gedanke, dass sie Sarah lieben könnte wie einen Mann, war ihr fremd.

Als sie sich nach dem Frühstück von Sarah verabschiedete, umarmten sich beide. Sarah verzichtete auf den Zungenkuss, mit dem Mirela gerechnet hatte. Es schien, als wollte sich Sarah etwas zurücknehmen, um Mirela Raum für ihre eigenen Entscheidungen zu geben. „Ruf mich ruhig an", gab ihr Sarah noch unter der Türe mit.

33

Wieder war Lea in Tims Hotel zum Mittagslunch gekommen. Die Suche nach einer geeigneten und bezahlbaren Vierzimmerwohnung für ihre gemeinsame Zukunft war bislang ohne Ergebnis geblieben. Plötzlich frage Lea: „Wie geht es eigentlich deinem Freund Lukas? Will er gar nicht mehr mit dir in die Allianz Arena gehen?" Tim machte ein verschmitztes Gesicht. Ein hintersinniges Grinsen erschien auf seinem Gesicht.

„Da kannst du ebenso gut deine Freundin Carmen fragen!" – „Was haben denn die beiden miteinander zu tun, Tim?" Sein Lächeln wurde breiter. „Die haben nicht nur miteinander zu tun, die haben sogar etwas miteinander!" Lea blieb der Mund offen. „Carmen ist jetzt mit Lukas zusammen? Ich dachte, Lukas und Mirela sind ein Paar." – „Waren ein Paar. Mirela hat Lukas verlassen. Sie hat mit Lukas Schluss gemacht." – „Ob das mal gut geht!", rutschte es aus Lea heraus. „Da muss sich dein Freund aber mächtig in Carmen verliebt haben, dass er nicht um Mirela gekämpft hat. Geht das schon lange?" – „Vielleicht fünf Wochen!" – „Für Carmen ist das aber lange. Ob sie das mit Lukas ernst nimmt?" Lea kannte ihr Freundin Carmen sehr gut. Sie war das Gegenteil von Lea. „Carmen ist bei Männern flatterhaft. Immer wieder einen neuen." Sie hatte durch ihre intensive Beziehung zu Tim den Kontakt zu Carmen etwas einschlafen lassen. Seit sie Tim liebte, war die Sache mit dem Nachtquartier nicht mehr aktuell. Und die Wochenenden gehörten ganz ihnen beiden.

„Ich staune immer wieder, wie du dich mit dieser Carmen anfreunden konntest!" – „Aber Tim, rede doch nicht so abschätzig von Carmen. Gewiss ist sie in vielem anders als ich bin. In vielem sind wir sogar gegensätzlich. Aber wir haben uns blendend verstanden, ich bin mit Carmen während der Ausbildung in die Kantine gegangen, wir sind ins Kino und in die Disco gegangen. Und wir haben stundenlang miteinander geredet, uns ausgetauscht. Sie ist meine Freundin. Da kommt es auf unterschiedliche Mentalitäten nicht an. Ich nehme Carmen an, so wie sie ist. Und Carmen nimmt mich so an, wie ich bin. Die Unterschiede sind wie die verschiedenen Farben eines Regenbogens. Sie machen die Freundschaft bunt und halten dennoch zusammen." Tim nickte. „Oh nein, ich habe gar nichts gegen Carmen. Ich mache dir sogar einen Vorschlag. Was hältst du davon, wenn wir uns mit den beiden mal zum Essen verabreden? Wenn uns die Laune danach ist, können wir danach noch in einen Club gehen, zum Tanzen." – „Das würdest du tun?" – „Ja, wenn du zustimmst, rufe ich Lukas abends an oder schicke ihm eine Mail." – „Liebend gerne!" Lea gab Tim einen Kuss auf die Wange.

Am Freitag der gleichen Woche trafen sich die beiden Paare in der gleichen Osteria wie vor fünf Monaten. Damals war Lukas noch in der Begleitung von Mirela gekommen. Tim und Lea waren sich darüber einig geworden, dass sie Lukas nicht über Mirela ausfragen wollten, das Gespräch nicht auf seine frühere Partnerin lenken wollten. Darum staunten sie gewaltig, als sie von Lukas hörten: „Ich soll euch von Mirela schöne Grüße ausrichten." Tim hatte das Messer auf den Teller zurückgelegt. Er war etwas konsterniert, und das sah man seinem Blick, mit dem er zu Lukas schaute, an. „Habt ihr noch Kontakt?"

Mirela hat noch Sachen bei mir in der Wohnung, die sie nach und nach holt. Sie wohnt jetzt bei Sarah."

„Wie hat sie es denn aufgenommen?" Tim spielte auf die Trennung an. „Sie tut sich immer noch schwer damit, dass ich jetzt Carmen habe. Erst hat sie mir ordentlich eine Szene gemacht, und nicht ganz zu Unrecht. Als ich ihr gestand, dass ich mit Carmen zusammen sein will, hat sie nur noch geweint. " Er neigte sich zu Carmen hinüber und küsste sie. Bereitwillig hatte Carmen ihr Gesicht Lukas zugewandt und ihren Mund dargeboten. „Ihr seid ein hübsches Paar!", bemerkte Tim und hob sein Glas. „Auf euch beide!" Auch Lea hob ihr Glas und lächelte ihre Freundin an. Carmen sagte: „Wir sollten wieder mal was zu zweit unternehmen, Lea. Nur du und ich!" – „Gerne."

Nach dem Essen brachen die vier Freunde auf nach Schwabing, in die Stella Bar. Lea hatte sich bei Tim eingehakt und sagte: „Weißt du noch, wie du mich an der Theke der Bar angesprochen hast? Das war die beste Idee deines Lebens! Nächstes Jahr heiraten wir!" – „Ja Lea, an so schöne Pläne für uns beide hatte ich damals noch nicht gedacht. Bist du auch so glücklich wie ich?" Da sie gerade an einer Ampel warten mussten, wandten sie sich einander zu und küssten sich.

34

Mirela hatte Tanja an ihrem Schicksal teilhaben lassen. Nach der schmerzlichen Trennung von Lukas war Tanja für Mirela der wichtigste Mensch in ihrem Leben geworden. Dass sie Lukas den Laufpass gegeben hatte, nachdem er nicht bereit war, die Beziehung zu Carmen zu beenden, war nicht leicht gewesen. Manchmal staunte sie sogar über sich selbst, dass sie den Mut und die Kraft gehabt hatte, diesen Schritt zu tun. Aber eine Dreiecksbeziehung kam für sie nicht in Frage. Und sie war froh, dass sie selbst einen Strich unter dieses Kapitel ihres Lebens gezogen hatte.

Dass Sarah, bei der sie jetzt eingezogen war, Mirela ihre ganze Liebe schenken wollte, auch im Bett, hatte Mirela stark beansprucht. Ja, sie hatte Sarahs Angebot, bei ihr zu wohnen, angenommen, annehmen müssen. Die von Lukas gemietete Wohnung hatte sie nach dem Bruch ihrer Beziehung verlassen. Aber in der Kürze der Zeit war nicht daran zu denken gewesen, eine neue Wohnung für sich allein zu finden. Und die Möglichkeiten waren auch in finanzieller Hinsicht begrenzt. Denn Mirela verdiente trotz ihres abgeschlossenen Universitätsstudiums nicht gut. Sie musste fachfremd arbeiten und war froh, dass sie überhaupt eine Arbeit gefunden hatte.

Das Schönste, das sie während ihrer Arbeit bei dem Personaldienstleister erlebt hatte, war die Freundschaft, die sie mit Tanja geschlossen hatte. Der Austausch der beiden Frauen war innerhalb kurzer Zeit sehr vertraut und persönlich geworden. Mirela hatte das Gefühl: Tanja kann ich alles sagen. Und sie hatte die Gewissheit, dass Tanja ihre intimen Geheimnisse, die sie ihr anvertraute, für sich behalten würde.

Nach der ersten Nacht in den Armen von Sarah hatte sie ihrer Freundin klargemacht, dass sie momentan nicht bereit war, sich auf ein gleichgeschlechtliches Verhältnis mit ihr einzulassen. Sarah hatte das hingenommen, aber Sarahs Augen bekamen gelegentlich einen verklärten Glanz, wenn sie Mirela in die Augen sah. Das war mehr als Interesse und etwas ganz anderes als Neugierde, was da in Sarahs Augen leuchtete.

Immerhin hatte Sarah aufgehört, Mirelas Körper zu streicheln und Zärtlichkeiten im Bett auszutauschen. Aber gelegentlich gab es zum Abschied noch einen Zungenkuss. Da sie Sarah auch sehr mochte, ließ sie das gelten. Aber das Zusammenleben mit Sarah hatte für Mirela zunächst den Charakter einer Zweckgemeinschaft, und Mirela hatte in dem gemeinsamen Haushalt auch feste Pflichten übernommen. Einkäufe und Saubermachen der Wohnung teilten sich die beiden Freundinnen auf. Und während der gemeinsamen Mahlzeiten tauschten sie sich aus, und oft wurde gelacht. Immer wieder steckte die lebensfrohe, heitere Art Sarahs Mirela an. Oft erzählte Sarah Begebenheiten, die sie mir ihrem Humor ausschmückte und damit beide zum Lachen brachte. Sarah hatte Freude am Leben, das merkte man, und ihre unkomplizierte Art, Dinge anzugehen und ihre Zuversicht steckten auch Mirela an.

Mirela überlegte, mit wem sie auf das Oktoberfest gehen möchte. „Am liebsten wäre ich mit Tanja auf der Wiesn. Aber sicher wird es mit Sarah auf der Festwiese auch schön."

Diese Entscheidung wurde Mirela abgenommen, denn als sie am nächsten Tag den Gang zur Kaffeeküche entlang ging, stach ihr ein gelbes Blatt in die Augen, auf dem sie las: „Wiesnnachmittag am Donnerstag, den 22.09. Treffpunkt Kaffeeküche, 15 Uhr. Wer geht mit?" Darunter war eine Liste zum Eintragen.

Der Weg zurück an ihren Arbeitsplatz führte sie zu Tanja. „Und, hast du das schon gelesen?" – „Ja, das ist neu. Joe hat eine Box reserviert. Was hältst du davon, gehst du mit?" – „Ja klar." Mirela dachte kurz nach. „Ziehst du ein Dirndl an?" – „Ja klar, keine Frage. Du willst doch auch ein fesches Madl sein?" Tanja war aufgestanden und legte ihren Arm über Mirelas Schulter.

Mirelas Entscheidung war gefallen. Sie verabredete sich mit Tanja. Tanja sollte ihr beim Kauf eines Dirndls behilflich sein.

35

Zehn Jahre später

Tim und Lea saßen in ihrer Vierzimmerwohnung in Freiham beim Frühstück und besprachen die anstehenden Erledigungen der Woche. „Papa, bringst du mich heute in den Kindergarten?" Die helle Stimme Annas unterbrach die gemeinsamen Überlegungen ihrer Eltern. „Ja Anna, in fünf Minuten machen wir uns fertig." – „Trägst du mir auch den Rucksack?" – „Aha, heute haben wir wieder Papa-Tag!", bemerkte Lea. „Ich steck dir noch die Brotzeit in den Rucksack", sagte Lea, zu Anna gewandt. Lea stand auf, griff nach ihrem Frühstücksgeschirr und ging in die Küche.

Nach einer langwierigen Wohnungssuche, die sie während des ersten Jahres ihrer jungen Liebe beschäftigt und auch zeitlich in Beschlag genommen hatte, konnten Tim und Lea den Mietvertrag für eine geräumige Vierzimmerwohnung im Stadtteil Freiham im Münchener Westen unterschreiben. Nach dem Umzug in ihr gemeinsames Zuhause füllte ein neues, angenehmeres Thema ihre Gespräche: die geplante Hochzeit, die sie mit all ihren Freunden groß gefeiert hatten. Drei Jahre später kam Anna zur Welt und veränderte ihr Leben grundlegend. Nach Leas Elternzeit waren beide froh, dass sie gleich in der Nachbarschaft einen Kitaplatz für Anna gefunden hatten. Tim hatte Lea oft vorgeschlagen, auf Teilzeit zu gehen. Ein Vorschlag Tims zielte auf eine Dreitagewoche. Ihm wäre es lieber gewesen, wenn Lea mehr Zeit mit seiner Tochter verbracht hätte. Lea ließ sich nicht umstimmen. Jeden Morgen fuhr sie gut gelaunt und motiviert mit der S-Bahn ihrem Arbeitsplatz in der Münchener Innenstadt entgegen. Dabei half Lea das gute Arbeitsklima in ihrer Abteilung. In die Bearbeitung der Kreditanträge vertiefte sie sich mit der gleichen Intensität wie damals, als sie Tims Antrag für sein Hotel geprüft hatte.

Manchmal bewunderte Tim seine Frau. Mit Staunen und Verwunderung nahm Tim Leas Engagement für ihren Beruf als Kreditsachbearbeiterin wahr. Leas positive Einstellung zu ihrer beruflichen Arbeit beeindruckte Tim immer wieder auf Neue. Da Lea allerdings hinsichtlich der Anträge, die sie bearbeitete, der Schweigepflicht unterlag, konnte sie aus ihrem Berufsalltag nur wenig berichten. Dafür konnte Tim ab und zu Amüsantes aus seinem Hotel berichten. Zum Beispiel über Amerikaner, die nach dem Besuch des Oktoberfests nicht mehr wussten, in welchem Hotel sie zu Gast waren. Sie fanden erst wieder in ihr Hotelzimmer zurück, nachdem schon die Sonne aufgegangen war. Ein Amerikaner konnte sich bei gesunkenem Promillewert im Blut dann doch an die

Richtung erinnern, in der das Hotel von der Festwiese aus zu erreichen war.

Tim hatte sich während der vergangenen Jahre bemüht, sein Hotel mehr und mehr in Richtung eines Kongresshotels umzugestalten. In der ersten Etage hatte er einen weiteren Seminarraum einbauen lassen. Das ging zwar zu Lasten der Bettenzahl, verstärkte aber das zweite Standbein des Hotels Best Stay und erwies sich bald als lukrative Einnahmequelle. Auch das Catering war weiterentwickelt worden. Neulich hatte sogar der Verband der Käseproduzenten in Süddeutschland seine Jahrestagung in seinem Hotel abgehalten. Viele der Teilnehmer hatten wegen der weiten Anreise zwei Übernachtungen gebucht. Und das Schöne dabei war, dass der eine oder andere Teilnehmer ein Doppelzimmer bestellt hatte. Nicht, um aus Kostengründen mit einem Kollegen das Zimmer zu teilen. Der eine oder andere Produzent brachte seine Frau mit, die die Gelegenheit zum Stadt- und Einkaufsbummel nutzen wollte. Bildeten sehr hübsche und modisch gekleidete junge Frauen die Begleitung, betreuten sie als Sekretärin, Assistentin oder Geliebte des Teilnehmers diesen. Jetzt verstand Tim auch, warum bei der Buchung so viele Doppelzimmer mit französischen Betten reserviert worden waren...

Bei allen Tagungen und Seminaren begrüßte Tim die Teilnehmer der Veranstaltung persönlich und hieß sie im Namen des Hotels willkommen. Wenn es die Zeit erlaubte, setzte er sich nach der Begrüßung in die letzte Reihe und hörte dem Eröffnungsreferat zu. Besonders interessierte er sich für Fragen der Vermögensbildung und der Geldanlage. Stellte er sich nach dem Vortrag, in der Pause, an einen der Kaffeetische, wurde er oft für einen Fachmann in Finanzfragen gehalten und beim Kaffeetrinken um einen Rat in Fragen der Geldanlage gebeten. Es machte Tim sichtlich Spaß, mit Allgemeinplätzen auf spezielle Fragen zu antworten. So sagte er mit Vorliebe: „Unterschätzen Sie die Asiaten nicht!" Am nächsten Tisch sagte er dann zum Ausgleich: „Die USA bieten viele gute Anlagemöglichkeiten. Erstklassige Firmen finden Sie dort!" Denn Tim wusste aus den vielen Vorträgen, die er als Zuhörer mitverfolgt hatte: „Diversifikation und ein langer Anlagehorizont sind die besten Voraussetzungen, Risiken zu minimieren, sein Geld ertragreich zu investieren und Gewinne durch Kurssteigerungen zu erzielen." Da er fälschlicherweise für einen Spezialisten gehalten wurde, fanden seine Worte meist Beifall und die Gesprächsteilnehmer/innen bedankten sich am Ende der Kaffeepause bei Tim. Eine ernste, fachmännische Mine und die Verwendung von ein paar Fachbegriffen aus der Finanzwelt wie zum Beispiel RoE (Return on equity) oder RSL (Relative Stärke nach Levy) reichten aus, um respektvolle Zuhörer zu finden. Zumindest bei jenen, die keinerlei finanzielle Bildung besaßen. Deren gab es viele, sogar unter Personen mit Universitätsabschluss.

Frau Hauf von jener Vermögensberatung, mit der er schon lange zusammenarbeitete, war nicht mehr Referentin. Ihr war eine junge Frau mit dunklem Teint und braunen Augen nachgefolgt. Sie sprach akzentfrei Deutsch, doch ihren zusammengesetzten, arabisch klingenden Namen hatte sich Tim bis heute nicht merken können. Ihre Eltern waren während des Syrienkrieges mit ihr nach Deutschland geflohen. Sie war ausgesprochen höflich, und da sie Tim wegen ihrer körperlichen Reize gefiel, freute er sich immer wieder, wenn sie ein Seminar im Hotel Best Stay abhielt. Ihr einleitendes Referat hatte Tim sich aus diesem Grund schon mehrmals angehört…

Einer ihrer Merksätze, die plakativ über jedem einleitenden Referat stand, lautete: „Ein Mann ist keine Altersvorsorge!" – „Für eine Frau aus einem muslimisch geprägten Land ist dies überaus emanzipiert. Ob sie diesen Vortrag so in ihrer Heimat Syrien halten könnte?", überlegte Tim.

Bei Lea hatte er gelegentlich das Thema private Altersvorsorge angesprochen. Als Bankkauffrau musste Lea nicht lange nachdenken und gab Tim ein paar Hinweise. Klar, Tim vertraute seiner Frau in Finanzdingen. Aber dann fiel ihm Carmen ein. War ihre Freundin mit den aufgesteckten blonden Haaren und den tief liegenden Augen nicht noch besser vertraut mit diesen Fragen? Carmen war doch Anlageberaterin bei einer Fondsgesellschaft! Als Tim angedeutet hatte, Carmen zu einem Gespräch über private Altersvorsorge einmal zu sich in das Hotel einzuladen, hatte Lea blitzschnell ergänzt: „Das würde mich aber auch interessieren. Wir können Carmen auch mal zu uns einladen!" Hielt Lea Carmen für eine Verführerin?

Von all den Frauen, die Tim kennengelernt hatte, gefiel ihm Carmen am besten. Vor zehn Jahren hatten sich

Tim und Lea öfters mit Carmen und Lukas verabredet. Sie waren zum Essen ausgegangen, und wie oft klang ihr Abend in der Stella Bar aus. Carmen war wie verrückt auf das Tanzen. Nur selten ließ Carmen einen Tanz aus. In der Stella Bar hatte Tim öfters mit ihr getanzt, und ihm war aufgefallen, dass sich Carmen bei den langsamen Tänzen eng an ihn schmiegte. Carmen lehnte sich zärtlich an Tim, und oft spürte er ihren blonden Kopf mit den aufgesteckten Haaren an seinem Hals ruhen. Carmens unbeschwerte, fröhliche Art imponierte Tim. Oft hatten Carmens tief liegende Augen herausfordernd Tims Augen gesucht. Und Tims Augen suchten immer wieder das Gesicht Leas Freundin. Welch ein Gegensatz zu der zurückhaltenden, ruhigen und bedächtigen Art Leas! Auch beruflich war Carmen überaus erfolgreich, denn mittlerweile war sie Teamleiterin und hatte vier Mitarbeiter/innen unter sich. „Mit dieser Frau kann man Pferde stehlen!", dachte Tim. „Und wenn ich Carmen doch mal zu mir in die Bar einlade?", sinnierte Tim. „Wir könnten einfach mal plauschen."

Tim liebte Lea heiß und innig, aber das Bild der fröhlichen Blondine mit den aufgesteckten Haaren ging immer wieder durch Tims Kopf.

Carmen und Lukas hatten sich vor neun Jahren getrennt. Lea hatte recht behalten: Carmen hatte nie daran gedacht, Lukas zu heiraten. Zu groß war Carmens Freiheitsdrang. Lea hielt den Kontakt zu ihrer Freundin aufrecht, sie telefonierten in unregelmäßigen Abständen miteinander. Es war Lea, die ihre Freundin anrief. Während des letzten Jahres hatten sich die beiden Frauen gelegentlich nach der Arbeit in der Stadt getroffen. In diesen Fällen hatte Tim Anna von der Kita beziehungsweise vom Kindergarten abgeholt.

Heute war Papa-Tag, und Tim wollte Anna im Kindergarten abholen. Tim freute sich darauf, mit Anna an der Hand am Nachmittag nach Hause zu spazieren. Er war richtig stolz auf seine Tochter.

36

Nach der Rückkehr aus den Flitterwochen hatte Tanja Mirela abends zum Essen eingeladen. Als Mirela das Lokal betrat, sah sie einen groß gewachsenen Mann mit dichtem schwarzem Haar bei Tanja am Tisch sitzen. Beide erhoben sich, als Mirela an ihren Tisch trat. „Ich bin der Franz!", sagte der Mann mit dem freundlichen Lächeln, während Mirela einen festen Händedruck empfing. Tanja und Franz hatten auf den Malediven in ganz kleinem Kreis geheiratet, darum hatte Mirela an der Hochzeitszeremonie nicht teilnehmen können. Als kleinen Trost hatte das frisch gebackene Ehepaar Mirela heute zum Essen eingeladen.

„Diese Strände, und das türkisfarbige Wasser, einfach traumhaft!", schwärmte Tanja.

Tanja hatte Franz in der Kantine ihres Unternehmens kennengelernt. Franz war Diplomingenieur. Beide verdienten gut, blieben aber in ihren Ansprüchen bodenständig. Die Hochzeitsreise sollte eine Ausnahme sein. Etwas Großartiges für ein einmaliges Ereignis: ihre Hochzeit.

Die sonst eher ruhige Tanja kam ins Schwärmen. So kannte Mirela ihre Freundin gar nicht. Auch Franz berichtete über die Tage ihrer Flitterwochen. Er rundete seinen Bericht mit den Worten ab: „Einfach herrlich, unbeschreiblich!"

Als Mirela in der U-Bahn nach Hause fuhr, dachte sie: „Tanja hat das große Los gezogen. Sie hat einen liebenswürdigen, humorvollen Mann. Leider habe ich meinen Prinzen noch nicht gefunden." Traurig senkte sie ihren Kopf.

Als sie zu Fuß in Richtung Sarahs Wohnung ging, fasste Mirela den Entschluss, es noch einmal mit einer Partnerbörse zu versuchen.

Noch immer wohnte und lebte Mirela bei Sarah. Aus dem Provisorium nach dem Bruch mit Lukas war eine gut funktionierende Wohngemeinschaft geworden, mit Arbeitsteilung und festen Regeln. Mirela war froh, dass sie abends nach der Arbeit bei dem Personaldienstleister nicht in eine leere Wohnung kam, sondern dass kurz nach ihr die lebensfrohe und heitere Sarah ihr Gesellschaft leistete. Oft saßen die beiden Frauen noch nach dem Essen stundenlang beisammen und tauschten sich aus, unterhielten sich über Gott und die Welt.

Mirela hatte Sarah klargemacht, dass sie keine sexuelle Verbindung mit ihr wollte. „Schau, ich suche noch immer einen Mann. Und wenn wir zueinander passen, möchte ich ihn gerne heiraten."

Sarah hatte dies respektiert. Als ein sehr feinfühliger Mensch verstand es Sarah, in Mirelas Gesicht zu lesen und ihre Stimmung wie ein Seismograf wahrzunehmen. War Mirela frustriert, nahm Sarah ihre Freundin liebevoll in die Arme und richtete Mirela wieder auf. Das tat Mirela gut, und in diesen Momenten erfasste Mirela ein Gefühl der Dankbarkeit und Verbundenheit mit Sarah.

Fast den ganzen Samstagnachmittag verbrachte Mirela über ihrem Notebook und googelte in diversen Partnerbörsen. Endlich! Kurz vor dem Abendessen hatte sie es geschafft. Sie hatte einen Prinzen mit dem Deckwort „Krösus" gefunden, mit dem sie zu chatten begann.

Schon am Dienstag vereinbarten sie ein erstes Date in einer Osteria für Freitag. Sarah feixte, als sie den Namen „Krösus" hörte. „Hoffentlich ist er auch wirklich reich und großzügig, wie der letzte König der Lydier!"

Ein blonder Lockenkopf mit einem gewaltigen Blumenstrauß beugte sich etwas steif zu Mirela herunter. „Mira?", fragte er mit einem schüchternen Lächeln. „Mirela". Nicht ohne Herzklopfen war Mirela aufgestanden. Jetzt erst fiel Mirela auf, wie groß ihr Gegenüber war. „Ich bin Finn. Und die sind für dich!" – „Sind die aber schön!" Mirela war ganz entzückt über diesen prächtigen Blumenstrauß. Schon so lange hatte ihr kein Mann mehr Blumen geschenkt.

Finn winkte dem Kellner und ließ eine Vase bringen. „Hast du gut hergefunden?" – „Ja. Hast du es weit gehabt?" – „Nein. Ich wohne in Ramersdorf." – „Dann sind wir ja fast Nachbarn!"

Der Kellner brachte die Speisekarte. Nach der Bestellung beim Kellner lüftete Finn das Geheimnis, das hinter seinem Pseudonym steckte: „Weißt du Mirela, ich bin beim Finanzamt!" Finn erklärte Mirela, dass Krösus deswegen so reich gewesen sei, weil er den griechischen Stadtstaaten Steuern auferlegt hatte.

Während des Essens ging Finn langsam aus sich heraus. Mirela erfuhr, dass Finn in einer Volleyballmannschaft spielte und zwei Mal wöchentlich zum Training ging. Als Mirela das hörte, dachte sie: „Jetzt habe ich wieder so einen sportbegeisterten Mann vor mir! Wie bei Lukas!" Sie hatte Messer und Gabel kurz abgelegt. Nachdenklich fragte sie Finn: „Spielt ihr da auch am Wochenende?" – „Eher selten. Nur wenn Turnier ist. Wir trainieren immer am Montagabend und am Donnerstagabend." Mirela atmete erleichtert auf.

„Und was machst du so am Wochenende", fragte Mirela zielstrebig. Der junge Mann, der ihr gegenübersaß, fing an, ihr zu gefallen. „Radeln, lesen, ins Kino gehen. Ich wandere auch gerne. Aber allein macht das keinen Spaß." Finns Augen versanken in Mirelas Augen. Er lächelte sie charmant an.

Als Finn und Mirela sich trennten, hatten sie sich zu einem Spaziergang vom Tierpark in Richtung Grünwald verabredet.

Mit einem seligen Lächeln in ihrem Gesicht und den Blumen auf ihrem Schoß fuhr Mirela nach Hause. Sie freute sich riesig auf ein Wiedersehen mit Finn. Handynummern und Adressen waren auch ausgetauscht worden. „Endlich!", dachte sie. Sie wusste auch: „Mit sechsunddreißig kann ich nicht mehr ewig warten, wenn ich Kinder haben will!"

37

Finn und Mirela hatten Glück. Ein wolkenloser, blauer Himmel verhieß einen sonnigen und warmen Tag. Der Weg führte unter Bäumen durch, und das war angesichts der steigenden Temperaturen erfrischend angenehm. Mirela berichtete von ihrer Arbeit, und Finn wurde bald sehr persönlich, erzählte von seiner Familie. Bei einigen Begebenheiten, die er aus seiner Jugendzeit erzählte, mussten beide herzlich lachen. Er erzählte von seiner Arbeit, von den Tricks bei der Abgabe der Steuererklärung, die er mit wachsamen Augen aufgespürt hatte. „Wir kommen nie hinter alle Schummeleien. Aber es gibt mitunter sehr plumpe Tricks, die uns hellhörig machen, etwa dann, wenn jemand am Geburtstag seiner Frau abends ein Geschäftsessen anberaumt und die Rechnung aus der Gaststätte steuerlich absetzen will. Da muss ich dann nachfragen, um herauszufinden, ob die geladenen Gäste tatsächlich geschäftlich mit dem Steuerpflichtigen zu tun haben. Dumm nur, wenn jemand einen sogenannten Geschäftstermin, das Arbeitsessen, auf einen Sonntag legt. Neulich hatte ich sogar einen Steuerpflichtigen, der am Karfreitag ein sogenanntes Geschäftsessen geltend machen wollte. Mirela, Geschäftsessen an Karfreitag?" Beide lachten.

Inzwischen hatte Finn Mirela bei der Hand genommen und führte sie. Erst auf Nachfrage gestand Finn, dass er vom Abschluss her Diplom-Finanzwirt in der Steuerverwaltung war. Seine Ausbildung war zweigliedrig verlaufen: teilweise war er in einem Finanzamt ausgebildet worden, den anderen Teil der Ausbildung hatte er an der Hochschule für den öffentlichen Dienst in Kaufbeuren absolviert. „Weißt du Mirela, ich wäre gerne Gymnasiallehrer für Mathe und Physik geworden. Aber ich habe ja noch eine Schwester und einen Bruder. Bafög hätte ich nur wenig bekommen, und neben dem Studium zu jobben, das hielt ich für unrealistisch. Und es war ein Vorteil, dass meine gesamte Ausbildung vom Freistaat Bayern bezahlt wurde. Nicht nur das, ich hatte sogar während der Ausbildung ein kleines Gehalt. Da hast du es besser gehabt. Du hast studieren dürfen." – „Ja Finn, dafür bin ich meinen Eltern auch dankbar, sehr sogar. Aber ich bin immer noch auf der Suche nach einem Job, bei dem ich mein in der Uni erworbenes Wissen anwenden kann. Wie du ja weißt, arbeite ich fachfremd bei schlechter Bezahlung." – „Mirela, ich verstehe dich. Ich kann das gut nachempfinden. Aber schau, bist du nicht auch froh, dass du Arbeit hast? Und Zeit hast du auch noch, Bewerbungen zu schreiben. Ganz unbeschwert. Denn deine Stelle hast du ja." – „Ja, natürlich." Mirela seufzte. Aber sie hatte bemerkt, dass Finn sie verstand. Finns Reaktion fiel anders aus als sie es von Sarah kannte, die in ihrem Optimismus gerne von sich gab: „Ach das wird schon noch!", um dann im nächsten Satz über einen Club zu sprechen, den sie am Wochenende besuchen wollte.

Auf dem Rückweg schlug Finn eine bayerische Brotzeit in einem Biergarten vor, der etwa auf der Mitte der Strecke lag. Finn hatte für Mirela einen Obatzta geholt und für sich ein halbes Grillhendl. Und beide teilten sich eine Wiesnbreze.

Als Finn und Mirela eine letzte Rast auf einer Bank machten, sahen sie sich lange in die Augen. Ihre Lippen fanden zueinander, und sie küssten sich. Lange und innig, ganz dem Spiel ihrer Zungen ergeben.

„Ich liebe dich, Mirela!" – „Ich dich auch!"

Bevor sie sich verabschiedeten, schlug Finn vor: „Nächsten Freitagabend lade ich dich zu mir ein. Ich werde für dich kochen!" Wieder küssten sie sich und hielten sich umschlungen.

Selig machte sich Mirela auf den Rückweg. „Endlich! Hoffentlich habe ich diesmal mehr Glück mit Finn als mit Lukas."

„Du strahlst ja richtig!" Mit diesen Worten wurde Mirela von Sarah begrüßt. „Und, willst du etwas loswerden?" Neugierig blickte Sarah Mirela an.

Mirela gestand, dass sie Finn sehr sympathisch fand. Auch über den Verlauf ihrer Gespräche berichtete sie. „Am Schluss dieses schönen Nachmittags hat er mich geküsst!" – „Na das klingt ja vielversprechend. Und wenn ich in dein Gesicht sehe, und so, wie du von Finn sprichst: Mirela, du bist mächtig verliebt." Mirela träumte vor sich hin. „Endlich! Ich hoffe, er ist der Richtige!"

„Gehst du heute mit zum Tanzen?" Sarah war bei ihrer Lieblingsbeschäftigung angelangt. „Heute eher nicht. Aber vielleicht können wir in zwei oder drei Wochen mal zu dritt in die Stella Bar gehen." – „Oh ja, ich bin schon auf Finn gespannt."

Als Sarah in Richtung Club losgezogen war, griff Mirela zum Handy und berichtete Tanja von ihrem Erlebnis. „Hoffentlich lerne ich Finn bald kennen. Ich bin schon ganz gespannt, deinen künftigen Mann kennenzulernen."

„Habe ich mich mit meinem Bericht verraten? Bin ich so deutlich geworden, dass Tanja schon die Hochzeitsglocken läuten hört?" Ganz versonnen saß Mirela auf dem Sofa in Sarahs Wohnzimmer.

Immer und immer wieder ließ sie in Gedanken den wundervollen Nachmittag vorbeiziehen, den sie mit Finn verbracht hatte.

Das Handy klingelte, und Finn bedankte sich bei Mirela „für den schönsten Spaziergang meines Lebens", wie er sich ausdrückte. „Vielleicht ist das für uns beide der wichtigste Spaziergang unseres Lebens", sinnierte Mirela.

38

Lea saß bei Tim in seinem Hotel an der Bar zum Lunch. Den Mittwoch als Jour fixe, die gemeinsame Zeit zu einem Lunch am Mittag hatte das Paar seit der ersten Zeit ihrer Liebe beibehalten. Obwohl sie sich erst vor wenigen Stunden mit einem Kuss in der Wohnung in

Freiham verabschiedet hatten und auch abends ihre Zeit miteinander verbringen wollten. Beide fanden es reizend, bei einer lieben Gewohnheit zu bleiben, die auch die Erinnerung an die Anfänge ihrer Liebe wachhielt. Tim war sehr froh darüber, dass Lea ihn zum Mittagessen besuchte, denn an den anderen Tagen der Woche aß er meist allein in seinem Büro, oft nur ein belegtes Brot. Eine Kantine für seine Mitarbeiter führte das Hotel Best Stay nicht.

„Hast du Neuigkeiten von Lukas?" Leas Frage war berechtigt, denn seit der Geburt ihrer gemeinsamen Tochter war Tim nur noch ganz selten mit Lukas in die Allianz Arena gegangen. „Lukas hat mich heute Vormittag angerufen wegen eines Heimspiels der Bayern in vier Wochen. Aber ich habe ihm angedeutet, dass ich nicht mitgehen möchte." – „Weil du jetzt Papa spielen möchtest!" Lea lächelte süffisant. „Ja nun, zum Spielen mit Anna habe ich ja nur den Samstag und den Sonntag. Da wirst du mir recht geben. Was hältst du davon, wenn wir bei schönem Wetter mit Anna mal ins Freibad gehen?" – „Wenn es heiß und trocken ist, gerne. Wollten wir sie nicht einmal zu einem Schwimmkurs anmelden?" – „Ja, aber die Schwimmkurse im Hallenbad finden im Sommer nicht statt. Wenigstens nicht bei uns draußen. Die sind im Herbst/Winter und im Frühjahr. Ich habe im Internet schon mal nachgeschaut." Lea tippte mit ihrem Zeigefinger auf Tims Nasenspitze, wie sie es als Zeichen der Zärtlichkeit gerne tat. Ihre großen blauen Augen ruhten auf Tims Gesicht. „Ich finde es schön, dass du dir darüber Gedanken gemacht hast. Das ist richtig lieb von dir. Das mit der Anmeldung zum Schwimmkurs können wir nach unserem Urlaub mal erledigen."

Lea biss in ihr Sandwich. Als sie fertig mit Essen war, legte sie wie zur Beschwichtigung ihre Hand auf Tims Arm. „Aber das mit dem Fußball: triff dich ruhig mit Lukas. Schau, er ist doch dein Freund! Vielleicht tut ihm deine Gesellschaft auch gut. Und auch du kommst beim Match auf andere Gedanken." – „Und was machst du dann an jenem Samstagnachmittag, an dem ich in der Allianz Arena bin?" – „Ich könnte ja Carmen besuchen. Ich habe sie schon länger nicht gesehen und habe deswegen schon ein schlechtes Gewissen, dass ich mich nicht mehr mit ihr verabredet habe." Tim trank seinen Kaffee aus. Er schwieg und dachte nach. „Wenn ich ehrlich bin, dann ginge ich fast lieber mit zu deinem Treffen mit Carmen als mit Lukas in die Allianz Arena." – „Und was ist mit Lukas?" Lea sah Tim verwundert an. „Das eine muss das andere ja nicht ausschließen. Aber ich will eurem Mädelstreff nicht im Weg stehen. Vielleicht willst du deine Freundin schon vorher treffen?" Lea wischte sich mit der Serviette den Mund ab. „Ich werde Carmen abends mal anrufen. – Ein anderes Thema noch: wir sollten unseren Urlaub langsam buchen. Möchtest du es bei Torremolinos belassen?" – Tim nickte. „Mir gefällt Torremolinos sehr gut. Auch wegen der schönen Ausflugziele von dort: die Alhambra in Granada, Ronda, Cordoba… du kannst mit dem Bus sogar nach Gibraltar und nach Tanger in Marokko fahren – alles nur Tagesausflüge!" Tims Augen leuchteten, als er von diesen Ausflügen zu schwärmen begann. Lea holte ihn auf den Boden der Realität zurück, als sie trocken einwandte:

„Ja, mit einem kleinen Kind! Glaubst du wirklich, das ist eine gute Idee?" – „Da hast du auch wieder recht. Vielleicht freut sich Anna mehr, mit dem Papa im Pool zu planschen!"

Nach dem gemeinsamen Abendessen rief Lea ihre Freundin Carmen an. Ausnahmsweise war Carmen nicht unterwegs, auch nicht in der Disco – sondern bei sich zu Hause in der Wohnung. Aus diesem Grund ergab sich ein langes Gespräch unter Freundinnen. Als Lea in das Wohnzimmer zurückkam, war kurz nach neun Uhr abends.

„Kann ich dir kurz berichten?", fragte Lea, als sie sich zu Tim setzte. Tim nickte und machte den Fernseher leiser. „Also, Kurzfassung: Carmen ist wieder einmal Single. Beruflich gibt es keine Änderung, Carmen leitet immer noch das Team der Anlageberater/innen. Sie hat noch keine Urlaubspläne. Als ich ihr von unserem geplanten Urlaub an der Costa del Sol erzählt habe, wurde sie ganz neidisch auf uns. Ich glaube, sie würde am liebsten mit uns in Urlaub fahren." Tim schaute Lea verwundert an. In seinem Kopf arbeitete es. „Das wäre doch was. Da könnte ich mal ordentlich mit ihr plauschen. Und hübsch zum Anschauen ist sie außerdem." Doch davon sagte Tim nichts zu seiner Frau. Statt eine Antwort zu geben, spielte er den Ball an Lea zurück. „Was hältst denn du davon, Lea?" – „Darüber wollte ich mit dir reden. Soll ich Carmen fragen, ob sie sich uns anschließen will, ob sie mit uns an die Costa del Sol fliegen will?" – „Ich habe nichts dagegen. Rufe Carmen doch noch mal an. Richte ihr meine Grüße aus und sage ihr, dass ich ihr das Hotel per Mail vorstellen werde, falls sie zusagt."

Als Lea zum zweiten Mal zurück in das Wohnzimmer kam, wirkte sie beschwingt. „Ja, Carmen freut sich. Sie klärt die Sache mit dem Urlaub noch im Büro. Wenn das bei ihr passt, können wir beide unseren Urlaub in Torremolinos buchen."

Zwei Tage später rief Carmen ihre Freundin Lea an. „Das mit dem gemeinsamen Urlaub funktioniert! Ich kann allerdings nur acht Tage bleiben. Ich fliege mit euch nach Malaga. Das Zimmer werde ich über das Reiseportal buchen, das mir Tim empfohlen hat. Die voraussichtlichen Flugdaten hat mir Tim kommuniziert. Das Hotel ist super. Die letzten sechs Tage hast du deinen Mann dann wieder für dich allein!" Carmen lachte. „Oh wie schön! Ich freue mich!" Lea lächelte vor sich hin. „Endlich haben wir wieder mal reichlich Zeit füreinander."

39

Finn holte Mirela am Ostbahnhof ab. Sie stiegen in den Bus 55 in Richtung Waldperlach, der sie nach Ramersdorf brachte. Auf dem Weg erklärte ihr Finn die verschiedenen Möglichkeiten, die ihm das dichte Netz der öffentlichen Verkehrsmittel boten, um morgens an seinen Arbeitsplatz im Finanzamt in der Deroystraße zu kommen. „Da habe ich eine ganze Reihe von Möglichkeiten. Ich könnte von Montag bis Freitag jeden Tag eine andere Strecke wählen." – „Hast du ein Auto?" – „Nein. Das lohnt sich für einen alleinstehenden Mann wie mich nicht. Wenn ich mal eine Familie habe, sieht das wieder anders aus." Mirela hatte bemerkt, dass Finn bei dem Stichwort „Familie" ihre Hand fester gedrückt hatte.

Mirela freute sich darüber, ohne sich etwas anmerken zu lassen. Sie fühlte sich frei und glücklich, als sie die letzten Schritte zu Finns Wohnung zurücklegten. „Habe ich jetzt den richtigen Mann für mein Leben gefunden?", überlegte sie. Nach den gemeinsam verbrachten Stunden sagte ihr Herz: „Ja!"

Mirela war überrascht, wie groß und geräumig Finns Vierzimmerwohnung war. „Als meine Mutter ins Altenheim kam, habe ich einen eigenen Vertrag mit dem Eigentümer geschlossen. Die Wohnung ist zentral, der Mietzins tragbar, und wenn ich mal Kinder habe…" – „Dazu brauchst du aber auch eine Frau! Kinder kommen weder von Amazon, noch wachsen sie auf den Bäumen!", bemerkte Mirela gutgelaunt und ihre Augen versanken in Finns Augen. Für einen Moment erschrak Mirela über ihren Mut, das zu sagen.

Finn hatte ihren Blick erwidert. Er gab keine Antwort, doch er trat auf Mirela zu und nahm sie in den Arm. Er nahm ihr Gesicht in beide Hände und seine Lippen suchten Mirelas Mund. Freudig begrüßten sich ihre Zungen, dann umschlangen seine Arme Mirela, und er hielt sie fest. Stumm genossen sie die körperliche Nähe.

Mirela bemerkte, wie Finns rechte Hand den Weg unter ihr T-Shirt suchte. Zärtlich streichelte er ihren Rücken. Jetzt schob sich seine Hand unter Mirelas Slip.

„Bist du bereit?", fragte er leise. „Ja!" Finn reichte Mirela die Hand und zog sie in das Schlafzimmer.

Lange blieben sie nach dem Liebesakt einander zugewandt liegen. Finns Hände spielten mit ihren Brüsten. „Du hast wunderschöne Brüste", hauchte er in Mirelas Ohr. „Findest du?" So ein Kompliment hatte Mirela noch nie bekommen.

Nach einer langen Weile richtete sich Finn auf und sagte: „Ich gehe jetzt in die Küche. Ich hoffe, du hast Hunger. Es gibt Wiener Backhendl! Bleib ruhig liegen, bis ich dich rufe!"

Verträumt blieb Mirela liegen und überließ sich ihren Gedanken. Hatte Finn ihr eben ohne Worte die Frage beantwortet, die sie umtrieb?

Der Tisch war wunderschön gedeckt, als Mirela von Finn zum Essen geholt wurde. Zwei weiße Kerzen brannten. Der Kartoffelsalat war schon in einer Schüssel hergerichtet. „Nimm Platz! Ich hole nur noch die Platte mit dem Backhendl!" Mirela war erstaunt, mit welcher Liebe zum Detail der Tisch gedeckt war. „Trinkst du ein Glas Wein mit mir?" – „Gerne. Aber vorweg würde ich gerne ein Glas Mineralwasser trinken."

„Guten Appetit!" Finn hob sein Rotweinglas. „Auf uns beide!" Er lächelte Mirela an. Dann legte er Mirela von dem Backhendl und dem Kartoffelsalat auf. „Um mich nicht mit fremden Federn zu schmücken: der Kartoffelsalat ist vom Feinkostgeschäft. Das Backhendl habe ich selbst zubereitet!"

Es schmeckte Mirela bestens. „Kochst du selbst gerne?" Finn machte eine abwägende Bewegung mit dem Kopf. „Ja, wenn ich liebe Gäste habe. Für mich selbst gibt es abends nur Brotzeit, manchmal Salat. Aber wenn du Lust hast, können wir auch mal zu zweit etwas kochen?" Fragend sah Finn in Mirelas Gesicht. „Oh ja, gerne. Ich glaube, das macht uns beiden dann Spaß!"

„Du bist ein wunderbarer Koch!", lobte Mirela Finn. Der strahlte über dieses unerwartete Lob. Bevor er den Tisch abdeckte, fragte er noch: „Möchtest du heute noch mit mir ausgehen, zum Beispiel zum Tanzen?" – „Ganz wie du möchtest. Aber bei dir ist es doch auch so schön!" Finn beugte sich zu Mirela hinunter und küsste sie. „Einverstanden. Bleiben wir bei mir zu Hause. Vielleicht kuscheln wir später noch ein bisschen?", fragte er und machte mit dem Kopf ein Zeichen in Richtung Schlafzimmer.

Spät abends, auf dem Weg nach Hause, dachte Mirela: „Wie anders ist doch Finn als Lukas. Gewiss, in finanzieller Hinsicht war Lukas eine andere Hausnummer. Darum war er überaus großzügig. Er verdiente sehr gut, und das zeigte er auch gerne. Auch teure Sachen gefielen Lukas, und bei Geschenken schaute er nicht auf den Preis. Möglicherweise würde bei Finn das Geld nicht so locker sitzen wie bei Lukas. Aber Finn schien mehr Wert auf das Verbindende zu legen, auf gemeinsame Unternehmungen, ja, er wollte sogar mit Mirela zusammen kochen! Das hatte Mirela beeindruckt. So einen Vorschlag hatte sie noch von keinem Mann bekommen. Das hatte sie innerlich angesprochen.

Mirela freute sich auf viele weitere gemeinsame Stunden mit Finn.

40

Tim wartete mit Lea und Anna vor dem Check-in-Bereich des Flughafens München auf Carmen. „Hallo Lea! Da seid ihr ja." Tim hatte Carmen erst gar nicht erkannt, denn sie kam in Jeans und Sneakers auf Tim und seine Familie zu. Diesmal trug sie die Haare offen, am Hinterkopf bändigte nur eine Klammer Carmens lange Haare, die offen bis auf den Rücken reichten. Außerdem verbarg eine Sonnenbrille ihre tief liegenden Augen, die fröhlich in die Runde schauten. Die Begrüßung war fröhlich und heiter, denn Carmens gute Laune steckte alle an.

Nach dem Check-in und der Personenkontrolle schlenderten alle gemütlich in Richtung Gate. „Ich habe Durst!", meldete sich Anna. Carmen beugte sich zu Anna hinunter und versprach: „Wenn wir unser Gate erreicht haben, kommst du mit mir und wir holen uns was zu trinken. Nur wir zwei!" Carmen zwinkerte Anna verschwörerisch zu. Sie nahm Anna bei der Hand, und während des weiteren Weges ließ Anna sich von Carmen führen.

Als Carmen mit Anna vom Bistro zurückkam, hatte sie in der einen Hand einen Becher mit dunkelbrauner Limonade, und in der anderen Hand hielt sie einen Schokoriegel. „Freust du dich schon auf den Pool, Anna?", fragte Carmen. „Oh ja!", rief Anna. „Hast du auch einen Wasserball zum Spielen mit?", erkundigte sich Carmen.

„Ja. Ich habe sogar zwei Bälle mit: einen rot-weißen, und einen gelben. Aber der gelbe Ball ist viel kleiner, nur so." Anna deutete mit den Händen die Größe des gelben Balles an. „Soll ich sie dir zeigen, Carmen?" Anna ging zu ihrem Rucksack und wollte die beiden Wasserbälle auspacken. Als Lea das bemerkte, meinte sie: „Ich würde nicht so kurz vor dem Einsteigen ins Flugzeug den Rucksack auspacken. Aber heute Nachmittag kannst du die Bälle mit an den Pool nehmen. Dann kannst du sie Carmen zeigen."

Ihr Flug wurde aufgerufen, und das Boarding begann. Nach knapp drei Stunden empfing sie kurz vor zwei Uhr nachmittags die sommerliche Hitze der Costa del Sol. „Hübsch warm haben die es hier", bemerkte Tim trocken. „Sag lieber glutheiß!", sagte Lea und fächelte sich mit ihrem Strohhut Luft zu, als sie vor dem Reisebus standen, der sie in ihr Hotel bringen sollte.

Kaum hatte ihnen der Bademeister freie Plätze zugewiesen, ergriff Anna Tims Hand und sagte fordernd: „Papa, komm zum Pool!" – „Ja Schatz, sofort! Ich muss dir doch erst den Schwimmgürtel umlegen!"

Während Tim und Anna im Nichtschwimmerbereich eine erste Abkühlung genossen, zogen Carmen und Lea im großen Becken ihre Runden. Gelegentlich gönnten sich die beiden Freundinnen eine Pause und unterhielten sich am Beckenrand stehend. Tim fiel auf, dass beide gelegentlich lachten. Doch Tim hatte wenig Zeit, zum anderen Becken hinüberzuschauen, denn er bemühte sich, Anna die einzelnen Züge des Schwimmens beizubringen. „Ganz ruhig, ganz langsam, Anna! Große Bewegungen machen. Ja, so. Sehr gut." Im Wasser schreitend ging Tim neben seiner Tochter her und begleitete ihre Schwimmversuche. „Gut hast du das gemacht!" Tim lobte seine Tochter. „Morgen versuchen wir es mal mit dem Schwimmbrett."

Bei einem Drink in der Poolbar schlug Carmen Tim und Lea vor, in das Meer zu gehen. „Wenn ihr beide dazu Lust habt, macht das ruhig. Ich bleibe bei Anna." Anna hatte das mitgehört, drehte ihren Kopf zu Carmen und fragte: „Carmen, spielst du dann mit mir Ball im Wasser?" – „Ja, gerne."

Als Lea und Tim vom Schwimmen im Meer zurückkamen, sahen sie schon von weitem, wie Carmen Anna den rot-weißen Ball zuwarf. „Deine Freundin ist wirklich kinderlieb. Das wusste ich gar nicht. Und die beiden verstehen sich prächtig!"

Dass Anna Carmen so gerne mochte, war Leas Verdienst. Sie hatten sich regelmäßig mit Anna in der Stadt getroffen. Sogar schon zu der Zeit, als Anna noch im Buggy saß. Und Carmen hatte sie auch in ihrer Vierzimmerwohnung in Freiham besucht. Durch diese Treffen zu dritt war eine Beziehung zwischen Carmen und Anna gewachsen, obwohl Carmen nicht Annas Taufpatin war. Ihr Taufpate war Leas Bruder. Anna spielte mit Carmen, und es war offensichtlich, dass ihre Zuneigung gegenseitig war.

Als Tim sich auf seiner Liege ausstreckte, dachte er: „Carmen wäre sicher eine gute Mutter. Eigentlich schade, dass sie nur für ihren Beruf lebt!"

Nach dem Abendessen saßen alle noch im Hotelgarten. Tim hat zum Einstieg in den gemeinsamen Urlaub eine Flasche Sekt spendiert, während Anna Limonade trank. Bald schon lehnte Annas Kopf an Leas Oberkörper. „Bist du müde?" Anna nickte stumm. „Ich glaube, wir zwei gehen dann mal hoch!"

Als Lea mit Anna gegangen war, setzte sich Tim auf den Stuhl, den Lea frei gemacht hatte. Nunmehr saßen sich Tim und Carmen gegenüber. Tim beugte sich mit dem Oberkörper leicht vor und sah neugierig in Carmens Gesicht. „Bist du mit dem Hotel und deinem Zimmer zufrieden?", fragte Tim. „Soweit alles okay. Besonders haben mir die kalten Vorspeisen am Büffet gefallen", antwortete Carmen. Sie zündete sich eine Zigarette an. „Aber einen historischen Kern hat Torremolinos nicht?" – „Doch, aber viel mehr als den Pimentel-Turm gibt es nicht zu sehen. Primär gibt es hier Sonne pur, Sand und Meer, und ein Hotel neben dem anderen. Bist du jetzt enttäuscht, Carmen?" – „Überhaupt nicht. Ich genieße die Zeit mit euch. Du hast eine reizende Tochter!" Das Gespräch erstarb für eine Weile. Carmen führte ab und zu ihre Zigarette an den Mund, und Tim studierte Carmens Gesicht, das von dichtem blondem Haar eingerahmt wurde. „Wenn Carmen ihre Haare offen trägt, wirken ihre Gesichtszüge weicher, zarter. Ihre weiblichen Reize kommen so besser zur Geltung", dachte Tim. „Aber für das Kundengespräch in der nüchternen Atmosphäre eines modernen Büros passen aufgesteckte Haare besser. Dazu passt auch der blaue Hosenanzug, den Carmen in der Arbeit gerne trägt, besser. Aber mir gefällt Carmen noch besser in dem kurzen geblümten Kleid, das sie gerade trägt."

Tim griff nach der Sektflasche. „Wir haben noch ordentlich Sekt", stellte Tim fest.

„Ist das für dich ein Problem? Tim, der ganze Abend liegt noch vor uns." Carmens tief liegende Augen fixierten Tim. Carmen lachte. „Oder wäre dir eine leere Flasche lieber?" – „Nein nein, und wir haben reichlich Zeit." Tim machte die Gläser wieder voll.

Tim und Carmen hatten sich schon länger nicht gesehen. Allmählich ging Tim aus sich heraus und berichtete über Veränderungen und aktuelle Veranstaltungen in seinem Hotel. „Das mit den Seminaren zur Geldanlage und zur Vermögensbildung bei euch im Hotel finde ich gut. Vor allem ist es wichtig, dass durch verschiedene Beiträge alle Aspekte um das Thema persönliche Finanzplanung und Strategie zur Sprache kommen. Und in der Pause können die Teilnehmer/innen den Fachleuten an den Stehtischen persönliche Fragen stellen." Bei diesem letzten Satz musste Tim schmunzeln. „Warum lächelst du?" Carmen hatte ihren Kopf angehoben und blickte Tim neugierig an. „Weißt du Carmen, ich stelle mich manchmal per Hetz dazu bei diesen Stehtischen. Da kommt es gelegentlich vor, dass ich für einen Finanzfachmann gehalten werde. Und dann werden mir spezielle Fragen gestellt, die du, Carmen, ohne weiteres beantworten kannst. Von meiner Ausbildung an der Hotelfachschule her bin ich in diesen Fragen der falsche Ansprechpartner."

Tim nannte einige Fragen, die an ihn herangetragen worden waren, und erwähnte die Antworten, die er gegeben hatte. – „Tim, alles richtig, was du gesagt hast. Gut gemacht!" Carmen lachte. „Aber es kommt eben darauf an, wie das vorhandene Depot aufgestellt ist. Vielleicht muss man da nachjustieren, andere Assetklassen dazunehmen, besser diversifizieren." – „Ich sehe schon, Carmen, jetzt bis du in deinem Element." Tim hatte das anerkennend gemeint. Carmen zündete sich eine weitere Zigarette an.

Im Hintergrund begann die Discomusik in der Hotelbar. Ab 21.30 Uhr war Disco. „Wenn du willst, können wir mit der Flasche in die Hotelbar umziehen. Willst du mit mir tanzen?" – „Oh ja gerne. Schöner Vorschlag." Tim wartete, bis Carmen ihre Zigarette ausgedrückt hatte. „Ziehen wir in die Hotelbar um." Er griff nach dem Sektkübel und nahm sein Sektglas in die andere Hand. Carmen folgte seinem Beispiel. Beide gingen in die Bar.

„Hoffentlich findet uns Lea, falls sie wieder runterkommt." Aber so wie er Lea einschätzte, würde sie Anna nicht allein in dem fremden Hotelzimmer zurücklassen. Schon gar nicht in der ersten Nacht. Er würde die Zeit mit Carmen verbringen.

Tim und Carmen tanzten immer wieder. Bei langsamen Melodien legte er seinen rechten Arm um Carmen, die fast gleich groß war wie seine Frau. Obwohl schlank, war sie doch etwas breiter gebaut als Lea. Carmens dichte blonde Haare streichelten Tims Hals, und er atmete ihr schweres Parfüm ein.

Wenn sich ihre Blicke trafen, erschien ein verzücktes Lächeln auf Carmens Gesicht.

Als Tim das gemeinsame Hotelzimmer betrat, lag es im Dunkeln. Anna und Lea lagen im Bett und schliefen.

Als er Licht machte, bewegte sich Lea, wurde wach und sah zu ihm auf. „Hallo Schatz", sagte er leise. „Ich bin da. Wir haben uns mit dem Austrinken des Sekts Zeit gelassen", sagte Tim als Entschuldigung.

Innerlich bewegt sah er auf das Bett hinunter, in dem Anna lag. Seine Tochter schlief tief und fest. Als Tim seine Uhr auf dem Nachttisch ablegte, zeigten die Zeiger kurz nach halb zwölf Uhr nachts.

41

„Was habt ihr denn gestern so lange besprochen?", fragte Lea. Ihre Blicke wanderten von Tims Gesicht zu Carmens Augen. Es war Carmen, die antwortete. „Wir haben über unsere Berufe gesprochen. Und Tim hat von Veranstaltungen in seinem Hotel berichtet, zum Beispiel von den Seminaren zu Finanzen und Vermögensaufbau. Er gab lustige Anekdoten zum Besten. „Habt ihr auch über den Aufbau einer privaten Altersvorsorge gesprochen?" wollte Lea wissen. „Nur ganz kurz. Du wolltest dich doch an dem Gespräch beteiligen."

Dass sie zum Tanzen in der Bar gewesen waren, verschwiegen Carmen und Tim.

Als Lea und Anna vom Frühstücksbüffet zurückkamen, blieb Anna vor Carmen am Tisch stehen, schaute mit großen, erwartungsvollen Augen zu Carmen auf und fragte: „Carmen, spielst du mit mir wieder Ball?" – „Aber ja, das machen wir. Sobald wir unten sind, gehen wir zwei ins Wasser!" Dabei streichelte Carmen Anna über den Kopf. Tim hob die Augenbrauen, sah Lea an und meinte: „Dann können wir zwei wieder ins Meer zum Schwimmen gehen, wenn Carmen mit Anna spielt. Was hältst du davon?" Lea, die gerade an ihrem Croissant kaute, nickte.

Als Tim und Lea am Nichtschwimmerbecken vorbei in Richtung Meer schlenderten, sagte Lea: „Schau mal unsere Tochter und Carmen, wie schön sie miteinander spielen!" – „Ich hätte nie gedacht, dass Carmen so kinderlieb ist! Dass sie gerne in Clubs zum Tanzen geht, das wusste ich von dir. Aber dass sie so kinderlieb ist, wusste ich nicht." Lea ergänzte: „Man weiß nie, was in einem Menschen alles drinsteckt."

Als Carmen am Nachmittag von ihrer Liege auf das Meer blickte und vor sich hin sinnierte, dachte sie: „Heute Abend werde ich nicht wieder mit Tim in die Bar zum Tanzen zu gehen. Es war wunderschön mit ihm gestern. Aber ich möchte Tim keinen Anlass geben, mir Avancen zu machen. Oder sich gar in mich zu verlieben. Lea ist meine beste Freundin. Und Tim ist Leas Mann. Das soll so bleiben. Ich will nicht die dritte in ihrer Ehe sein."

Nach dem Abendessen schlug Carmen einen gemeinsamen Spaziergang auf der Uferpromenade vor. „Sicher gibt es dort auch eine nette Bar, in der wir etwas trinken können." – „Das trifft sich gut. Dann kann ich auf dem Rückweg auf der Ladenzeile nach einem Tuch Ausschau halten", fand Lea. Carmen dachte: „Vielleicht entdecke ich noch etwas für Anna, ein kleines Geschenk von mir."

Die restlichen Tage des gemeinsamen Urlaubs mit Carmen wurden aufgelockert durch einen gemeinsamen Ausflug in das benachbarte Malaga. Dabei sahen sie auch das Haus, in dem Pablo Ruiz Picasso am 25.10.1881 geboren wurde, an der Plaza de la Merced, unweit der Kathedrale und der Altstadt Malagas. Das war am Donnerstagvormittag, und am Nachmittag blieb genug Zeit, dass Tim Anna wieder Schwimmunterricht erteilen konnte. Carmen und Lea waren ins Meer schwimmen gegangen.

Am Freitagabend hatte Tim Lea vorgeschlagen, in die hoteleigene Bar zum Tanzen zu gehen, sobald Anna eingeschlafen war. Lea zögerte, Tims Vorschlag anzunehmen, und Anna im Zimmer allein zu lassen. Als Carmen das bemerkte, sprang sie Tim zur Seite, indem sie vorschlug: „Weißt du was, Lea. Wir beide lesen Anna eine Gutenachtgeschichte vor. Sobald Anna eingeschlafen ist, geht ihr in die Bar. Ich bleibe mit meinem Notebook bei Anna, bis ihr nach eurer Disconacht wieder bei Anna seid. Ich bin so dankbar, dass ich mit euch in Urlaub fahren durfte, und möchte euch damit eine Freude machen." Lea nahm diesen Vorschlag ihrer Freundin gerne an. Und weil das so gut geklappt hatte, wollte Lea am Sonntagabend noch einmal auf Carmens Vorschlag zurückkommen. Bereitwillig übernahm Carmen diesen Dienst. „Weißt du Lea, ich lebe allein und kann an den Wochenenden jederzeit zum Tanzen gehen. Mir fehlt das Tanzen nicht so sehr, wenn ich einmal pausiere."

Gelegentlich hatte Tim alle in die Poolbar auf einen Drink eingeladen. Aus dieser Viererrunde hatten sich

Anna und Lea gelegentlich vorzeitig zurückgezogen, sodass Tim und Carmen zurückblieben. Dann hatte Tim jedes Mal nach dem Weggang Leas ihren Platz eingenommen. Manchmal hatte Tim dann Carmen in Erinnerung an den ersten Abend, an dem er Carmen kennengelernt hatte, noch ein Glas Sekt spendiert. Da saßen sie einander dann zu zweit in einem entspannten Gespräch länger gegenüber. Carmen war eine heitere, fröhliche Gesprächspartnerin, und Tim genoss die Stunden mit ihr zusehends. Die unbeschwerte Heiterkeit Carmens zog Tim an.

Beim letzten Frühstück am Tag von Carmens Abreise fragte Anna Carmen: „Kommst du mich mal in München besuchen?" – „Aber sicher!" Carmen gab Anna einen Kuss auf die Wange. Anna senkte ihren Kopf. Offensichtlich war sie traurig, dass Carmen heute abreisen musste. Das war zwar erst am Nachmittag, aber Anna wusste noch nicht, ob Mama oder Papa ihr nach Carmens Abreise den rotweißen Ball zuwerfen würden.

Nach einem Snack an der Poolbar begleitete Tim Carmen in die Lounge, wo sie ihren Koffer entgegennahm. Sie setzten sich noch, bis der Shuttlebus zum Flughafen Malaga vorfuhr. Tim stand auf, nahm Carmens Koffer und zog ihn zum Bus. Als der Koffer im Bus verstaut war, wandte sich Tim Carmen zu und reichte ihr die Hand. „Guten Flug und bis zum nächsten Mal. Schön, dass du mit uns gekommen bist!" Er schaute tief in Carmens Augen. Innerlich bewegt öffnete er seine Arme und zog Carmen an sich. „Schön war es mit dir." Einen Moment lang blieben sie unbeweglich stehen. „Danke!"

Als er dem abfahrenden Bus nachsah, wurde er von einem jungen Mann in einem grünen Polohemd angesprochen: „Ach, muss ihre Frau auch zurück in die Arbeit?"

Diesen Nachmittag spielte Tim mit Anna Wasserball. Es war ein heißer Tag, wie all die Tage zuvor. Aber heute wehte kein einziges Lüftchen, und Tim empfand die Hitze als stickig. Er machte seiner Frau ein Zeichen und ging zur Poolbar. „Una cerveza grande, por favor." Als der Kellner das Bierglas brachte, fragte er: „Has your wife left for home?" Das verwunderte Tim. Ja, er war hier in der Poolbar und auch oben auf der Terrasse oft mit Carmen gesessen. Aber auch in der Viererrunde. Wieso wurde er mit Carmen, aber nicht mit Lea in Verbindung gebracht? Wie kam es, dass Außenstehende Carmen für seine Frau hielten? Lag das daran, dass Carmen oft mit seiner Tochter durch das Hotel gegangen war, oder gab es andere Gründe?

42

Tanja bereitete die Platten für die Brotzeit vor. Aufgedeckt hatte sie schon. Eben wusch sie vier große Tomaten. Sie wollte die Tomaten aushöhlen und dann mit Hüttenkäse füllen. Eine Käseplatte und ein Baguette rundeten die abendliche Brotzeit ab. Da hörte sie, wie

Franz die Wohnungstüre aufsperrte. Tanja verließ ihren Arbeitsplatz in der Küche und ging zu ihrem Mann in den Flur. Beide küssten sich. „Wie geht es dir, Franz?" – „Wenn ich dich sehe, Tanja: bestens. Im Büro kommen wir mit unserem Projekt momentan nicht vom Fleck. Es hakt, und das ist frustrierend. Zum Glück ist das Team jetzt nach dem Ende der Sommerferien wieder vollzählig." Franz war in die Küche gegangen. „Oh! Gefüllte Tomaten. Wie schön!" Tanja hatte mit der Komposition der Brotzeit ins Schwarze getroffen.

Tanja berichtete von ihrem Arbeitstag. Als sie Messer und Gabel auf den Teller gelegt hatte, fragte sie Franz: „Ich würde mich gerne wieder einmal mit Mirela treffen. Erst habe ich daran gedacht, das abends nach der Arbeit zu tun. Aber dann dachte ich, bei dem spätsommerlich warmen Wetter könnten wir uns auch zu viert in einem Biergarten treffen. Der Wetterbericht bestätigt, dass das Hochdruckgebiet bestehen bleibt. Auch am Wochenende ist es trocken und warm." – „Gute Idee. Dann lernen wir endlich Mirelas Mann kennen."

Die beiden Paare verabredeten sich für Samstagmittag in einem großen Biergarten im Westen der Stadt. Tanja und Franz hatten schon Plätze bezogen. Tanja hatte Mirela schon von weitem erkannt und war zum Winken aufgestanden. Mirela trug ein Dirndl. Tanja war ihrer Freundin entgegengegangen und hatte sie zur Begrüßung umarmt. Den Korb mit der Brotzeit hatte sie kurz abgesetzt.

Als sie saßen, blickte Franz zu Finn hinüber, machte eine Bewegung mit seinem Kopf und sagte: „Komm, holen wir zwei die Getränke. Unsere Frauen decken derweilen den Tisch. Wer trinkt etwas anderes als Bier?" Mirela und Tanja entschieden sich für eine Maß Radler, Finn und Franz für Bier. Beide Männer zogen los in Richtung Schänke. Das war Tanjas Moment. „Und: hat er dich jetzt gefragt?" – „Ach Tanja, Finn scheint da nicht so fix zu sein. Er hat zwar von einer gemeinsamen Zukunft gesprochen, und ich gehe deshalb davon aus, dass er es ernst meint. Aber auf die entscheidende Frage warte ich noch immer." – „Ich drücke dir ganz fest die Daumen. Hoffentlich lässt dich Finn nicht noch länger zappeln. Und du willst weiter bei Sarah wohnen bleiben?" – „Ja, bis er mich gefragt hat."

Nach dem Scheitern ihrer früheren Beziehung mit Lukas war Mirela vorsichtiger geworden. Aus reiner Liebe war sie damals zu Lukas in die Wohnung gezogen, hatte ihm den Haushalt geführt, gewaschen und die Wohnung geputzt. Es war eine ungleiche Arbeitsteilung gewesen. Alle Versuche, Lukas für häusliche Pflichten zu gewinnen, waren nicht über vage Versprechungen hinausgekommen. Gewiss, Lukas war nicht nur ein großzügiger Mann gewesen, wenn es um Geld ging, sondern er war auch zärtlich und ein guter Liebhaber gewesen. Ein guter Sexpartner, aber kein Mann, mit dem sie das Leben teilen konnte. Mit der Hausarbeit hatte Lukas sie allein gelassen, und in der freien, unverplanten Zeit war sie oft allein gewesen. Hatte Mirela gemeinsame Zukunftspläne angeschnitten, war Lukas unverbindlich geblieben. „Das hat noch Zeit!"

Mirela hatte die Frage nach Eheschließung und Kindern damals, mit 26, noch etwas lockerer gesehen als heute, wo bald die letzten Jahre vor dem vierzigsten Geburtstag anbrachen. Umso wichtiger war es ihr, jetzt endlich gefragt zu werden, ob Finn sie heiraten wolle. Sie wünschte sich endlich Klarheit.

Da kamen Franz und Finn mit den Getränken. Die gemeinsame Brotzeit begann, und ein lebhafter, mitunter heiterer Austausch begann. Franz hatte mehrmals Mirela zugeprostet. Die Brünette mit dem Pferdeschwanz in ihrem Dirndl schien ihm zu gefallen.

Als Franz erfahren hatte, dass Finn beim Finanzamt arbeitete, hatte er die Gelegenheit ergriffen, noch ein paar Fragen zu Kosten aus Dienstreisen mit ihm zu besprechen. „Doch Franz, das sind Werbungskosten. Du trägst sie in der Anlage N der Steuererklärung ein. Für die Verpflegungskosten sind die Sätze gestaffelt, je nach Länge der Dienstreise." Finn hatte Franz auch den Unterschied zwischen Werbungskosten und Sonderausgaben erklärt. „Und wenn du sonst noch einen Rat brauchst, kannst du mich abends zu Hause anrufen." Das war nur zu Hause möglich. Denn die Beamten im Finanzamt dürfen in steuerlichen Fragen nicht beraten.

Nach einer Stunde waren die Maßkrüge leer. Franz war aufgestanden. „Wer hält noch mit? Ich hole jetzt Nachschub. Was ist mit dir, Mirela?" Mirela machte eine abwehrende Handbewegung. „Das ist aber eine schlechte Vorbereitung auf die Wiesn, Mirela, wenn du schon nach der ersten Maß schwächelst!" – „Nein, danke. Wirklich nicht." – „Ich hätte dich sonst eingeladen".

Damit war das entscheidende Stichwort für jeden Münchener im Spätsommer gefallen: das Mitte September beginnende Oktoberfest. Bald würde München wieder in den Ausnahmezustand versetzt werden.

„Geht ihr auf die Theresienwiese?" Finn schaute erst Franz, dann Tanja an. „Unbedingt. Mindestens zwei Mal!" Franz kam in Fahrt. Jetzt schaute Finn Mirela an. „Hättest du auch Lust?" – „Ja, Finn. Ich habe sogar schon den richtigen Dress für den Besuch auf dem Oktoberfest."

Die vier Freunde einigten sich auf Dienstag der ersten Oktoberfestwoche. „Die Uhrzeit machen wir noch aus."

43

Am folgenden Wochenende machten Finn und Mirela einen Ausflug mit der S-Bahn nach Herrsching. Sie hatten groß gefrühstückt und wollten erst am Nachmittag auf Brotzeit in einen Biergarten gehen. Mit dem Schiff wollten sie die große Rundfahrt in den Süden des Ammersees, bis nach Seeshaupt, machen. Es war ein warmer, sonniger Spätsommertag. So konnten sie auf dem Schiff noch eine Weile draußen sitzen und schauten verträumt auf die vorüberziehende Uferlandschaft. Der Blick Richtung Südwesten zeigte das Panorama der ostbayerischen Alpenkette.

Die Sonne hatte nicht mehr die Kraft der Julitage, und durch den Fahrtwind begann Mirela zu frieren. Sie schlug vor, in das Innere des Schiffs zu gehen. „Ich hol uns mal zwei Kaffee", schlug Finn vor. Als er mit dem Tablett zurück an den Tisch trat, entdeckte Mirela auf dem Tablett zwei Stück Käsekuchen. „Das ist eine gute

Idee!", lobte Mirela. „Die sind allerdings nicht selbstgemacht!" Finn lächelte. Er hatte festgestellt, dass Mirela gerne Kuchen buk. Das machte ihr mehr Freude als das Kochen, das war eher ein Tätigkeitsgebiet Finns. Insofern ergänzten sich Finn und Mirela in der Küche.

Nach der Rundfahrt verließen sie den Steg und wandten sich nach Norden. Der Weg führte durch eine parkartige Anlage zu einer Kirche. Die Kirchentüren waren offen, und als beide eintraten, sahen sie, dass der Altarraum geschmückt war, ebenso wie die erste Bankreihe. „Da hat ein Paar geheiratet", entfuhr es Mirela.

Vor dem Altarraum wandte sich Finn Mirela zu und küsste sie auf den Mund. Finn nahm Mirela in seine Arme und drückte sie an sich. Sie blieben unbewegt stehen, während ihre Zungen miteinander spielten. Als Finn Mirela wieder frei gab, sah er tief in ihre Augen und sagte: „Mirela, ich liebe dich." Es entstand eine Pause, während der Finn in seiner Sakkotasche nestelte. Er entnahm ein weißes Kästchen, klappte es vor Mirelas Augen auf und führte es vor Mirelas Gesicht. „Mirela – willst du meine Frau werden?" – „Ja, Finn, ich will! Ich will deine Frau werden und für dich da sein. Und ich will ein Kind von Dir!"

Finn entnahm den Ring aus dem Kästchen und steckte ihn an Mirelas Ringfinger. Noch etwas ungläubig hob Mirela ihre Hand und blickte auf den Ring mit dem Diamanten. „Der Ring steht dir gut!" Wieder fanden ihre Lippen zueinander.

„Komm, setzen wir uns in die Bankreihe." Lange blieben sie wortlos sitzen und überließen sich ihren Gefühlen. „Endlich!" Mirela war ganz überwältigt. Die Spannung der letzten Wochen fiel von ihr ab. Sie fühlte sich mit einem Mal ganz leicht und frei. Finn hatte sich zu ihr bekannt, er wollte mit ihr sein Leben teilen. Bald wären sie Mann und Frau.

„Wann möchtest du denn mit mir zum Standesamt gehen?" Mirela wollte es perfekt machen. „Wir müssen überlegen, wann wir die Hochzeitsfeier machen. Und mit unseren Familien müssen wir vorher auch reden. Aber von mir aus können wir es so machen: Standesamt noch in diesem Jahr, und Kirche nächstes Jahr. Ich fände es schön, wenn wir unsere Ehe unter den Segen Gottes stellen würden." – „Was heißt bei dir: Kirche nächstes Jahr? Mai, Juni, oder Juli?" – „Vielleicht lieber Juni? Aber darüber müssen wir noch reden. Mit einem Kalender in der Hand."

Als sie die Kirche verließen, wählten sie den Weg zum S-Bahnhof Herrsching. In der S-Bahn sitzend, merkten sie kaum, wie schnell sie die Münchener Innenstadt erreichten, denn es gab viel zu besprechen.

„Weißt du was, jetzt kaufen wir noch eine Flasche Sekt. Wir müssen heute Abend anstoßen." Finns Stimme klang sehr bestimmt.

Beschwingt und überglücklich machte sich Mirela am Sonntagnachmittag auf den Heimweg. Als Mirela in Sarahs Wohnung zurückkehrte, nahm ihre Freundin die Veränderung, die in Mirela vorgegangen war, sogleich wahr. Mirelas ungewohnte Fröhlichkeit, der Glanz in ihren Augen, als sie sich gegenüberstanden, hatten Mirela verraten. Ganz direkt kam Sarah zur Sache. „Wann ist die Hochzeit?" – „Standesamt noch dieses Jahr, Kirche nächstes Jahr!" Jetzt war es draußen. – „Gratuliere! Mensch Mirela, ich freue mich so für dich!" Sarah zog Mirela an sich und umarmte sie. Sarah presste ihren Mund auf Mirelas Lippen und schenkte ihr einen Zungenkuss. Diesmal spielte auch Mirelas Zunge in Sarahs Mund. Es war ein Abschiedskuss. „Ich werde bald ausziehen, zu Finn. In seine Wohnung in Ramersdorf." Noch einmal zog Sarah Mirela an sich. Dann setzte sich Sarah. „Du wirst mir fehlen", sagte sie halblaut und sehr ernst.

„Du bist zu beiden Feiern eingeladen. Und wir bleiben in Kontakt. Du bist und bleibst meine Freundin."

Sarah wurde wieder die Alte. „Und wir gehen auch mal aus, in die Stella Bar?" – „Auf jeden Fall." – „Und du darfst jederzeit zu mir kommen, auch wenn es dir schlecht geht!" – „Ich komme dich auch besuchen, wenn es mir gut geht. Aber ich hoffe, dass es diesmal hält." Mirela dachte an die erste Nacht, die sie bei Sarah verbracht hatte, nachdem sie Lukas mit Carmen erwischt hatte.

44

Tim fuhr mit der S-Bahn in sein Hotel. Es war der erste Arbeitstag nach dem Urlaub an der Costa del Sol. Es war wunderschön gewesen, und es war ein Glücksfall gewesen, dass Lea ihre Freundin Carmen für diesen Urlaub gewinnen konnte. So hatte er mehrmals den Abend mit Lea in der Bar verbringen können. Das hatten beide sehr genossen, und auch Lea war nach den Abenden in der Bar ganz beschwingt gewesen. Immer wieder hatte sich seine Frau auf der Tanzfläche zärtlich an ihn geschmiegt.

Und fast nach jedem Tanz hatte sie ihn geküsst! Dank Carmen, die in ihrem Hotelzimmer oder auf dem Balkon bei der kleinen Anna geblieben war. In München war seit der Geburt seiner Tochter ein Abend zum Tanzen mit Lea ein Luxusgut geworden. „Vielleicht begleitet uns Carmen ein andermal wieder in den Urlaub?", überlegte Tim. „Diesen Vorschlag werde ich Lea machen."

Heute war wieder „Papa-Tag" gewesen, und Tim war es gewesen, der Anna auf dem Weg in die Arbeit in den Kindergarten gebracht hatte. Tim hatte seine Tochter gefragt: „Freust du dich, wieder mit deinen Freundinnen zu spielen?" „Ja, Papa. Aber wann spielt Carmen wieder mit mir?" Diese Frage seiner Tochter hatte Tim sehr berührt. Anna hatte Carmen in ihr Herz geschlossen.

Tim war noch in Gedanken an seinen Urlaub versunken, als er das Hotel betrat. Der Platz, an dem normalerweise Slavica saß, war leer. Richtig. Jetzt war Slavica mit ihrem Mann in Kroatien im Urlaub. Er begrüßte Chiara und fragte nach besonderen Vorkommnissen. „Ein Weinhändler hat angerufen. Er möchte Ihnen sein Sortiment vorstellen. Er ruft in dieser Woche nochmals an." – „Danke, Chiara. Eine gute Woche noch." Für gewöhnlich ärgerte sich Tim über die Angebote der Getränkehändler. Er sah keinen Grund, die Getränkekarte der Bar zu überarbeiten. Es war alles da, was die Gäste verlangten: Rotwein, Weißwein, Sekt, Bier, auch alkoholfreies, Mineralwasser, Limonaden und Hochprozentiges. Viele Gäste der Bar saßen nur ein oder zwei Mal auf den Barhockern, oft Geschäftsleute oder Städtebummler. Anders sähe die Sache bei einem Speiselokal aus. Eine Getränkekarte mit ausgesuchten Weinen gehörte dort zur Visitenkarte des Restaurants. Das hatte er in der Hotelfachschule gelernt.

Tim war so gut gelaunt, dass er gelassen dem Anruf des Getränkehändlers entgegensah. Er war bereit, seine Vorschläge anzuhören. Ja, er war sogar willens, ihn in der Lounge zu empfangen, ihm einen Kaffee anzubieten. Der Urlaub an der Costa del Sol hatte Tim gutgetan.

Das Handy machte sich bemerkbar. Es war Lukas. „Wie war der Urlaub, alter Schwede?" in gewohnt burschikoser Art überfiel ihn die laute Stimme seines Freundes. Gut gelaunt, berichtete Tim recht ausführlich. Er erwähnte auch, dass Carmen sich reizend mit seiner Tochter abgegeben hatte. „Die Carmen war mit? Und sie spielt mit deiner Tochter Ball? Das ist ja eine ganz neue Seite, die ich ihr nicht zugetraut hätte." Jetzt fiel Tim ein, dass Carmen und Lukas vor vielen Jahren mal ein Paar gewesen waren. Hätte er Carmen besser nicht erwähnt? Um von dem Thema Carmen wegzukommen, fragte er nach dem nächsten Heimspiel der Bayern in der Allianz Arena. „Genau darum habe ich dich angerufen. Gehst du mit?" So gut gelaunt wie Tim heute war, sagte er zu, mitzugehen.

„Bist du noch solo?" – „Davon erzähle ich dir bei einem Bier. Kann ich dich heute im Hotel abholen?" – „Leider nein. Heute ist Papa-Tag. Ich hole meine Tochter nachmittags vom Kindergarten ab. Was ist mit morgen Dienstag?" – „Okay. Das machen wir so. Ist achtzehn Uhr recht?" – „Ja."

Außerdem vereinbarten die beiden Freunde, sich das Heimspiel der Bayern in zweieinhalb Wochen anzusehen.

Tim wandte sich dem recht hohen Stapel Post zu, der vor ihm lag. Der Alltag hatte ihn wieder.

Als Tim abends, als Anna schon schlief, seiner Frau über das Telefonat mit Lukas berichtete, erwähnte er auch, dass er mit seinem Freund zu einem Heimspiel in die Allianz Arena gehen wollte. „Ei prima, dann kann ich was mit meiner Freundin Carmen unternehmen! Du hast doch nichts dagegen?" – „Nein, ganz im Gegenteil. Das ist eine hervorragende Idee. Da freut sich noch jemand, wenn du Carmen triffst." Tim zeigte mit der Hand auf das Kinderzimmer, in dem Anna schlief. „Anna hat heute auf dem Weg zum Kindergarten gefragt, wann Carmen wieder einmal mit ihr spielt!"

45

Mirela hatte sich mit ihrer Freundin Tanja nach der Arbeit verabredet. Sie wollte ihr die gute Nachricht nicht am Telefon mitteilen. Sie wollte die wichtigste Entscheidung ihres Lebens mit Tanja feiern, mit ihr auf die eigene Zukunft mit Finn anstoßen. Sie war zu früh am Ort ihres Treffens und saß deshalb schon in dem Lokal, als Tanja auf sie zusteuerte. Anders als es bei Sarah gewesen war, die ihr die kommende Hochzeit vom Gesicht abgelesen hatte, wollte sie diesmal die gute Nachricht selbst verkünden. Sie hatte sich vorgenommen, sich diesmal nicht zu verraten und Tanja durch den Bericht über den gemeinsamen Ausflug zum Ammersee in kleinen Schritten auf Finns Heiratsantrag vorzubereiten.

Sie hatte versucht, ein ernstes Gesicht zu machen, als sie aufstand und Tanja begrüßte. Das gelang ihr so gut, dass Tanja besorgt fragte: „Ist etwas passiert, du siehst so ernst aus. Muss ich mir Sorgen um dich machen?" Es fiel Mirela schwer, ein Lachen zu unterdrücken. Sie senkte den Kopf und sagte: „Ach weißt du Tanja, im Büro ist immer wieder das Gleiche: unzufriedene Kunden, mit denen ich mich herumschlagen muss. Und die gemeinsame Mittagszeit mit dir fehlt mir!"

Als sie bei der Kellnerin Kaffee bestellt hatten, begann Mirela mit ihrem Bericht über den gemeinsamen Ausflug mit Finn, der ihr ganzes Leben verändern sollte. Mirela ließ sich Zeit und holte in ihrem Bericht weit aus. Sie führte die Anreise aus, berichtete, wie voll die S-Bahn nach Herrsching wegen des schönen Wetters gewesen war, erwähnte die herrliche Aussicht auf die Alpenkette, dass sie wegen des Fahrtwinds dann in das Innere des Schiffes umgezogen waren. „Dann hat Finn Kaffee geholt und sogar zwei Stück Käsekuchen von der Theke mitgebracht." – „Du bäckst doch manchmal selbst Käsekuchen, nicht wahr?" – „Ja, den essen wir beide gerne." Schließlich führte sie den Gang durch den Park zur evangelischen Kirche aus, die sie gemeinsam besichtigt hatten. Ahnungslos fragte Tanja: „Tim ist evangelisch-lutherisch, stimmt doch?"

Mirela hatte nur genickt, denn wieder musste sie ein Lachen unterdrücken. „Als wir dort vor dem Altarraum standen und die Architektur mit unseren Augen scannten, hat Finn mich in die Arme genommen und geküsst. Dann hat er mir einen Heiratsantrag gemacht!" – „Gratuliere! Ich wünsche dir und Finn alles Gute und Liebe.

Als ich dich heute hier so niedergeschlagen sitzen sah, habe ich etwas Schlimmes erwartet. Aber jetzt das! Du hast dein Glück gefunden!" Tanja war aufgestanden und hatte Mirela von oben auf den Kopf geküsst.

„Trinkst du ein Glas Sekt mit mir?" – „Unbedingt! Das müssen wir feiern." Mirela machte der Kellnerin ein Zeichen.

„Ich habe noch mehr gute Nachrichten!" Jetzt strahlte Mirela über das ganze Gesicht. „Du und Franz seid natürlich eingeladen. Möchtest du unsere Trauzeugin sein?" – „Ja, gerne." – „Und würdest du mir beim Aussuchen des Brautkleids helfen?" – „Liebend gerne."

Die Kellnerin brachte die Sektkelche, und Tanja stieß mit Mirela auf die Heirat mit Finn an.

Als Tanja bei Franz zurück in der Wohnung war, berichtete sie über die geplante Hochzeit ihrer Freundin mit Finn. „Ich freue mich für die beiden. Das könnte gut gehen. Ich habe Finn und Mirela im Biergarten beobachtet. Mirela braucht Gemeinschaft und jemanden, mit dem sie sich austauschen kann. Finn ist der richtige Mann an ihrer Seite. Ein guter Begleiter für den Weg durch das Leben, der treu an ihrer Seite bleibt. Ein Kumpel, mit dem man alles machen kann. Finn geht auf Mirela ein, fragt, wie er es ihr recht machen kann." – Etwas erstaunt sah Tanja ihren Mann an. Sie hob den Kopf leicht, dann sagte sie: „Du bist ein guter Menschenkenner. Genau so habe ich Mirela auch erlebt. Und ich kenne sie schon länger als du. So selbstsicher sie nach außen auftritt, so sehr ist sie nach innen verletzlich. Und sie ist nicht gerne allein. Sie leidet unter Einsamkeit. Sie braucht Zweisamkeit und Gemeinschaft wie die Pflanzen das Wasser."

46

Der Samstag mit dem Heimspiel der Bayern war gekommen. Tim und Lukas hatten sich für vierzehn Uhr am Marienplatz verabredet. Von dort wollten sie mit der U-Bahn zur Allianz Arena fahren.

An sich hatten Carmen und Lea mit Anna in den Tierpark gehen wollen. Doch als Lea den Schlafzimmervorhang aufzog, stellte sie fest, dass daraus wohl nichts werden würde: es regnete in Strömen. Während des Frühstücks googelte Lea nach dem Wetterbericht. Frühestens im Verlauf des Montags würde sich die Wetterlage bessern. Für Heute Samstag war Dauerregen angesagt.

Während des Frühstücks besprach sich Lea mit Tim. „Den Besuch im Tierpark verschieben wir lieber. Selbst wenn der Regen nachlässt, die Wege dort sind nass, und es tropft von den Bäumen. Ich werde Carmen fragen, ob sie zu uns kommen möchte. Falls der Regen wider Erwarten aufhört, können wir hier draußen einen kleinen Spaziergang machen." – „Das scheint mir vernünftig. Wann möchte Carmen kommen?" – „Darüber müssen wir uns noch abstimmen. An sich wollten wir uns um eins am U-Bahnhof Kolumbusplatz treffen. Aber falls ich Carmen zu uns einlade, geht es auch später am Nachmittag." – „Sehe ich Carmen dann noch, wenn ich vom Fußballspiel zurück bin?" Tim hoffte, Carmen noch zu treffen. Darüber würde er sich wirklich freuen.

Lea trank einen Schluck Kaffee. Als sie die Tasse abgesetzt hatte, fragte sie ihren Mann: „Ich dachte, du gehst nach dem Spiel mit Lukas noch auf ein Bier?" – „Wenn Carmen zu uns kommt, ist das etwas anderes. In diesem Fall würde ich das Bier auf Dienstagabend verschieben."

Lea dachte nach. „Bei dem trüben Wetter könnte Carmen auch später kommen. Was hältst du davon, wenn ich für uns alle ein Abendbrot herrichte?" Tim nickte. „Bis sieben Uhr bin ich mit Sicherheit zurück. Das ist eine prima Idee." – „Dann muss ich aber nachher noch mal los, um die Zutaten für das Abendbrot zu kaufen." – „Dann will ich aber mit!" Mit ihrer hellen Stimme hatte Anna sich gemeldet. „Dann geh gleich ins Bad. Mama ist dann die Nächste." – „Darf ich Enti spielen?" – „Ja, aber nur kurz."

„Enti spielen" war für Anna der erste Akt ihrer kindlichen Morgentoilette. Erst ließ Lea warmes Wasser mit Bademittel ein, dann folgte Anna mit ihrer Lieblingsente, die sie auf dem Wasser im Waschbecken schwimmen ließ. Mit ihren kleinen Händchen schob Anna die Ente auf dem Wasser hin und her und ahmte ihr Schwimmen nach. Dieses Spiel am Waschbecken dauerte fünf Minuten, manchmal auch länger.

Tim freute sich riesig auf ein Wiedersehen mit Carmen, ließ sich aber nichts anmerken. Er holte noch eine Flasche Rotwein aus dem Keller, in der Hoffnung, dass Carmen abends noch länger bei ihnen bliebe.

Das Spiel in der Allianz Arena verlief in der ersten Hälfte ohne klaren Hinweis, welche der beiden Mannschaften das Spiel für sich entscheiden würde. In der zweiten Hälfte spielte die gegnerische Mannschaft nervös und verpatzte mehrere Chancen. Die Bayern trugen mit einem 3:1 den Sieg davon.

Schade, dass du ausgerechnet heute Besuch hast", sagte Lukas, als sie sich am Marienplatz verabschiedeten. „Wir holen das Bier am Dienstagabend nach. Hole mich im Hotel ab, wie immer!"

Carmen saß bei Anna im Kinderzimmer auf dem Boden und beide spielten Bauernhof. Sie war zur Begrüßung aufgestanden. Danach bot sie Lea Hilfe in der Küche an. Tim blieb bei Anna im Kinderzimmer und Anna erzählte ihm, was sie und Carmen gemacht hatten.

Lea hatte Schinkenhörnchen im Blätterteig vorbereitet. Dazu gab es gemischten Salat. „Wie immer hervorragend." Lächelnd sah Tim seine Frau an. „Es hat mir ausgezeichnet geschmeckt. Ich danke euch für die Einladung." Zuletzt lächelte Carmen Anna an, die ihr Lächeln erwiderte. Tim fragte: „Du bleibst doch noch auf ein Glas Wein?" – „Natürlich." Und zu Anna gewandt, sagte Carmen: „Heute lese ich dir die gute Nachtgeschichte vor!" – „Ui!" Anna war aufgestanden und zu Carmen getreten. Mit großen Augen blickte sie zu Carmen auf. Carmen beugte sich zu Anna hinunter und küsste Anna zärtlich auf den Kopf. Lea war in der Küche mit Aufräumarbeiten beschäftigt.

Bei einem Glas Wein wurden Urlaubserinnerungen aufgefrischt. Alle wussten aber auch neue Episoden aus ihrem Berufsalltag zu berichten.

Ein entspannter und heiterer Abend war zu Ende, als Carmen das Zeichen zum Abschiednehmen gab. „Ich fahre dich noch zur S-Bahnstation!" Tim wollte Carmen noch begleiten. Der Regen hatte noch nicht aufgehört.

Als Tim den Motor angelassen hatte, fragte er Carmen: „Dann hat dir unser gemeinsamer Urlaub auch so gut gefallen wie Lea und mir?" – „Das habe ich dir doch schon gesagt, Tim: Ja. Es war ein wundervoller Urlaub mit dir und deiner Familie." – „Dann sollten wir das ein andermal wiederholen", sagte Tim, mehr zu sich selbst. Carmen hatte das dennoch gehört und griff seinen Gedanken auf: „Du, von mir aus gerne. Wenn Lea das auch will?"

Tim parkte ein und machte Licht im Wageninnern. Er wandte sich Carmen zu und sah in ihre tief liegenden blauen Augen. „Ich habe die Abende im Urlaub so genossen. Und weißt du, was mir am meisten Freude gemacht hat?" – „Dass du Zeit für deine Tochter hattest?" – „Ja, das auch. Aber am schönsten fand ich das Tanzen mit dir, wenn ich dich in meinen Armen halten durfte." Tim hatte seine Hand auf Carmens Hand gelegt. Sein Blick versank in Carmens Augen. „Ich möchte so gerne wieder einmal mit dir tanzen." Carmen wandte ihr Gesicht nach rechts und senkte ihren Blick. Jetzt schauten Tims Augen auf einen dichten blonden Haarschwall, von dem sich vorne das zarte, fast kindlich wirkende Gesicht Carmens abhob. Das erinnerte ihn an den ersten Abend, als er sie kennengelernt hatte. „Ach Tim, weißt du, was du da sagst? Du bist doch verheiratet!" Carmen hatte diese Worte nachdenklich gesprochen. Aber in ihrem Ton lag etwas Zögerliches, etwas Unsicheres.

Während des vergangenen Abends war Tim Carmen gegenübergesessen. Mehrmals waren seine Augen in Carmens Augen versunken, und sie hatte mehr als einmal seinem innigen Blick standgehalten, ihn mit einem Lächeln beantwortet. Auch seine Frau, die neben Carmen saß, hatte Tim mit den Augen fixiert. Noch heute bewunderte er ihr dichtes schwarzes Haar, das auf beiden Seiten ihres Gesichts über die Schultern fiel. Mehrmals hatte ihn seine Frau vergnügt angelächelt. Es war das heitere und gelöste Lächeln unter Partnern, die sich kannten, sich verstanden und liebten. Aber Carmens Blick hatte in Tim ein anderes Gefühl ins Leben gerufen. Das verrieten nun seine Worte: „Ich möchte dich mal zu zweit treffen. Einfach nur mit dir zusammen sein, plauschen. Kann ich dich abends mal zum Essen ausführen, Carmen?" Carmen hatte ihre Hand unter Tims Hand zurückgezogen. Carmen dachte nach. „Tim ist ja wirklich ein netter Mann. Und aufdringlich war er bis jetzt auch nicht. Auf einen Plausch kann ich es ankommen lassen." Jetzt sah Carmen Tim in sein Gesicht. „Okay. Sagen wir nächsten Donnerstag. Ich hole dich in deinem Hotel ab. Aber halt da bloß die Lea raus." – „Gerne. Bis nächsten Donnerstag. Ich freue mich! Komm gut nach Hause." „Tschüss!" Carmen öffnete die Autotür.

Als Tim wieder zurück bei Lea war, stellte er fest, dass seine Frau schon im Nachthemd war. Sie saß noch auf dem Sofa, und Tim setzte sich ihr gegenüber. „Wie war euer Nachmittag?" – „Wir waren doch kurz draußen. Anna und ich haben nämlich Carmen an der S-Bahnstation abgeholt. Trotz des Regens wollte Anna Carmen noch ihren Kindergarten zeigen. So wurde unser Weg zurück etwas länger. Dann haben wir Kaffee getrunken, und Anna bekam ihre Schokolade. Dann haben wir uns über unsere Arbeit ausgetauscht und geklönt. Die Zeit ist schnell vergangen." Lea gähnte. „Entschuldige, Tim, die Woche war anstrengend. Aber es war ein kurzweiliger Nachmittag und auch ein schöner Abend. Hat es dir auch gefallen?" – „Ja, ich habe mich gefreut, Carmen wieder einmal zu sehen. Deine Freundin ist nett." Deutlicher wollte Tim nicht werden. Carmens fröhliche, unbeschwerte Art, ihr Humor und ihr Charme hatten Tim für sie eingenommen. Und Carmen hatte wieder hingebungsvoll mit Anna gespielt.

„Ich geh dann mal ins Bett." – „Gute Nacht Lea. Schlaf gut."

Tim war auch aufgestanden und in die Küche gegangen. Er holte sich die Flasche Rotwein und ein Glas. Er goss sich ein und setzte sich wieder. Er sinnierte vor sich hin. „Vielleicht wäre es doch besser, wenn Lea auf Teilzeit ginge. Dann wäre sie abends nicht so geschafft. Vielleicht mutet sie sich zu viel zu: den Full-Time-Job, den weiten Weg in die Arbeit, verbunden mit dem Umweg über den Kindergarten, der Haushalt. Eine große Hilfe war der Umstand, dass Anna mit Lara nach Hause kam. Lara wurde von ihrer Mutter im Kindergarten abgeholt. Die Nachbarin, die im gleichen Haus wohnte, nahm beide Kinder mit nach Hause. Anna durfte bei Lara spielen, bis entweder Lea oder Tim von der Arbeit nach Hause kam und Anna abholte.

Tims Gedanken gingen zurück in die Zeit vor ihrer Hochzeit. Da war ihm Lea abends lebendiger, unverbrauchter vorgekommen. Da fiel ihm ein Sprichwort ein, das ihm ein polnisches Zimmermädchen in seinem Hotel einmal gesagt hatte: „Nie możesz zjeść ciasta i nadal go mieć." – „Du kannst nicht den Kuchen essen und ihn nach wie vor haben." Die Schweizer beschreiben die gleiche Situation etwas simpler: „Mä cha nid s Füfi u s Weggli ha." („Man kann nicht das Geldstück und die Semmel haben.")

Berufstätigkeit, Haushalt und Familie zusammen waren eine Herausforderung. „Vielleicht kann ich Lea einen Teil des Einkaufs abnehmen, das könnte sie etwas entlasten", dachte Tim. Noch immer liebte er die Frau mit den wunderschönen langen, schwarzen Haaren und den blauen Augen. Noch immer versanken seine Augen während der gemeinsamen Mahlzeiten verliebt in den Augen seiner Frau.

47

Ihre Verlobung hatten Finn und Mirela im Familienkreis als erstes Finns Mutter im Altenheim mitgeteilt. Die alte Dame war ganz aus dem Häuschen vor Freude. Sie hatte nach ihrem Sohn Mirela an sich gezogen und zärtlich auf die Wangen geküsst. „Hoffentlich erlebe ich die Hochzeit noch!" – „Aber ja doch, Mama. Du hast jetzt allen Grund, dich darauf zu freuen und mit uns zu feiern."

Als Finn den Wagen vor dem Haus von Mirelas Eltern einparkte, sah er ihren Vater bei der Arbeit im Garten. Er war gerade dabei, das erste Laub zu rechen. Die beiden begrüßten Fritz, fragten nach seinem Gesundheitszustand und besahen sich die Tomatenstauden. „Ich weiß, was es heute zum Abendessen gibt," schmunzelte Mirela. „Sicher etwas mit Tomaten." – „Geht ruhig rein zu Mama! Ich komme in zehn Minuten nach. Mirela nahm Finn bei der Hand und wandte sich der Haustüre zu. Freudig begrüßten sie Luise, Mirelas Mutter, ließen sich aber noch nichts über den Grund ihres Besuches anmerken. Die Flasche mit dem Sekt trug sie in den Keller, denn sie wollte nicht, dass ihre Überraschung vorzeitig aufgedeckt würde.

„Hab ichs mir doch gedacht!" rief Luise, als Finn seine Verlobung mit Mirela bekanntgegeben hatte. „Wie oft hast du am Telefon Finns Namen erwähnt. Da habe ich gespürt: jetzt macht Mirela ernst!" Luise machte ein paar Schritte auf Finn zu, umarmte ihn und sagte danach: „Willkommen in unserer Familie, Finn! Jetzt habe ich einen Sohn!" Mirela hatte Tränen in den Augen.

Finn ging in den Keller, holte die Flasche Sekt und stellte sie in den Kühlschrank. „Habt ihr schon den Termin für das Standesamt?" – „Ja, der ist am 20. Oktober, 11 Uhr." – „Und wann ist die kirchliche Feier?" – „Wir haben noch kein genaues Datum, aber bis zum ersten Advent wollen wir die Sache perfekt machen." – „Habt ihr schon mit Pfarrer Meyer gesprochen?" – „Das wollen wir bei unserem nächsten Besuch hier machen. Wir wollen ihn fragen, ob er mitgeht." – „Wohin?" – „Wir wollten ihn fragen, ob er uns nach Herrsching begleitet und die Trauung in der evangelischen Kirche dort vornimmt. Dort hat mir Finn den Heiratsantrag gemacht." – „Und die Lage ist einfach einmalig. Die Kirche liegt am Rande eines Parks, der zum See hinabreicht." – „Darauf wollen wir anstoßen", sagte Mirela und holte die Flasche Sekt aus dem Kühlschrank.

48

Die Krawatte saß. Tim musterte sich aufmerksam mit einem letzten Blick in den Spiegel, bevor er sich auf den Weg in die Lounge seines Hotels machte. Er hatte sich schick gemacht. Heute trug er den dunkelblauen Anzug mit weißem Hemd. So gekleidet, hatte er sich von Lea am Morgen in der Wohnung verabschiedet. Die Krawatte hatte er der zweitobersten Schublade seines Schreibtisches entnommen und eben umgebunden. Er erwartete Carmen, die ihn gegen sechs Uhr abends im Hotel abholen wollte. Für den Ort der Auszeit mit Carmen hatte er ein Lokal ganz in der Nähe gefunden, das erst kürzlich eröffnet hatte. Damit war gewährleistet, dass er dort noch unbekannt war. Die Neueröffnung des kleinen Italieners war somit ein Glücksfall für Tim. Die Wahl des richtigen Lokals hatte ihm zuvor einiges Kopfzerbrechen bereitet, denn in vielen Lokalen in der Nachbarschaft war er persönlich bekannt. Bei etlichen hatte er für ein Essen mit Lea bereits wiederholt einen Tisch reservieren lassen. War er dort mehrmals mit seiner Frau mit den langen schwarzen Haaren gesessen, würde sein Auftritt mit einer attraktiven Blondine Aufmerksamkeit hervorrufen, ja vielleicht sogar Neugierde wecken. Auf eine Bemerkung wie: „Herr Gerling, Sie haben heute aber eine nette Begleiterin!" konnte er verzichten. Tim verließ das Hotel. Es war ihm lieber, Carmen außerhalb des Hotels zu begrüßen. Für den Anfang musste ein Händedruck reichen.

Carmen kam ihm gutgelaunt, mit einem breiten Lächeln um den Mund, entgegen. Sie trug ein Kleid mit Blumenmuster, darüber eine blaue Lederjacke. „Hallo Carmen. Alles okay?" – „Hallo Tim. Du hast dich schick gemacht!" – „Und du bis richtig elegant, Carmen. Ich hätte dich beinahe nicht mehr wiedererkannt." Das war nicht übertrieben, denn Carmen trug in der Freizeit gerne Jeans, so auch am letzten Wochenende, als sie bei Lea und Anna zu Besuch gewesen war. Und auf der Reise nach Malaga war Carmen auch in Jeans erschienen.

Tim führte Carmen zu dem kleinen italienischen Lokal. „Der Wirt hat frisch eröffnet", erläutert Tim, als sie die Speisekarte entgegennahmen. „Dann zeigen sie sich hoffentlich von der besten Seite", kommentierte Carmen. Sie bestellten als Vorspeise Antipasti Misti, für Carmen als Hauptgericht Vitello Tonnato, und Tim hatte sich für Seezunge entschieden.

Während Carmen ihre Vorspeise aß, sah Tim Carmen zu. Er machte eine Pause beim Essen und sagte, während seine Augen in Carmens Gesicht sahen: „Ich möchte dir von Herzen danken, dass du dich so nett mit Anna abgegeben hast. Im Urlaub, aber auch letzten Samstag. Du hast Annas Herz erobert! Wie kommt es eigentlich, dass du so gut mit Kindern kannst? An deinem Beruf kann es wohl nicht liegen." Auf Carmens Gesicht deutete sich ein flüchtiges Lächeln an, dann legte Carmen ihr Besteck auf den Teller. Ihr Gesicht war mit einem Mal ernst geworden. „Weißt du Tim, ich hatte eine kleine Schwester. Sie hatte blonde Haare und blaue Augen. Wie ich. Lena war fünf Jahre alt, und ich habe stundenlang mit ihr gespielt. Ich war anderthalb Jahre älter als Lena. Und eines morgens lag Lena tot in ihrem Bettchen." Carmen senkte ihren Kopf. Als sie Tim wieder ansah, entdeckte er Tränen in Carmens Augen. „Kannst du dir vorstellen, wie weh mir das tat, als ich sie tot in ihrem Bettchen sah, wie der Arzt versuchte, ihren Puls zu fühlen, dann den Kopf schüttelte…ich hatte meine Schwester, meine Spielkameradin verloren!" Tränen liefen über Carmens Wangen.

Zum Trost legte Tim seine Hand auf die linke Hand Carmens. „Ich verstehe." Mehr brachte Tim nicht hervor. Carmen zog ihre Hand unter Tims Hand hervor, griff nach der Serviette und trocknete die Tränen. Nachdenklich brachte sie hervor: „Weißt du, ich habe ja noch einen Bruder, aber der ist fünf Jahre älter. Er hat nur wenig mit mir gespielt." – „Dann holst du etwas nach, was nach dem Tod Lenas nicht mehr war …" Tim machte eine Pause. „Sollte das gemeinsame Spiel von Carmen mit Anna eine Lücke in ihrem Leben ausfüllen?", dachte Tim. Carmen kam ihm zuvor. „Ich kann mir vorstellen, was du jetzt denkst. Aber ganz unabhängig von meiner Lebensgeschichte, ich liebe Kinder, und du hast eine wundervolle, kluge, aufgeweckte Tochter. Du bist ein Glückspilz! Was sie mir neulich für Fragen gestellt hat! Und wenn ich ihr etwas erklärt habe, dann kam die nächste Frage."

Tim lächelte glücklich. Ja, Anna war Leas und Tims großes Glück. Wie gerne nahm er sie an den Papa-Tagen bei der Hand und spazierte mit ihr zum Kindergarten. Auch bei dieser Gelegenheit sprudelten Fragen aus ihr hervor.

Da Carmen eine Begebenheit aus ihrer Familie erzählt hatte, versuchte Tim, durch einige offen gehaltene Fragen das Gespräch in den persönlichen, familiären Bereich zu lenken. Bald tauschten sich Carmen und Tim über ihre Kindheit und Jugendzeit aus. Carmen öffnete sich, wurde sehr mitteilsam und gab auch lustige Anekdoten zum Besten. Als die Uhr halb elf Uhr zeigte, waren sie in ein heiteres Gespräch vertieft. Dabei waren seine Augen immer wieder in den blauen, tief liegenden Augen Carmens versunken. „Carmen, dir könnte ich stundenlang zuhören!" Carmen lächelte vergnügt, als Tim dieses Kompliment machte. „Und ich bin so gern mit dir zusammen. Darf ich dich wieder einmal einladen?" Es entstand eine kurze Pause. Carmen hatte ihren Kopf gesenkt und sah auf die Tischplatte. Carmen blieb die Antwort auf Tims Einladung schuldig. Von unten blickte sie Tim fragend an. „Und was ist mit Lea?" Carmen hatte gemerkt, dass zwischen Tim und ihr etwas ins Leben trat. Carmen zögerte.

Tim hatte mit dieser Frage gerechnet. Etwas ausweichend antwortete er: „Wir dürfen Lea nicht eifersüchtig machen, ich will sie nicht verletzen, ihr Anlass zu falschen Vermutungen bieten." – „Sind diese Vermutungen Leas so unbegründet?", dachte Carmen, behielt diese Frage aber für sich.

Tim ließ den Kellner kommen und bezahlte die Rechnung. Tim und Carmen brachen zur U-Bahnstation auf. Beide verabschiedeten sich mit einem Handschlag, nachdem Carmen sich für den wundervollen Abend bedankt hatte. Zuletzt fragte Tim: „Darf ich dich wieder anrufen, Carmen?" – „Tu das, Tim." Dabei hatte Carmen genickt. Die Frage nach einem Wiedersehen blieb unbeantwortet. Der nächste Anruf würde die Antwort liefern.

Als Tim in der S-Bahn Richtung Pasing saß, dachte er zunächst über sein Alibi nach. Das war ein langes Bier mit Max, dem Freund von Lukas, gewesen! Nachdem Lukas am Dienstagabend sich mit Tim getroffen hatte, musste heute Max als Alibigeber herhalten. Tim war froh gewesen, dass Lea keinen Verdacht geschöpft hatte. Normalerweise traf Tim nur in Begleitung von Lukas auf Max. Noch nie hatte Tim Max allein auf ein Bier eingeladen.

Wieder sah er die geistreiche und überaus attraktive Blondine mit den tief liegenden Augen vor sich. Er mochte Carmen, ihre fröhliche, humorvolle Art. Ihr hübsches Gesicht wich nicht mehr aus seinem Kopf. „Vielleicht treffen wir uns nächstes Mal mittags. Nicht am Mittwoch, denn da kommt Lea von der Bank zu mir auf den Lunch in die Bar. Aber Donnerstag? Vielleicht könnte Carmen den Donnerstagmittag für uns freihalten? Dann brauche ich auch kein Alibi." Er malte sich schon das nächste gemeinsame Essen mit Carmen aus. „Vielleicht werde ich ihr Blumen mitbringen. Am liebsten rote Rosen!" Diesen Gedanken verwarf er wieder. „Nichts überstürzen." Als er die Wohnung erreicht hatte, brannte kein Licht mehr. Lea war schon im Bett. Tim war erleichtert.

49

Samstagvormittag, und Lea, Tim und Anna saßen bei einem erweiterten Frühstück. „Hast du Stress oder Ärger in der Abteilung?" fragte Tim seine Frau. „Wie kommst du auf diese Frage?" – „Mir ist aufgefallen, dass du in der letzten Zeit früher schlafen gehst." – „Nein, Stress habe ich keinen. Aber ich habe mich geärgert, dass meine Anmeldung für die Fortbildung über Kreditfinanzierung abgelehnt wurde. Ich habe mich geärgert, dass sie vermehrt die jungen Mitarbeiter dorthin schicken." – „Was könnte der Grund dafür sein? Hast du eine Erklärung?" Mit großen Augen sah Tim in das bleiche Gesicht seiner Frau. Anders als Carmen hatte seine Frau einen blassen Teint. Ohne Rouge auf den Wangen hätte ein Unbekannter seine Frau leicht für krank halten können, solange sie ungeschminkt war. Wenn sie statt Rouge nur den Lippenstift einsetzte, war sie in Verbindung mit den schwarzen Haaren ein echtes Schneewittchen…

Lea ging aus sich heraus. „Weißt du, ich würde mich schon freuen, wenn ich mal ein Team leiten könnte, so wie Carmen ja auch Teamleiterin ist. Jetzt, wo der bisherige Teamleiter bald in den Ruhestand geht, habe ich mir Chancen ausgerechnet. Aber ohne die erforderlichen Weiterbildungen stehe ich schlecht da." – „Hast du denn das Gefühl, das ein Jüngerer oder eine Jüngere dich überholen könnte?" – „Ja Tim, manchmal schon, und so viel Zeit habe ich ja nicht mehr!" – „Aber Lea, du bist noch keine vierzig, und du hast noch mehr als das halbe Berufsleben vor dir!" Lea schwieg und senkte den Kopf. Das schien sie nicht zu überzeugen. Sie wollte das Thema wechseln. „Möchtest du noch eine halbe Semmel mit Leberwurst?" Lea blickte Anna an. „Lieber rote Marmelade." Das rief Tim auf den Plan. „Schatz, soll ich dir eine Marmeladensemmel machen?" – „Ja Papa."

Tim hatte Lea angeboten, sie bei den Einkäufen zu unterstützen. Er hatte vorgeschlagen, zu ihrer Entlastung auf dem Heimweg bei Super vorbeizugehen und von dort mitzubringen, was für den Haushalt und das tägliche Essen benötigt wurde. „Das ist lieb von dir. Ein Mal in der Woche kann ich dir einen Zettel mitgeben. Aber Fleisch und Gemüse möchte ich lieber selbst sehen. Und mit Toilettenpapier in der Hand lass ich dich nicht gerne herumgehen. Das sieht dann so aus, als ob du den Haushalt schmeißt!" Nein, das sah Tim nicht so. Zehn Rollen Toilettenpapier von Super nach Hause zu tragen, das war noch nicht der ganze Haushalt. Es war eine kleine Unterstützung, mehr nicht. Und bis jetzt war noch niemand auf die Idee gekommen, dass Tim für seine Familie kochen würde. Das war Leas Part, auch wenn sie mehr pflichtbewusst als mit Leidenschaft hinter dem Kochherd stand. Da hatte es Slavica besser. Ihr

Mann Drago kochte gerne an seinen freien Tagen. So war es sogar gewesen, als vor zehn Jahren Tim bei Drago und Slavica in ihrer Wohnung in Unterschleißheim zum Essen eingeladen worden war. Als kleines Dankeschön für den spontanen Besuch Tims bei Slavicas Vater im Krankenhaus. Damals, anlässlich Tims Besuch, hatte Drago gekocht. Seine warme, herzliche Art war Tim aufgefallen. Der gemeinsame, fröhliche Abend bei den beiden Kroaten war ihm in bester Erinnerung geblieben, so als wäre es gestern gewesen. Wenn Tim an das Ehepaar Drago und Slavica dachte, kam ihm der Gedanke, dass mehr Spontaneität und Herzlichkeit dem Leben eine ganz andere Note verleihen würde. Obwohl die beiden nicht viel Geld hatten, wirkten Drago und Slavica überaus glücklich und zufrieden. Auch ohne großes Auto und Flugreisen an die Costa del Sol oder gar auf die kanarischen Inseln. „Wir leben zu sehr nach unseren Gedanken, entscheiden mit dem Kopf und messen uns an dem, was andere haben und tun!", hatte er nach dem schönen Abend bei Slavica und Drago gedacht. „Wir sollten mehr fragen, was unser Herz möchte." Genau das hatte er damals gedacht, als er mit der Flughafenlinie von Unterschleißheim nach Hause gefahren war. Und genau der gleiche Gedanke spukte in seinem Kopf herum nach dem wunderschönen Abend mit Carmen. „Wir sollten mehr auf unser Herz hören."

„Wir sollten einen Einkaufszettel machen, bevor wir zum Einkaufen fahren." Lea holte Tim aus seinen Gedanken zurück, „Darf ich dann zu Lara gehen?" – „Aber Schatz, nicht über die Mittagszeit. Da störst du beim

Essen. Sobald wir zurück sind, kannst du bei Lara läuten gehen."

Alle drei fuhren mit dem Auto in das Einkaufscenter. Anna war gewachsen, und aus diesem Grund führte der erste Gang in die Kinderabteilung des Bekleidungshauses. Danach befüllten Lea und Tim den Einkaufswagen. „Das ist ein halbes Weihnachten!", befand Tim. – „Aber dafür muss ich erst am Donnerstag wieder zu Super. Und dir gebe ich am Dienstag einen Einkaufszettel mit."

Tim dachte bei sich: „Dienstags kann ich gut und gerne einkaufen gehen. Den Donnerstag halte ich mir für Carmen frei." Noch hatte er nicht mit Carmen telefoniert. Carmen hatte zwar am Freitagabend angerufen und mit Lea telefoniert, aber das war kein geeigneter Zeitpunkt, mit Carmen ein Date auszumachen und sie wieder zum Essen einzuladen. In Gegenwart seiner Frau!

Tim hatte vor, Carmen von seinem Büro aus anzurufen. Das ging frühestens am Montagmorgen.

50

Mirela hatte Finn gedrängt, baldmöglichst auch mit ihrem Pfarrer einen Termin zu vereinbaren. Das Anmeldeformular zur Trauung hatte sie im Pfarrbüro geholt und zusammen mit Finn an einem regnerischen Samstag ausgefüllt.

Am folgenden Dienstag hatte sie mit Herrn Pfarrer Meyer telefoniert und ihn gefragt, ob er sie nach Herrsching begleiten würde. „Das tue ich doch gerne für Sie." Er würde das Dimissoriale erteilen und seinen Kollegen in Herrsching um die Zession bitten. Dass er die weite Fahrt nach Herrsching auf sich nahm, war nicht selbstverständlich. Aber Mirelas Mutter war in der evangelisch-lutherischen Kirchengemeinde aktiv und besuchte gelegentlich die Predigten. „Ich freue mich für Sie und Ihren Mann, dass Sie Ihre Ehe unter den Segen Gottes stellen wollen. Haben Sie schon einen Trauspruch für Ihre Ehe gefunden?" Mirela bejahte und nannte Psalm 85,11:

„Dass Güte und Treue einander begegnen, Gerechtigkeit und Friede sich küssen."

Am Samstag darauf waren die Verlobten bei Pfarrer Meyer in seinem Büro. Herr Pfarrer Meyer erklärte den Verlauf der kirchlichen Trauung und fragte, in welcher Weise sie das Trauversprechen leisten wollten. Durch das Ja-Wort auf die Fragen des Geistlichen „Ja, mit Gottes Hilfe", durch das gegenseitige Versprechen oder durch das gemeinsam abgelegte Versprechen. Auf diese Frage schauten sie sich gegenseitig an, und wie aus einem Mund hörte der Geistliche die Antwort: „Durch das gegenseitige Versprechen."

Der Geistliche versprach, eine sehr persönliche Feier vorzubereiten. Er kannte Mirela schon seit ihrer Konfirmation. Zuletzt kam er nochmals auf den Trauspruch zurück. Jetzt sah er Mirela fragend an. Welches Wort aus dem Trauspruch ist dir am wichtigsten, Mirela?" – „Die Treue." Pfarrer Meyer plante, in seiner Predigt über den hohen Wert der Treue in der christlichen Ehe zu predigen. Und Mirela dachte: „Hoffentlich passiert mir das wie mit Lukas nicht noch einmal."

51

Tim wollte Carmen nicht drängen. Darum wartete er bis Dienstag mit seinem Anruf. Innerlich erregt, wählte er Carmens Handynummer, nachdem er kurz vor acht Uhr morgens sein Büro erreicht hatte. „Hallo Carmen, hier Tim. Wie geht es dir?" - „Hallo Tim. Bist du schon im Büro?" Offenbar hatte Carmen beim Blick auf das Display festgestellt, dass der Anruf von einer Festnetznummer kam. „Ja, ich sitze in meinem Büro. Da wir uns am Donnerstag so schön unterhalten haben, wollte ich dich fragen, ob du auch diesen Donnerstag ein wenig mit mir reden möchtest?" Die kurze Pause verriet, dass Carmen nachdachte. Die Spannung stieg, bis Tim Carmens Frage hörte: „Soll ich wieder in dein Hotel kommen?" Tim hätte beinahe „Juhu!" gerufen, blieb aber sachlich. „Ja, gerne. Ginge das auch etwas früher, nach sechzehn Uhr?" – „Wenn wir uns am Nachmittag treffen wollen, wäre mir der Freitag lieber. Wie ist das für dich, Tim?" – „Das passt mir sehr gut. Was ist mit drei Uhr?" – „Ja, drei Uhr in deinem Hotel. Tschüss!" Carmen beendete das Gespräch. Tim strahlte, als er den Hörer auflegte.

Die verbleibenden Tage der Woche war Tim in Gedanken ganz bei dem geplanten Wiedersehen mit Carmen. Er wollte am Freitag abends um sechs Uhr sein Hotel in Richtung seiner Wohnung verlassen. Drei Stunden konnte er so mit Carmen beisammen sein, ihr zuhören, mit ihr essen und trinken, lachen und in ihre tief liegenden Augen sehen. Die fröhliche, unbeschwerte Blondine zog ihn magisch an. „Wenn Lea etwas fröhlicher wäre!", dachte er gelegentlich. Dass Lea bei der Anmeldung zur Fortbildung übergangen worden war, hatte sie tief gekränkt. Sie lächelte Tim zwar immer noch verliebt an, und auch im Schlafzimmer gab es innige Küsse, Umarmungen und Tim erfuhr die körperliche Hingabe einer Frau, die ihn liebte. Aber Lea war nicht mehr die Frau, die er vor zehn Jahren zum ersten Mal geküsst hatte. Leider blieben Tims tröstende Worte und die Versuche, Lea heiter zu stimmen, ohne Erfolg.

Da es am Freitag regnete, pirschte Tim in Erwartung Carmens vor dem Hotel auf und ab. Da kam sie schon, in einem weiten beigen Popelinmantel, unter dem Tim einen blauen Hosenanzug entdeckte. Diesmal trug Carmen ihre Haare offen, ein Zeichen, dass das Wochenende vor der Türe stand. Bei der Begrüßung lächelten sich beide an. „Wo geht es denn diesmal hin?" Tim hatte umdisponiert und ein anderes Lokal in der Nähe des U-Bahnhofs ausgewählt. Telefonisch hatte er einen Tisch reservieren lassen. Die Wahl des Lokals hatte er etwas unbedacht vorgenommen, denn kaum hatte er den Gastraum betreten, näherte sich der Geschäftsführer mit den Worten: „Guten Tag Herr Gerling. Schön, dass Sie wieder einmal unser Gast sind." Als er Carmens Mantel aufgehängt und Platz genommen hatte, fragte ihn Carmen: „Bist du hier Stammgast?" Tim erklärte Carmen, dass Gastronomen und Hoteliers immer wieder miteinander zu tun hatten. Aber es traf auch zu, dass er hier schon mehrmals mit Lea gegessen hatte.

Carmen war gut gelaunt und heiter, aber nicht ganz so aufgekratzt wie beim letzten Mal. Dennoch kam eine angeregte Unterhaltung zu Stande. Gegen Ende der drei Stunden fragte Tim: „Was machst du am Wochenende?" – „Ich schau morgen Abend wieder mal in die Stella Bar." – „Du gehst tanzen! Du Glückliche! Das würde ich auch gerne." - „Dann komm doch auch – mit Lea!" Tim schluckte. Seit dem Sommerurlaub hatte er mit seiner Frau nicht mehr getanzt. Er nahm sich zusammen, darauf feixte er: „Dann müsste ich mit zwei Frauen kommen – Mit Lea und Anna!" Aber in diesem Moment war ihm nicht zum Lachen zu Mute. „Habt ihr draußen niemanden, der nach Anna schaut? Eine Nachbarin vielleicht?" – „Momentan habe ich niemanden, den ich darum bitten kann." – „Schade."

Auf dem Weg zur U-Bahn gestand Tim Carmen, dass ihm das Ausgehen mit Lea fehlte. „Wie schön war es im Urlaub." – „Ja Tim, diesen Urlaub werde ich nie vergessen." Kurz vor der Verabschiedung sagte Tim noch: „Ich würde so gerne wieder mit dir tanzen." – „Ich auch!" Carmen war stehen geblieben und strahlte Tim an. Vor Freude hätte Tim am liebsten Carmen umarmt, aber er unterließ den Austausch von Zärtlichkeiten. Die letzten Worte Carmens nahm Tim mit auf die Fahrt nach Hause.

Diesmal war Tim zur gewohnten Zeit zurück bei seiner Familie. Er hatte kein Alibi für sein Treffen mit Carmen benötigt. „So könnte ich es wieder arrangieren, wenn ich Carmen treffe", dachte er auf dem Fußweg von der Bushaltestelle zur Wohnung. In Gedanken war er bald wieder in der Stella Bar, in die er so gerne wieder einmal zum Tanzen gegangen wäre. Er wollte darüber mit seiner Frau reden.

Als er die Wohnung betrat, lief ihm seine Tochter entgegen. Er hob Anna hoch und küsste sie auf die Wange. Ein seliges Glücksgefühl erfasste ihn, als er seiner Tochter in die Augen sah. „Was hast du gemacht, Schatz?" Als er seine Tochter wieder abgesetzt hatte, sagte Anna: „Komm Papa, ich zeige es dir." Anna verschwand im Kinderzimmer. Anna hielt ihm ein Blatt Papier entgegen. „Du hast gezeichnet. Großartig!" Tim bewunderte die Zeichnung seiner Tochter. Er setzte sich auf ihr Bett und ließ sich das kleine Kunstwerk erklären. Nochmals lobte er seine Tochter: „Du bist ja eine kleine Künstlerin!" Zärtlich küsste er Anna auf ihren Kopf. „Ist die Mama von Lara nett?" – „Ja Papa, die hat mir gestern Nachmittag einen Joghurt gegeben. Und nachher hat sie Lara und mir eine Geschichte vorgelesen." – „Das ist aber nett. – Was macht Mama?" – „Die telefoniert."

Tim stand auf und ging in den Flur. Gelegentlich zog sich Lea zum Telefonieren in das vierte Zimmer zurück, das eigentlich als weiteres Kinderzimmer gedacht war. Aber nach der sehr schweren Geburt Annas war ihr gemeinsamer Plan, noch ein weiteres Kind zu haben, erst einmal in den Hintergrund getreten. Und Lea war sich bewusst, dass ein zweites Kind wohl den vorübergehenden Ausstieg aus ihrer Arbeit bei der Bank nach sich ziehen würde. Den Beruf für Jahre aufzugeben konnte sich Lea nicht vorstellen. Sie liebte ihre Arbeit zu sehr. Manchmal kam es Tim vor, als hätte seine Frau viel mehr Freude an ihrer Arbeit in der Kreditabteilung der Bank als er selbst als Geschäftsführer eines großen Hotels. Und dies, obwohl ihm die Arbeit mit den Mitarbeitern seines Hauses und den Gästen lag und die Zusammenarbeit aller bestens funktionierte.

Tim öffnete die Türe des Zimmers und winkte Lea zu. Sie lächelte ihm zu und winkte mit der anderen Hand. Sie war noch immer in ihrem dunkelblauen Hosenanzug, den sie früh für die Arbeit in der Bank angezogen hatte. Sie war also nicht dazugekommen, sich umzuziehen. Den Anruf musste sie kurz nach dem Betreten der Wohnung entgegengenommen haben.

„Das ist wahnsinnig lieb von dir, Carmen, dass du an uns gedacht hast. Darüber muss ich aber noch mit Tim reden." Was war da im Busch? Tim ging ins Wohnzimmer und setzte sich auf die Couch. Da hatte er plötzlich einen Einfall. Hastig verließ er das Sofa und ging zu Lea. Offenbar war Lea gerade dabei, sich von ihrer Freundin Carmen zu verabschieden, doch Tim konnte noch rechtzeitig ein Zeichen machen. „Sage Carmen schöne Grüße. Ich würde mich freuen, sie wieder mal zu sehen."

Lea richtete Tims Grüße mit den Worten aus: „Ich glaube, mein Mann hat Sehnsucht nach dir. Er möchte dich gerne wieder einmal treffen und lässt dich schön grüßen." Blitzschnell drehte sich Tim um. Er hätte beinahe losgeprustet. Als er wieder auf dem Sofa saß, dachte er an Leas Wortwahl. „Mein Mann hat Sehnsucht nach dir. – Besser hätte ich selbst das nicht sagen können." Ja, Tim wollte Carmen wiedersehen. Unbedingt. Am besten schon morgen.

„Was hat Carmen denn erzählt?", fragte Tim harmlos. „Carmen möchte uns in der Stella Bar treffen. Mehr erzähle ich dir später." Tim blieb sprachlos. Baute Carmen ihm eine Brücke?

Nachdem Tim seiner Tochter die Gutenachtgeschichte vorgelesen hatte, setzte er sich zu seiner Frau ins Wohnzimmer. „Also, Carmen hat uns vorgeschlagen, mit ihr in die Stella Bar zum Tanzen zu gehen. Ich hatte zwar meine Bedenken geäußert, Anna nachts allein zu lassen. Aber Carmen meinte, das sei völlig übertrieben. Ihr Bruder hätte das mit seiner Frau auch gemacht, und das, als seine Tochter erst vier war. Und Anna ist bald sechs. Erst habe ich Carmen für unser Treffen die Allerheiligenferien vorgeschlagen, wenn Anna ein paar Tage bei ihren Großeltern bleibt. Aber Carmen ließ nicht locker. Sie will unbedingt mit uns zum Tanzen gehen. Was meinst du?" Tim wog seinen Kopf hin und her, als hätte er Bedenken. „Ich würde vorschlagen, wir reden mal mit Laras Mama. Vielleicht ist sie bereit, nach Anna zu sehen, wenn wir nachts weg sind. Als wir an der Costa del Sol waren, hatte sie ja auch den Wohnungsschlüssel, um unsere Blumen zu gießen. Ich denke, Anna hat Vertrauen zu ihr. Und wir müssen mit Anna in Ruhe darüber reden." – „Und ihr sagen, dass wir Carmen treffen." Tim lächelte in sich hinein. „Was lächelst du so, Tim?" – „Ich kann mir gut vorstellen, was dann von Anna kommt. Wann spielt Carmen wieder mit mir?" Jetzt schmunzelte auch Lea. Tim überlegte, ob er von Carmens Verlust erzählen sollte, dem plötzlichen Tod ihrer kleinen Schwester Lena. Schließlich entschied er sich dagegen. „Das ist doch sehr persönlich." Und ihm fielen die Tränen ein, die er in Carmens Gesicht gesehen hatte, nachdem sie von Lenas Tod erzählt hatte. „Es hat mich überrascht, dass Carmen damals in meiner Gegenwart geweint hat. Sie wirkt doch sonst so robust, so unverwüstlich."

„Ich werde morgen früh mit Laras Mama reden. Vielleicht funktioniert es schon morgen Abend mit dem Tanzen." Lea war einverstanden. Tim ergänzte noch: „Wir sollten aber erst weggehen, wenn Anna tief und fest schläft. Carmen soll im Klub auf uns warten. Nach zehn Uhr. Dann rufst du morgen Carmen nochmals an?" – „Ja, sobald ich Laras Mama unseren Wohnungsschlüssel übergeben habe."

Carmen freute sich sichtlich, als sie Lea entdeckte. Sie verließ die Tanzfläche und umarmte ihre Freundin. Auch Tim wurde herzlich begrüßt. Kaum hatten sie ihren Platz eingenommen, als Tim Lea an der Hand nahm und auf die Tanzfläche führte. Ihre Körper überließen sie den heißen Rhythmen der Musik. Es war Samstag, und die Bar war berstend voll. Die Musik schien lauter als sonst. Oder lag das daran, dass Tim und Lea während der letzten Jahre nie mehr in der Stella Bar gewesen waren? Tim war selig, und Leas Gesicht bekam einen verträumten Ausdruck. Beide tauchten in die Musik ein und ließen den Alltag hinter sich zurück. Als die Rhythmen langsamer wurden, nahm Tim seine Frau in den Arm und führte sie. Als er Carmen aufgefordert hatte, atmete er ihr orientalisches Parfüm ein und genoss die Nähe ihres Körpers. Als die letzten Takte einer langsamen Melodie verklangen, zog er Carmen an sich und hielt sie fest. Als seine Arme Carmen wieder frei gaben, ruhten Carmens Augen auf Tim. Den Ausdruck ihrer Augen konnte er nicht deuten, denn das Licht war gedämpft. Innerlich bewegt, beugte er sich vor und küsste Carmen auf die Stirn. Sie verließen die Tanzfläche und kehrten zu Lea zurück.

Nach einer Weile zog Carmen ihre Zigaretten hervor. Als sie nach draußen ging, folgte ihr Tim stumm.

„Das hast du ja toll hinbekommen, Carmen. Danke!" – „Das habe ich auch für Lea getan. Für euch beide! Schön, dass wir etwas zu dritt unternehmen können!" Carmen zog an ihrer Zigarette. Spontan sagte Tim: „Das sollten wir öfters machen."

Noch mehrmals fanden Lea und Tim den Weg auf die Tanzfläche. Auch Carmen konnte Tim mehrmals in die Arme nehmen. Gegen Mitternacht wurde Lea unruhig. „Ich möchte Anna nicht noch länger allein lassen. Komm Tim!" Und zu Carmen gewandt: „Du kannst ja gerne noch bleiben." Doch Carmen schloss sich Tim und Lea auf dem Weg zum U-Bahnhof Münchner Freiheit an. Bei der Verabschiedung von Lea sagte Carmen: „Wenn Anna damit klarkommt, sollten wir dies öfters machen. Das wäre schön!" Beim letzten Satz hatte Carmen Tim in die Augen gesehen.

Als Tim und Lea ihre Wohnung erreichten, war alles ruhig und Anna schlief tief und fest. Ganz verliebt hatte Tim zu ihr hinuntergesehen. Er zog die Bettdecke glatt, verließ das Kinderzimmer und lehnte die Türe an.

Laras Mutter bestätigte am Tag danach, dass Anna tief und fest geschlafen hatte. „Dürfen wir wieder einmal auf Sie zukommen?", fragte Lea ihre Nachbarin. „Jederzeit wieder, gerne. Anna ist ein so braves Kind." Erfreut über dieses Lob kehrte Lea in ihre Wohnung zurück. Als sie Tim berichtete, sagte er: „Siehst du. Alles bestens. Verabreden wir uns wieder einmal mit Carmen?" – „Auf jeden Fall!" Lea hatte der Abend zu dritt in der Disco gutgetan. Und sie hatte etwas Abstand gewonnen zu der Enttäuschung, dass eine andere Kollegin das Fortbildungsseminar besuchen durfte.

52

Beschwingt brachte Tim Anna in den Kindergarten. Den gemeinsamen Weg mit seiner Tochter zum Kindergarten machte Tim immer noch mit besonderer Freude. Es war ein entspannter Beginn der neuen Woche.

Am Mittwoch erwartete er wieder Lea zum Lunch an der Bar seines Hotels. Carmen wollte er mal gegen Abend aus seinem Büro anrufen. Er wollte Carmen ein Treffen Ende der nächsten Woche vorschlagen. „Diese Woche mache ich mal eine Pause. Ich hatte Carmen am Freitagnachmittag und am Samstag in der Stella Bar!", dachte er. „Ich könnte am Freitag Lea in der Bank abholen. Vielleicht möchte Lea noch etwas in Mode machen? Sie freut sich sicher, wenn ich ihr meine Begleitung anbiete."

Tatsächlich freute sich Lea über diesen Vorschlag, als er ihn am Montagabend bei der gemeinsamen Brotzeit machte. „Ich hole dich um halb drei im Hotel ab. Passt dir die Zeit?" – „Halb drei. Gerne. Ich erwarte dich im Hotel."

Am Dienstagabend erreichte er Carmen gegen halb sechs Uhr abends am Handy. Er berichtete von dem geplanten Stadtbummel mit seiner Frau am kommenden Freitagnachmittag. „Das ist doch schön!" Es entstand eine Pause, dann hörte er Carmen sagen: „Und der Freitag drauf?" Wieder machte Carmen eine Pause. In diesem Moment konnte sich Tim die fragenden Augen Carmens direkt vorstellen. „Wollen wir den Freitag drauf für uns freihalten?" – „Aber Tim! So förmlich? Willst du mich nicht sehen?" – „Unbedingt, Carmen, ich will mit dir zusammen sein, in zehn Tagen. Du fehlst mir!"

Als Tim den Hörer auflegte, erschrak er über sich selbst. Er hatte sich in die quirlige, fröhliche Blondine verguckt und musste sich eingestehen, dass er ihre Gesellschaft bewusst suchte! Und das hatte er Carmen offen gestanden! Die unbeschwerte Fröhlichkeit Carmens, ihre Heiterkeit zogen ihn magisch an. Ihr mädchenhaftes Gesicht, aus dem zwei tief liegende, blaue Augen guckten, die dichten blonden Haare…

Er fing an zu träumen. Er dachte an den Abend in der Bar, als er Carmen an sich gedrückt hatte. Wie gerne hätte er sie geküsst! Es war ihm schwergefallen, sie nicht zu küssen.

Tim wandte sich wieder der Arbeit zu. Die Sanierung der Bäder in der ersten und zweiten Etage zog seine ganze Aufmerksamkeit auf sich. Der Kostenvoranschlag war mehrere Seiten lang. Die Sanierungsmaßnahme für die beiden Stockwerke würde etwas mehr als 21000 € kosten. Die Direktion hatte den Baumaßnahmen in diesem Umfang zugestimmt. Dennoch wollte er sich den Kostenvoranschlag noch genauer ansehen. Da die Uhr schon gegen sechs zeigte, entschloss er sich, die Prüfung auf morgen zu verschieben.

Er loggte sich in das Betriebskonto ein und wollte sehen, wie viel von dem zugesagten Kreditrahmen noch verfügbar war. Ganz oben stieß er auf den Vermerk: „Kreditlimite 50000 €." Ein zärtliches Gefühl ergriff ihn. Die 50000 € an Kredit hatte Lea ihm ermöglicht, seine Frau. Als Kreditnehmer war er ihr das erste Mal begegnet, hatte in ihre blauen Augen gesehen, die einen attraktiven Kontrapunkt zu den langen, schwarzen Haaren setzten.

Er hielt inne. Mit dem Gang in die Kreditabteilung der Bank hatte alles angefangen. Nach dem zufälligen Wiedersehen in der Stella Bar hatte er Lea erobert. „Erst bekam ich einen Kredit, dann auch noch die Frau hinter dem Schreibtisch." Dieser Gedanke gefiel Tim. Vergnügt lächelte er. „Ich werde auf dem Heimweg für Lea einen Blumenstrauß kaufen." Beschwingt verließ er sein Büro und sperrte zu.

Lea freute sich riesig, dass sie ohne äußeren Anlass einen Blumenstrauß geschenkt bekam: drei rote Rosen. Auf dem Heimweg war er in Gedanken bei seiner Frau und seiner Tochter gewesen. „Ich habe es wirklich gut getroffen. Lea ist fleißig und betreut mich und Anna liebevoll. „Ich liebe dich, Lea." Und er gab seiner Frau einen Kuss.

Abends, als Tim seiner Tochter die Gutenachtgeschichte vorgelesen hatte, fragte ihn Anna: „Wann kommt Carmen wieder einmal und spielt mit mir?" Tim erschrak fast etwas über diese Frage.

An jenem Abend vor über zehn Jahren in der Stella Bar war Tim zwei Frauen begegnet. Die ernste, nachdenkliche Frau mit den langen schwarzen Haaren hatte er geheiratet. Sie saß drüben im Wohnzimmer. Die zweite, die quirlige, lustige Blondine hieß Carmen.

„Sicher bald!", sagte Tim und gab Anna einen Gutenachtkuss.

Als sich Tim danach im Wohnzimmer zu seiner Frau setzte, gab er Annas Frage an seine Frau weiter: „Anna wollte wissen, wann Carmen wieder einmal zu uns kommt?" – „Natürlich lade ich Carmen wieder einmal zu uns ein. Aber vielleicht können wir an einem schönen Herbsttag unseren gemeinsamen Besuch im Zoo nachholen."

53

Tim dachte über sein Date mit Carmen am kommenden Freitagnachmittag nach. Genau zu dem Zeitpunkt, da er sich mit Carmen treffen wollte, verließ seine Frau das

Bankgebäude und begab sich auf den Weg nach Hause. Wegen der Nähe seines Hotels zum Arbeitsplatz seiner Frau mussten Carmen und er vorsichtig sein. Mit Carmen an seiner Seite seine Frau zu treffen oder auch nur gesehen zu werden, das wollte Tim unbedingt vermeiden. Er entschied sich dafür, Carmen an ihrem Arbeitsplatz abzuholen. Das war risikolos. Und für seine Abwesenheit vom Hotel war leicht ein Alibi geschaffen. Er konnte ein geschäftliches Treffen mit einem Getränkelieferanten vorschützen. Dieses Argument würden auch Slavica und Chiara akzeptieren.

Mit offenen Haaren, in einem roten Lederkostüm unter dem beigen Popelinmantel, erschien Carmen unter der Türe. „Da bist du ja!" Mit einem breiten Lächeln strahlte Carmen Tim an. Carmen war gut gelaunt und hakte sich nach der Begrüßung bei ihm unter. „Diesmal zeige ich dir ein neues Lokal. So kannst du dich gastronomisch weiterbilden." – „Dann bist du heute meine Lehrerin!", feixte Tim. „Was kann ich dir denn noch beibringen, Tim?" Carmen lächelte verschwörerisch und spielte mit ihren Fingern. Jetzt erst bemerkte Tim, dass sie ihre Fingernägel in einem leuchtenden Rot lackiert hatte. Ton in Ton zu ihren Lippen.

Tim erzählte Carmen, dass Anna nach ihr gefragt hatte. „Sie möchte wieder mit dir spielen!" Carmen freute sich, dass Anna sie wieder sehen wollte. „Du hast eine süße Tochter, Tim. Auf Anna kannst du stolz sein. Sie wird doch nächstes Jahr eingeschult?" – „Ja, nächstes Jahr geht sie unter die Abc-Schützen!"

„Ich denke so oft an unseren gemeinsamen Urlaub in Torremolinos zurück", gestand Tim. „Da hast du mit Anna oft Wasserball gespielt." – „Ja, mit dem rot-weißen Ball. Das hat ihr Freude gemacht."- „Ich gehe davon aus, dass sie nächstes Jahr schwimmen kann. Wir haben sie zu einem Schwimmkurs im November angemeldet." - „Dann solltet ihr ab und zu mit Anna in das Hallenbad gehen. Sonst verlernt sie das Schwimmen wieder bis nächsten Sommer." Stimmt. Daran hatte Tim nicht gedacht. Und bis zum nächsten Sommer war noch lange. Der Urlaub mit Carmen lag erst zwei Monate zurück. „Vielleicht kommst du nächstes Jahr wieder mit uns in den Urlaub?" – „Grundsätzlich gerne, liebend gerne sogar. Ich rate dir aber, lass deine Frau diesen Vorschlag machen. Dieser Vorschlag sollte nicht von dir ausgehen. Und ich werde mich auch nicht als Begleitung anbieten." – „Vielleicht fragt Anna, ob du mit uns kommst?" – „Dann lass deine Frau die Antwort darauf geben."

Tim und Carmen bestellten noch einen zweiten Schoppen Wein. Die Unterhaltung der beiden war heiter und wurde oft von einem Lachen unterbrochen. „Carmen ist eine fabelhafte, charmante Gesprächspartnerin", dachte Tim, als sie aufbrachen. „Mit Carmen wird mir nie langweilig."

Tim und Carmen verabschiedeten sich auf dem Bahnsteig des U-Bahnhofs. Nach dem schönen Nachmittag mit Carmen drängte es Tim, Carmen zu umarmen. Fest zog er Carmen an sich und atmete einen schweren orientalischen Duft ein. Als er die Umarmung löste, versank sein Blick in den tief liegenden, hellblauen Augen Carmens. Fragend und fordernd zugleich, sah Carmen Tim an. Er öffnete seinen Mund und seine Lippen berührten Carmens Mund. Carmen erwiderte den Gruß von Tim. Leidenschaftlich begrüßten sich ihre Zungen. Lange spielten ihre Zungen miteinander. Wieder zog Tim Carmen an sich. Carmen schloss ihre Augen.

Als sie sich verabschiedeten, fragte Tim leise: „Bis nächsten Freitag?" Carmen bejahte die Frage mit einem letzten Kuss.

54

Mirela hatte Tanja angerufen und ihr ein Treffen nach der Arbeit vorgeschlagen. Sie hatte so vieles erlebt, dass sie ihrer Freundin unbedingt davon berichten musste. „Donnerstag ist Finn beim Volleyball, dann haben wir reichlich Zeit zu plauschen."- „Dann werde ich bei dem kleinen Italiener einen Tisch für uns zwei reservieren. Schaffst du es bis sechs Uhr?" – „Ja, das passt gut. Sechs Uhr nächsten Donnerstag. Wer als erster eintrifft, nimmt den Tisch ein."

Nachdem die beiden Freundinnen sich begrüßt hatten, schoss es aus Mirela hervor: „Also, die kirchliche Feier steht auch schon: Samstag, 17. Juni, 14 Uhr, in der evangelisch-lutherischen Kirche in Herrsching. Sektempfang im Park, Essen und Feier gleich daneben. Das Hotel kennst du vielleicht. Es liegt dort, wo auch die

Schiffe abfahren." Tanja suchte nach ihrem Handy in der Handtasche. „Du und Franz bekommt noch eine Hochzeitsanzeige mit der Post." – „So ein wichtiges Ereignis trage ich gerne ein: meine beste Freundin heiratet!" Tanja lächelte Mirela an. „Danke für die Einladung. Franz freut sich auch schon. Ich soll dir schöne Grüße von ihm ausrichten."

An Franz hatte Mirela schöne Erinnerungen. Ein echter Münchner, bodenständig, Ingenieur mit einem Sinn für hintersinnigen Humor. Mirela war mit Finn, Tanja und Franz auf dem Oktoberfest gewesen. Ein heiterer, ausgelassener Nachmittag war es gewesen. Immer wieder hatte Franz Mirela zugeprostet. Und nicht nur das, er hatte Mirela flattiert und ihr Komplimente gemacht, schon bei der Begrüßung tief in ihre braunen Augen geschaut und gestanden: „Hast du schöne Augen, Mirela!" Dabei war es warm über ihren Rücken gelaufen. Tanja hatte ihren Mann überrascht angeschaut, als sie dieses Kompliment mitbekommen hatte. Denn als Ingenieur blieb Franz sonst eher nüchtern in dem was er sagte. Es war offensichtlich, dass ihm Mirela gefiel. Da das Kompliment schon auf dem Weg zur Festwiese fiel, war es nicht dem Alkohol zuzuschreiben. Es war ehrlich.

Nicht oft hatte Mirela Komplimente bekommen. Darum war sie für jede Form der Anerkennung dankbar und diese erfüllte sie mit Freude.

Und sie war dankbar, dass sie in Tanja eine gute Freundin gefunden hatte. „Wie gut, dass ich mich damals Tanja beim gemeinsamen Mittagessen angeschlossen habe. Hätte ich sie nicht zwei Wochen bevor sie die Personalvermittlung verließ, angesprochen und ihre Gesellschaft gesucht, wären wir nie Freundinnen geworden." Schon seit über zehn Jahren arbeitete sie auf ihrer Stelle bei der Personalvermittlung. Sie hatte mit ihren Bewerbungsgesuchen keinen Erfolg gehabt. „Wenn ich ein Kind habe, gehe ich auf Teilzeit." Ihre Arbeit würde durch die bevorstehende Heirat und die Familiengründung einen anderen Stellenwert für sie selbst bekommen. Mit der Teilzeitlösung konnte sich auch ihr Verlobter anfreunden.

„Anfang Januar möchte ich mit dir ins Brautmodengeschäft gehen. Mir schwebt eine A-Linie mit ausladender Schleppe vor. Was hältst du davon?" – „Das steht dir sicher gut. Aber wo du so schlank bist, käme nicht auch ein Brautkleid in Frage, das deine Figur betont? Ich gehe gerne mit und werde dich beraten!"

Ganz am Schluss fragte Tanja ihre Freundin: „Jetzt machst du es also perfekt. Und du weißt ganz sicher, dass Finn der richtige ist?" Tanja fixierte Mirelas Gesicht. „Wenn ich mit früheren Partnern vergleiche, habe ich bei Finn ein gutes Gefühl. Ich fühle mich angenommen. Und etwas hat mir bei Finn besonders gefallen. Er will, dass wir ehrlich nicht nur zueinander sind, sondern auch ehrlich gegenüber uns selbst. Was mich stört, oder womit ich nicht leben kann, das möchte Finn von mir wissen. Er will eine Lösung für beide suchen. Und wenn wir auch nach dem Gespräch noch unterschiedlich denken, dann ist das Wichtigste nicht ein Kompromiss oder dass der eine dem anderen nachgibt, sondern dass wir den anderen annehmen, akzeptieren. Eheliche Liebe heißt, den anderen auch in seinem Anderssein annehmen, wie er ist." Tanja hatte nachdenklich zugehört.

55

Seit der Verabschiedung mit der zärtlichen Umarmung und dem Kuss von Carmen war Tim beschwingt und voller Tatendrang. Eine Hochstimmung hatte ihn erfasst, in der er selbst schwierige Situationen mit Gästen oder Handwerkern mit Leichtigkeit zu einem glücklichen Ende bringen konnte. Trotz dieses Gefühls der Leichtigkeit, die er bei Carmen immer bewundert hatte und mit der sie ihn offensichtlich angesteckt hatte, konnte er sich in seine Schreibtischarbeit vertiefen und konzentriert arbeiten. Jetzt fiel ihm sogar das Studium des mehrseitigen Kostenvoranschlags zur Sanierung der Toiletten und Nasszellen leicht. Seine gute Laune fiel Lea auf. „Der gemeinsame Ausgang mit Carmen und das Tanzen hat dir gutgetan, das habe ich bemerkt. Gibt es noch andere Gründe für deine gute Laune?" Fragend sah ihn Lea an. Tim war nicht um eine treffende Antwort verlegen. „Wir werden im November die Toiletten und die Duschen in den unteren Stockwerken sanieren. Da habe ich mir noch einmal die Außenstände angesehen. Und bei der Gelegenheit ist mir der Kreditrahmen ins Auge gestochen, den du mir damals gewährt hast, und mir fiel ein, wie ich dich damals in deinem Büro in der Bank besucht habe. So haben wir uns kennengelernt." Er strahlte Lea an. Dann stand er auf, ging zu seiner Frau und küsste sie.

Tim war so gut gelaunt, dass die Gutenachtgeschichten, die er Anna auf ihrem Bett sitzend vorlas, viel länger wurden.

In Gedanken fieberte Tim dem nächsten Treffen mit Carmen entgegen. Am Mittwoch rief ihn Carmen in seinem Büro an. „Tim, es tut mir furchtbar leid, aber ich habe einen Kunden, der unbedingt möglichst bald eine Beratung wünscht. Ich kenne ihn schon länger, und kompliziert ist sein Anliegen auch nicht. Weißt du, er ist Zahnarzt und kommt am Freitagnachmittag aus Augsburg zu mir. Ich musste den Termin aus diesen Gründen auf Freitag legen." – „Schade, ich habe mich so auf dich gefreut." - „Danke Tim, dass du das sagst. Aber ich revanchiere mich für deine Geduld und deine Großzügigkeit. Ich möchte dich am Freitagnachmittag in der Woche drauf zu mir nach Hause einladen. Ich besorge auch ein paar Häppchen und stelle eine Flasche Sekt in den Kühlschrank. Einverstanden?" – „Danke. Ich komme gerne zu dir! Dann nächste Woche bei dir in Giesing."

Als Tim eingehängt hatte, dachte er: „Dann kann ich Carmen endlich ein paar Blumen schenken."

Dienstagabends rief er Carmen vom Büro aus an. Carmen freute sich über Tims Anruf und schlug ihm den Treffpunkt vor. Sie würde am Freitag um 14 Uhr am Bahnsteig der U-Bahn in Giesing auf ihn warten.

In der unmittelbaren Nachbarschaft des Hotels Best Stay war ein Blumenladen, bei dem Tim gelegentlich für besondere Veranstaltungen ein Arrangement bestellt hatte. Das erfolgte gegen Rechnung, die er zur Zahlung anwies und die Frau Müller dann überwies. Gelegentlich kaufte Tim dort auch für seine Frau rote Rosen, die er bar bezahlte. Als Geschäftskunde kam er für private Blumensträuße bei Barzahlung in den Genuss von 10 % Rabatt. Zum Glück wurde er heute nicht von der Geschäftsinhaberin, sondern von einer Mitarbeiterin bedient, die ihn noch nicht kannte. Tim ließ einen Strauß von rosa Rosen und goldenen Inkalilien zusammenstellen, ergänzt mit etwas weißem Flieder. Gut gelaunt setzte er seinen Weg in Richtung U-Bahnstation fort.

Heute trug Carmen einen blauen Hosenanzug und darüber einen Popelinmantel. Sie hatte Tim schon von weitem erkannt, da er mit seinem Blumenstrauß am Bahnsteig auffiel. „Blumen!" rief Carmen. „Wie schön!" Vorsichtig hatte Tim das Papier von oben geöffnet. „Rosa Rosen! Sind die schön!" Begeistert küsste Carmen Tim auf die Wange.

Als sie Carmens Wohnung erreicht hatten, stellte Carmen als erstes die Blumen ins Wasser. Danach stellte sie die Vase auf den Couchtisch und bewunderte den Strauß erneut. Tim stellte überrascht fest, dass die Wohnung nicht groß war. Allerdings hatte sie einen schönen Balkon nach Südwesten. „Sitzt du oft auf dem Balkon?" wollte Tim wissen. „Eher selten. Ich bin nicht viel zu Hause. Oft ist es schon dunkel, wenn ich nach Hause komme." Carmen war ein unternehmungslustiger Mensch. Zu ihrem quirligen Wesen passten Bücher kaum. Sie war in ihrem gemeinsamen Urlaub ausgiebig im Wasser gewesen und hatte lange mit Anna Ball gespielt, währenddessen Lea mit einem Buch auf dem Liegestuhl verweilte. Von ihrem Wesen her waren Lea und Carmen grundverschieden, ja gegensätzlich.

„Machst du die Sektflasche auf?", rief Carmen aus der Küche. Tim ging in die Küche, in der Carmen eine Platte mit Delikatessen vorbereitete. Auf der Verpackung erkannte Tim das Logo eines Feinkostgeschäfts in der Nähe der Maffeistraße. „Da hast du viel Geld ausgegeben. Das war doch nicht nötig", sagte Tim und legte seine Hand auf Carmens Schulter. „Carmen wandte Tim ihr Gesicht zu, und die tief liegenden blauen Augen sahen ihn keck an. „Oh doch. Du hältst mich fast immer frei. Du bist so großzügig!" Sie lächelte und strahlte ihn an. „Nimmst du noch die Sauce Cumberland aus dem Kühlschrank?" Jetzt erst sah Tim, dass auf der kalten Platte auch zwei Scheiben gefüllter Fleischpastete lagen. Die mochte er so gerne. Er freute sich.

Tim schenkte Sekt ein, sie prosteten sich zu und das gemeinsame Essen begann. „Da drüben ist das Sofa, auf dem Lea geschlafen hat, wenn sie früher bei mir zur Nacht blieb. Das ist aber schon lange her." Carmen sah Tim von unten in die Augen. Tim schob den Gedanken an Lea beiseite. Er genoss jetzt Carmens Gesellschaft. Die Gespräche waren heiter und unbeschwert. Immer wieder sah Tim in Carmens ebenmäßig geformtes Gesicht. Unter einer hohen Stirn setzten ihre Augenbrauen einen ausdrucksstarken Akzent. Fröhlich blickten ihre blauen Augen auf Tim. Carmens dichte blonde Haare fielen rechts dem Hals entlang über die Schultern hinab. Jetzt erst fiel Tim auf, dass sogar bei geschlossenem Mund ein Lächeln Carmens Lippen umspielte. Carmen war nicht nur temperamentvoll und lustig, sondern auch körperlich überaus attraktiv. Tim spürte, wie er sie begehrte, und senkte den Kopf. „Ich bin mit Lea verheiratet!", mahnte seine innere Stimme. Doch als er den Blick wieder hob, glitten seine Augen über Carmens wohlgeformte Brüste nach oben und versenkten sich in Carmens Augen. Lange blickte er Carmen an.

Die Stunden vergingen wie im Flug. Mehrmals hatte Tim Sekt nachgeschenkt. Tim deutete seinen Aufbruch an. „Willst du schon gehen?" – „Von wollen kann überhaupt keine Rede sein, Carmen, ich muss." Als Tim das gesagt hatte, verfiel er in Schweigen. Wie gerne wäre er bei Carmen geblieben, und am liebsten hätte er sie mit nach Schwabing zum Tanzen ausgeführt, später am Abend. Was würde ihn daheim erwarten? Nach einer langen Arbeitswoche war Lea am Freitag meist geschafft. Mit einem bleichen Gesicht würde sie ihn im Flur begrüßen, und im Hintergrund hörte er die Waschmaschine laufen. Oft ging sie kurz nach zehn zu Bett, und alleingelassen suchte er verzweifelt einen spannenden Ausklang des Abends im Fernsehen. Der einzige Lichtblick war seine Tochter. Tim genoss das Vorlesen der Gutenachtgeschichte.

„Was denkst du, Tim?" Tim behielt seine Gedanken für sich, griff aber die Idee mit dem Tanzen auf. „Ich fände es schön, wieder mal zu dritt tanzen zu gehen." Er wusste, dass er mit diesem Vorschlag bei Carmen einen Treffer landen konnte. „Das machen wir, unbedingt!"

Wieder nahm Tim Carmen in die Arme, als sie im Flur standen. Fragend sah er in Carmens Augen, als er seinen Mund zu Carmens Lippen senkte. Carmen empfing seine Zunge mit heftigen Bewegungen, und er spürte Carmens Brüste auf seinem Hemd. Carmens Haare kitzelten seinen Hals, und er atmete den schweren Duft ihres Parfüms ein. Es kam ihm vor, als hielten ihn Carmens Arme fest. Tim schob seine Hand an Carmens Rücken nach unten und hob ihre Bluse sachte an. Er streichelte Carmens Rücken und merkte, wie sein Glied sich versteifte. Carmen flüsterte in sein Ohr: „Wollen wir uns ausziehen?"

Sie überließen sich dem Rausch ihrer Sinne, und ihre Körper wurden eins.

56

Noch ganz erfüllt vom Rausch der Sinne, trat Tim den Weg nach Hause an. Die innige Zweisamkeit, die er mit Carmen erlebt hatte, erfüllte ihn mit einem Glücksgefühl, das ihm neu war. Doch je näher er seiner Wohnung kam, desto mehr fiel ein Schatten auf dieses wonnige Gefühl: er hatte seine Frau betrogen! Ihr hatte er vor dem Standesbeamten sein Jawort gegeben, Lea hatte er zu seiner Frau genommen. Er liebte sie noch immer, und an seiner Ehe wollte er festhalten. Unbedingt! Und er hatte eine Tochter, die für ihn eine wahre Quelle des Glücks war. Wie gerne spielte er mit ihr, und wie schön war es, an ihrem Bett zu sitzen und ihr die Gutenachtgeschichte vorzulesen. Seine Frau und sein Kind für Carmen zu verlassen war keine Option. Doch wie sollte es weitergehen? Bei der Verabschiedung von Carmen, noch vor dem letzten Kuss, hatte er selbst gesagt: „Bis nächsten Freitag!" Carmen hatte ihn angelächelt und die Verabredung bestätigt. Einen Ort des Wiedersehens hatten sie noch nicht vereinbart.

Als er seine Wohnung betrat, lief ihm Anna entgegen. „Schatz, was hast du gemacht? Hast du wieder gemalt?" – „Ich habe Bauernhof gespielt." Da fiel ihm Carmen ein. Bei ihrem letzten Besuch hatte Carmen mit Anna Bauernhof gespielt. Rasch fragte er: „Hat die Mama denn mitgespielt?" – „Nein, die Mama hat Wäsche gewaschen."

Jetzt ging er zu seiner Frau ins Bad, begrüßte sie und gab ihr einen Kuss. Angesichts des vollen Wäschekorbs bot er Lea Hilfe an. „Ich helfe dir beim Aufhängen!" Er nahm den Wäschekorb und trug ihn ins zweite Kinderzimmer. Dann holte er das Wäschegestell und begann, die Wäsche aufzuhängen.

„Was gibt's in der Kreditabteilung Neues?", fragte er beim Abendessen. „Wir bekommen neue Richtlinien bei der Kreditvergabe für Eigentumswohnungen. Dazu gibt es nächste Woche eine kurze Einführung. Ich habe gehört, dass bei dieser Gelegenheit auch die neue Checkliste vorgestellt wird." – „Was ist der Hintergrund für diese Neuerung?" – „Wir hatten vermehrt Wohneigentümer, die mit den Tilgungsraten Schwierigkeiten bekamen. Die Zinssätze sind gestiegen, und im einen oder anderen Fall hat die Frau nicht mehr oder weniger verdient als bisher. In einem Fall ist der Mann sogar arbeitslos geworden. Jetzt hängt die Tilgungsrate in der Luft." – Tim sagte etwas süffisant: „Da hat sich der eine oder der andere finanziell übernommen." Lea trank einen Schluck Mineralwasser, dann sagte sie nachdenklich: „Der Kauf einer Eigentumswohnung oder eines Hauses ist für alle die größte Geldausgabe ihres Lebens. Das will gut überlegt sein. Und mögliche Risikofaktoren werden oft nicht ernst genommen oder kleingeredet."

Nachdenklich sah Tim in das blasse Gesicht seiner Frau. Seine Augen ruhten in Leas blauen Augen. Ihr schmales Gesicht wurde eingerahmt von den langen schwarzen Haaren, die er schon damals, als er ihr in der Kreditabteilung ihrer Bank gegenübersaß, bewundert hatte. Das zarte Rouge, das sie auf ihre Wangen aufgetragen hatte, verlieh ihrem Gesicht etwas Vornehmes, das gut zu ihrem zurückhaltenden Wesen passte. „Lea ist rein äußerlich immer noch sehr attraktiv. Sie ist immer noch hübsch und gefällt mir wie am ersten Tag", dachte Tim.

Als Tim am Dienstagabend Carmen anrief, hörte er die fröhliche und heitere Stimme Carmens. „Gibt es Neuigkeiten bei dir? Wie geht es Lea und Anna?" Carmen fragte nach dem Befinden der ganzen Familie. Für wen interessierte sie sich am meisten? Tim wusste nicht genau, was er antworten sollte. Salomonisch sagte er: „Danke gut. Wir überlegen, ob wir wieder einmal etwas gemeinsam unternehmen könnten." – „Super!" Carmen war gleich dafür, ohne zu wissen, um was es ging. Tim bedankte sich noch einmal für den Freitagnachmittag. „Es war wunderschön. Danke! Du hast mir eine große Freude gemacht." Er machte eine Pause. „Nächsten Freitag bist du wieder mein Gast." Und er schlug ein Lokal in der Nähe ihres Arbeitsplatzes vor. „Dann holst du mich wieder von der Arbeit ab. Sagen wir 14 Uhr." Carmen war einverstanden.

Als sich Tim und Carmen am Freitagnachmittag gegenübersaßen, räusperte sich Tim. „Unser Beisammensein am letzten Freitag war einmalig schön. Das Zusammenkommen mit dir war wundervoll. Ich habe deine Nähe sehr genossen. Du bist eine großartige Frau! Aber während der Fahrt nach Hause habe ich immerzu an Lea denken müssen. Ich bekam ein schlechtes Gewissen. Ich habe eigentlich keinen Grund, Lea zu verlassen. Ich liebe sie immer noch!" Tim machte eine Pause. Carmen fixierte ihn mit ihren Augen, als sie bemerkte: „Du musst Lea nicht aufgeben. Sie ist deine Frau. Sie bleibt deine Frau. Und sie ist auch meine beste Freundin. Was dich und mich verbindet, richtet sich nicht gegen Lea. Ein andermal verabrede ich mich nur mit Lea und Anna. Ohne dich! Das richtet sich ja auch nicht gegen dich, wenn ich mit Lea mal auf ein Eis gehe."

Tim protestierte: „Das kannst du doch nicht miteinander vergleichen, Carmen!" – „Aber Tim! Du liebst deine Frau, und du willst mit ihr verheiratet bleiben.

Und wie ich dich kenne, gibst du Lea nicht auf. Das ist gut so! Und wir zwei hatten letzten Freitag ein paar schöne Stunden, und wir sind uns sehr nahegekommen. Es war herrlich! Und auch das war gut so! Ich will, dass du bei Lea bleibst. Ich will dich gar nicht heiraten!"

Tim war baff. Mit so einer Antwort hatte er nicht gerechnet. Aber das war Carmen pur. Carmen, wie sie leibt und lebt. Unbeschwert, quirlig, unternehmungslustig und bereit, sich immer wieder auf Neues einzulassen. Hatte er so starke Gefühle für Carmen, weil er an ihr fand, was ihm selbst fehlte, was er auch an Lea vermisste? „So unbeschwert und lebenslustig, wie Carmen, so möchte ich auch sein!", das hatte er mehrmals schon gedacht.

„Warum hast du denn mit mir geschlafen?" Carmen schürzte ihre Lippen, dann öffnete sie ihren Mund und sagte lächelnd: „Das fragst du mich, wo es uns beiden doch so gefallen hat? Aber Tim! Schau doch mal in dein Herz! Übrigens: du hast mich in deine Arme genommen, und den ersten Kuss hast du mir gegeben!"

Tim dachte nach. Carmen hatte sich ihm hingegeben. Ohne Hintergedanken, ohne nachträglich Forderungen zu stellen.

„Dann ist es besser, wenn wir nicht mehr miteinander schlafen. Aber ich möchte dich trotzdem wiedersehen. Immer wieder!" – „Tim, das liegt ganz bei dir!"

57

Acht Monate später

Mirela und Finn wollten sich am 17. Juni in der evange-lisch-lutherischen Kirche in Herrsching am Ammersee das Eheversprechen geben und ihre Ehe segnen lassen. Pfarrer Meyer stand der würdevollen Feier vor und ging in seiner Predigt von dem Geleitwort aus Psalm 85,11 aus, jener Bibelstelle, die Finn und Mirela ausgesucht hatten: „Dass Güte und Treue einander begegnen, Gerechtigkeit und Friede sich küssen."

„Wir sind heute zusammengekommen, um eure Liebe, zu der ihr euch in diesem Gottesdienst bekennen wollt, zu feiern. Wir beten mit euch, dass eure Liebe euch trage und euer Leben reich mache. Wir bitten Gott um seinen Segen für euch. Gott ist der Ursprung, die Quelle aller Liebe. Ich möchte dir, liebe Mirela, und dir, lieber Finn, deshalb ein Wort aus dem ersten Brief des Johannes mit auf euren Weg geben: „Gott ist die Liebe, und wer in der Liebe bleibt, bleibt in Gott und Gott bleibt in ihm (1 Joh 4,16.)" Pfarrer Meyer machte eine kurze Pause. Jetzt fuhr er fort: „Wer als Christ an Gott glaubt, darf sein ganzes Leben Gott anvertrauen, da er aus der Gewissheit lebt: Gott liebt mich. Ich bin Gottes unendlich geliebtes Kind, und er will mich mit seiner Liebe durch das Leben begleiten. Wenn ihr heute durch euer Jawort euch gegenseitig annehmt, dann wird Gottes Liebe in eurer Liebe sichtbar. Und wenn ihr in guten und schlechten Tagen zueinandersteht, dann wird Gottes Liebe in eurer Treue gegenwärtig, sichtbar."

Mirela hatte vor Rührung Tränen in den Augen. Sie war nicht die einzige, der es so erging. Auch Tanja und Lea öffneten ihre Täschchen und griffen nach ihrem Taschentuch.

„Sind sie nicht ein schönes Paar?", fragte Lea Tim, als sie aus der Kirche traten. Für Tim und Lea war die Einladung zu Mirelas Hochzeit überraschend gekommen. Mirela gehörte noch nicht zum engen Freundeskreis der beiden, und sie hatten lange keinen Kontakt mit Mirela gehabt. Aber vielleicht war diese Einladung der erste Schritt in diese Richtung? Lea hatte Mirela vor über zehn Jahren kennengelernt, als sie mit Lukas zusammen war. Tim hatte ein gemeinsames Essen mit Lukas vorgeschlagen, und so waren die beiden Paare das erste Mal zusammengesessen. Mirela hatte die Einladung zur Hochzeit in Tims Hotel abgegeben, da sie weder eine Telefonnummer hatte noch die Wohnadresse von Lea und Tim kannte. In Erinnerung war ihr allerdings geblieben, dass Tim Geschäftsführer des Hotels „Best Stay" war. Als Slavica Tim das auffällige Kuvert mit der Einladung übergeben hatte, war dieser baff erstaunt gewesen.

Die Worte von Pfarrer Meyer hatten Tim nachdenklich gemacht. „Ich liebe Lea immer noch. Ich will bei Lea bleiben, ihr treu sein. Und ich habe ein Kind aus dieser Liebe zu Lea: Anna, mein ganzes Glück! In ihr ist unsere Liebe sichtbar geworden. Wie schön ist es, mit Anna an der Hand in den Kindergarten zu gehen oder einen Spaziergang zu machen, auf ihre vielen Fragen eine Antwort zu geben…" Merkwürdig: mitten in der Predigt dachte er über seine Tochter nach, und mit einem Mal erschien in seinem Kopf Carmen, wie sie mit Anna Ball spielte. Da war noch jemand, der in seinem Herzen einen Platz gefunden hatte: Carmen.

Tim hatte den Kontakt zu Carmen eingeschränkt, und er hatte nicht mehr mit Carmen geschlafen. Trotzdem verabredeten sie sich in unregelmäßigen Abständen telefonisch zu einem Lunch. Lea wusste nichts davon, und beide hielten ihre Treffen geheim. Für Tim hatte diese Beziehung im Verborgenen seinen eigenen Reiz. Die heimlichen Treffen hatten für Tim einen besonderen Kick. Immer wieder belebten ihn diese lustigen und unterhaltsamen Stunden mit Carmen. Darüber hinaus telefonierte er in seinem Büro auf dem Festnetzanschluss mit Carmen.

Geblieben waren jedoch gelegentliche Abende zu dritt in der Stella Bar, mit Lea und Carmen. Auch das hatte seinen besonderen Reiz, vor allem wenn er bei langsamer Musik seinen Arm um Carmen legte. Als Zeichen seiner besonderen Zuneigung zog er Carmen an sich und hielt sie eine Weile in seinen Armen fest. Wenn sich ihre Arme lösten, schaute er Carmen stets mit einem innigen Blick an.

„Komm, wir wollen den Brautleuten gratulieren!" Lea hakte sich bei Tim unter und zog ihn zu Mirela und Finn. „Herzlichen Glückwunsch euch beiden, alles Gute für euren Lebensweg!", sagte Lea. „Danke für die Einladung. Es freut mich sehr, dass du an uns gedacht hast." Finn antwortete: „Danke für euer großzügiges Geschenk. Und danke, dass ihr gekommen seid."

Nach dem Hochzeitsessen, das durch allerlei Darbietungen unterbrochen wurde, übernahm der DJ für den musikalischen Teil des Abends die Regie. Tim fiel auf, dass seine Frau wiederholt neben der Braut Platz genommen hatte. Er beobachtete, wie die beiden Frauen intensiv miteinander redeten. Ihre Köpfe waren sich nahe, und gelegentlich nickte Lea. Da Tim tanzen wollte, forderte er die blonde junge Frau auf, die neben Mirela saß: es war Sarah.

„Wie ist denn Ihre Verbindung zur Braut?" – „Sagen wir lieber du. Ich bin Sarah. Mirela und ich hatten jahrelang eine gemeinsame Wohnung." – „Tim. Ich bin der Mann mit dem Hotel." Sarah lachte.

Das Feuerwerk vor der Kulisse des Ammersees führte alle ins Freie. Voll Bewunderung verfolgten sie die bunten Streifen und die funkelnden Sternchen, die im nächtlichen Himmel verglühten.

Als sich Lea und Tim von den Brautleuten und ihren Tischnachbarn verabschiedet hatten, bezogen sie ihr Hotelzimmer. Als Lea auf dem Bett saß, wandte sie sich zu Tim um und sagte: „Morgen erzähle ich dir noch von dem Gespräch mit Mirela. Ich finde, sie ist reizend. Sie wird sich bei uns mal melden, wenn sie von der Hochzeitsreise zurück ist. Wir wollen uns mal treffen." – „Mir ist aufgefallen, dass ihr euch bestens unterhalten habt. Die Idee mit dem Wiedersehen finde ich gut. Ich selbst habe zwar mit Mirela getanzt, aber beim Tanzen haben wir nicht viel geredet." – „Hast du mit Tanja getanzt?" – „Welche Tanja?" – „Die Trauzeugin, die Frau mit den langen Haaren?" – „Ja, aber nur einmal. Stimmt. Sie arbeitet bei einem DAX-Konzern, und ihr Mann arbeitet auch dort und ist Ingenieur. Der ist auch sehr nett."

58

Tim, Lea und Anna waren beim Frühstück, als Lea sagte: „Es wird Zeit, dass du endlich mal den Sommerurlaub buchst. Möchtest du wieder das Hotel nehmen, in dem wir unseren ersten gemeinsamen Urlaub verbracht haben?" – „Du meinst das Hotel in Rethymno?" – „Ja. Weißt du noch, dort hast du mir den Heiratsantrag gemacht!" Mit glänzenden Augen, ganz verliebt wie am ersten Tag, strahlte ihn Lea an. Tim wurde warm ums Herz. „Das wäre ein Grund, Rethymno für den Badeurlaub zu wählen. Anna, bald kannst du mit Mama und Papa baden." – „Kommt Carmen auch mit?" flötete die helle Stimme Annas. Tim und Lea sahen sich an. Davon war noch nicht die Rede gewesen. Tim schwieg. In seinem Kopf arbeitete es. „Das wäre super! Urlaub mit Carmen! Aber…" Lea wollte Klarheit haben. „Was hältst du davon, wenn meine Freundin Carmen uns in den Urlaub begleiten würde? Sie hat uns ja damals den Tipp mit diesem Hotel gegeben, und wir waren sehr zufrieden." – „Nein, ich habe nichts dagegen, dass du deine Freundin einlädst, mit uns Urlaub zu machen. Ruf sie einfach an!"

Carmen hatte ohne zu zögern zugesagt. Sie wollte den Urlaubsantrag am Montag bei ihrem Arbeitgeber stellen. Als Carmen am Montagabend ihre Zustimmung zu dem gemeinsamen Urlaub mitteilte, rief Anna laut: „Ui! Carmen kommt mit!" Schon war Anna beim gemeinsamen Ballspiel mit Carmen. Auch Tim hatte Grund zur Freude: „Und ich kann mit Carmen plauschen und abends mit ihr tanzen", dachte er.

Als Lea am Mittwochmittag Tim in der Lounge des Hotels traf, glaubte er, seine Frau nicht wiederzuerkennen: Lea strahlte über das ganze Gesicht! Schnellen Schrittes kam sie auf ihn zu, warf die Arme um seinen Hals und küsste ihn. „Ich werde Abteilungsleiterin! Stell dir vor, mein Chef verlässt uns zum Jahreswechsel!" Tim wurde von der Freude seiner Frau angesteckt. Sein Mund suchte die Lippen seiner Frau, und er küsste sie beherzt. „Gratuliere! Ich freue mich mit dir. Das müssen wir gebührend feiern!"

Als sie an der Bar ihr Sandwich aßen, legte ihm Lea die näheren Umstände ihrer bevorstehenden Beförderung dar. „Und das bringt uns gut und gerne 500 € jeden Monat. Brutto allerdings." Tim sah, dass die Pupillen in den blauen Augen seiner Frau vor Freude ganz groß geworden waren. Lea war wie aus dem Häuschen vor Freude. „Das bedeutet, dass ich auch die Prokura bekomme. Aber Mehrarbeit wird es auf jeden Fall auch!" Tim ergänzte: „Ich werde dich unterstützen, so gut ich kann. Vielleicht kann ich anfangs der Woche etwas früher nach Hause kommen, und gerne übernehme ich auch mehr von unserem Einkauf."

Als Tim abends in der S-Bahn nach Hause fuhr, dachte er: „Jetzt ist Lea auf Augenhöhe mit Carmen. Beide sind ab dem nächsten Jahr Abteilungsleiterinnen." Aber er kannte seine Frau gut genug, um zu wissen, dass Lea in diesem Punkt nie auf Carmen eifersüchtig gewesen war. Nicht wegen der beruflichen Position. „Wie wird das mit Anna, wenn sie von der Schule kommt? Was ist mit den Hausaufgaben? Diese Frage beschäftigte ihn während des letzten Teilstücks seines Weges nach Hause. „Wohl oder übel müssen wir Anna in einer Ganztagesschule anmelden." Dieser Gedanke machte ihn nachdenklich. „Vielleicht braucht Anna die Mama mehr als diese die Anerkennung und das Geld aus der Beförderung in ihrem Fulltimejob."

Beim Betreten der Wohnung lief ihm seine Tochter entgegen. Er hob Anna hoch und küsste sie auf ihre Wange. „Was macht die Mama?" – „Die telefoniert mit Carmen." Tim streichelte die Wange seiner Tochter. „Bald kannst du mit Carmen wieder Ball spielen." – „Und mit dir werde ich schwimmen. Gehen wir dann auch ins Meer?" – „Aber sicher."

Beschwingt und gut gelaunt kam Lea nach einer halben Stunde ins Wohnzimmer. Tim hatte in der Zwischenzeit den Tisch gedeckt, Brot geschnitten und die Platten für die Brotzeit hergerichtet. „Carmens Buchung ist auch perfekt. Sie lässt dich schön grüßen." Was Lea nicht mitteilte, war Carmens Vorfreude auf den gemeinsamen Urlaub. Wie sehr Carmen sich über Leas Einladung, mit in den gemeinsamen Urlaub zu kommen, freute, wusste Tim von seinem gestrigen Anruf bei Carmen, von seinem Büro aus. Carmen fieberte diesem Urlaub entgegen und freute sich besonders auf das Ballspiel mit Anna, und auf Lea.

59

Den Vormittagsflug nach Heraklion gab es noch immer, und wie bei ihrem letzten Aufenthalt vor zehn Jahren blieb genug Zeit, nach dem Bustransfer und dem Bezug des Hotelzimmers noch an den Pool zu gehen. Schon bald sah Tim Anna und Carmen zu, wie sie sich gegenseitig den rotweißen Wasserball zuwarfen. Tim lag bei Lea auf dem Liegestuhl. „Was ist denn das?", fragte Tim, als er die Broschüre in Leas Hand sah. „Bonitätsprüfung bei steigender Inflation." – „Du liebes Bisschen, und damit beschäftigst du dich im Urlaub?" Er schüttelte den Kopf. Seine Frau war engagiert, ehrgeizig und tüchtig. Kein Zweifel. „Ich engagiere mich auch für mein Hotel. Aber jetzt habe ich Urlaub." Er legte sich hin und träumte in das Blau des Himmels. Einige kleine Schäfchenwölkchen trieben mit dem Wind.

„Ich habe Durst!" Anna stand vor Tim und bespritzte ihn mit Wasser. „Dann gehen wir in die Poolbar. Wer geht mit?" Tim war aufgestanden. „Ich lese noch zu Ende", entschied seine Frau. „Soll ich dir etwas mitbringen, vielleicht ein Bier?" – „Nein Danke, kein Bier. Das macht mich bloß schläfrig." Carmen, Tim und Anna machten sich auf den Weg in die Poolbar. Lea blieb mit ihrer Fachliteratur zurück.

„Heute trinke ich eine Cola!" – „A drink for the young lady", kommentierte der Kellner. „And two glasses of

Champagne", bestellte Tim. Carmen lächelte Tim ganz glücklich an. „Tim, du wirst es nicht für möglich halten, aber schon im Mai fiel mir Rethymno und dieses Hotel für den Urlaub ein. Und ich dachte, das wäre auch für uns vier ein schöner Ort für den Urlaub." – „Dann hat Lea in deinen Gedanken gelesen. Sie erfüllt dir mit ihrer Einladung einen geheimen Wunsch." Tim lächelte verschmitzt. „Mir natürlich auch. Lea sagte wörtlich: es wäre schön, Carmen dabei zu haben." Der Kellner brachte die Getränke. Carmen und Tim hoben ihre Gläser, und wie aus einem Mund war zu hören: „Auf uns!" Tim schob leise nach: „Auf uns beide!" Tims Augen versanken in Carmens Augen.

Carmen wandte sich Anna zu und prostete ihr zu: „Auf dich, Anna!" Auch Anna hob ihr Glas und prostete mit ihrem Glas Carmen und Tim zu.

Carmen sah in Annas Gesicht. „Jetzt bist du schon ein großes Mädchen. Mama und Papa gehen abends noch weg in die Bar im Hotel, wenn du schon im Bett bist. Davor hast du keine Angst, junge Dame?" Mit einem breiten Lächeln im Gesicht schaute Anna in Carmens Gesicht. „Liest du mir vorher noch vor?" – „Unbedingt. Sogar eine ganz, ganz lange Geschichte." Anna nickte.

Abends saßen Lea, Carmen und Tim in der Bar und gaben sich der Musik und dem Tanz hin. Tim versuchte die Zeit auf dem Parkett gerecht aufzuteilen. Die Melodien führten sie weg vom Alltag in die Welt des Traums, der Fantasie. Wieder zog Tim am Ende des Tanzes Carmen an sich und drückte sie fest an sich. Es fiel ihm schwer, Carmen nicht zu küssen, so sehr war er in seinen Gefühlen bei ihr.

60

Lea hatte die Idee, mittwochs nach dem Frühstück in die Altstadt von Rethymno zu fahren und dort zu bummeln. Tim schlug vor, erst den venezianischen Hafen anzusehen und nachher in die Gassen der Altstadt von Rethymno einzutauchen, die ja im Schatten lagen. Mit Rücksicht auf die hohen Temperaturen im August konnte er sich mit diesem Vorschlag durchsetzen. Als sie vor der Rückfahrt mit dem Bus in Richtung Hotel auf einen Drink einkehrten, wanderten Tims Augen von Carmen zu Lea, als er fragte: „Wollt ihr beiden mal einen Ausflug nach Heraklion machen? Auch dort kann man Kultur und Shopping gut miteinander verbinden? Ich würde bei Anna am Pool bleiben." Lea zog nicht recht, aber Carmen war gerne dazu bereit. Das hatte Tim bemerkt. Carmen sagte zu ihrer Freundin: "Du kannst es dir ja noch überlegen. Falls du möchtest, begleite ich dich gerne." Nach einer Weile ergänzte Carmen: „In Rethymno gibt es eine große Anzahl von Discos und Nachtclubs. Der Ort hat auch nach Sonnenuntergang einiges zu bieten. Das letzte Mal, als ich hier war, bin ich dann nachts mit dem Taxi zurückgefahren." Lea hatte die Sonnenbrille abgenommen und hatte Carmen nachdenklich angesehen, als sie dies hörte. Sie gab keine Antwort darauf. Tim überlegte, wen Carmen mit dieser Äußerung ansprechen wollte. Lea schien an den Discos von Rethymno nicht interessiert zu sein, und er selbst konnte Carmen schlecht anbieten, mit ihr zu zweit in eine der Discos der Altstadt zu gehen. So gerne er gefragt hätte: „Welchen Club schlägst du denn vor, Carmen?"

„Ich erinnere mich noch an die Calypso Bar. Und gleich gegenüber ist eine weitere Disco." Das Nachtleben gehörte zu Carmens Horizont ebenso wie die Vermögensallokation und das Asset Management in ihrem Berufsalltag. Nachtleben ist Spaß und Zerstreuung, Freude und Genuss aus dem Augenblick - Geldanlage verlangt eine gut durchdachte Strategie und ist langfristig. Beides hatte einen festen Platz im Kopf der fröhlichen Blondine. War Carmen deshalb so fröhlich und unbeschwert, weil sie dem Beruf und dem Spaß in gleicher Weise zugetan war? Hatte sie ein Gleichgewicht in ihrem Leben gefunden, das andere vergeblich suchten? Carmen war nicht fröhlich und unbeschwert aus Leichtsinn und mangelndem Ernst, sondern weil sie jeder Tätigkeit die angemessene Aufmerksamkeit schenkte. Carmens Leben war im Gleichgewicht. Engagiert und konzentriert bei der Arbeit, fröhlich und entspannt nach Feierabend.

Wie oft hatte Tim sie darum beneidet, um ihre Offenheit, Fröhlichkeit und ihre Ausgeglichenheit.

Am Nachmittag, als er auf dem Liegestuhl über Carmens unvoreingenommene Offenheit, Fröhlichkeit und Ausgeglichenheit sinnierte, erinnerte er sich an ein Gespräch mit ihr. Es war ein nachdenkliches, ernstes Gespräch gewesen, in dessen Verlauf Carmen ihm bekannte: „Ich bin ein Kind der Liebe, von Gott geliebt, ein Mensch mit kostbaren Begabungen, die ich nur entdecken muss. Ich bin etwas Besonderes, und ich kann etwas Wunderbares aus meinem Leben machen. Es ist schön, zu leben, und ich will aus jedem Tag ein Fest machen!" Aus diesem Ja zum Leben stammte auch die ansteckende Fröhlichkeit, die Carmen verbreitete.

„Davon sind Lea und ich meilenweit entfernt. Wir sind beide pflichtbewusst und fleißig, vielleicht auch beruflich tüchtig und erfolgreich, aber brennt unser Herz für das, was wir tun? Gibt es überhaupt etwas, wofür unser Herz brennt? Ist unser Leben erfüllt? Können wir andere mit unserer Fröhlichkeit anstecken?"

Tim blickte sich um. Neben ihm saß Lea mit ihrer Broschüre aus dem Haus ihres Arbeitgebers zum Thema Kreditwürdigkeit der Kunden. Die Sonnenbrille auf der Nase, las sie mit gerunzelter Stirn in der Broschüre. In ihren Ferien! Eine Liege weiter sah er Carmen sitzen, wie sie sich mit Anna unterhielt. Jetzt warf Anna ihr den kleinen gelben Ball zu, und Carmen lachte, als sie den Ball auffing. „Und jetzt bist du dran. Hopp - und fang!" Anna fing den kleinen gelben Ball, und beide lachten. „Carmen und Anna sind glücklich – durch die beiderseitige Hingabe an das Spiel mit diesem kleinen gelben Ball. So einfach ist es, glücklich zu sein."

Fasziniert verfolgte Tim das Ballspiel seiner sechsjährigen Tochter mit Carmen. „Ja, so sieht das Glück aus. Das Glück ist ein Geschenk. Ein großes Geschenk aus kleinen Zutaten." Fasziniert verfolgte Tim den Weg des kleinen gelben Balls, der Anna mit Carmen verband.

Tim wandte sich an seine Frau: „Gehst du mit mir noch ins Meer mit?" Lea lächelte ihn an. „Das ist eine gute Idee. Gerne! Mit der Lektüre mache ich morgen weiter." Anna fragte Carmen: „Gehst du mit mir in den Pool?" – „Ja. Dann nehmen wir den großen Ball mit." Der kleine gelbe Ball wanderte in Carmens Tasche.

Beim Essen kündigte Lea ihrer Tochter an, dass sie heute die Gutenachtgeschichte vorlesen würde. Zu Carmen und Tim gewandt, sagte sie: „Wartet ihr heute in der Galerie auf mich? Ich komme zu euch runter, sobald Anna eingeschlafen ist." Tim antwortete: „Vielleicht gehen Carmen und ich noch ein paar Schritte. Gegen neun sind wir in der Galerie. Da werden wir etwas trinken und auf dich warten."

Tim und Carmen schlenderten die Uferpromenade entlang. „Ich habe über das, was du mir letztes Jahr über deine Einstellung zum Leben gesagt hast, heute nachdenken müssen. Dass jeder Mensch einmalig und etwas Großartiges ist. Dass es darum geht, zu entdecken, was wir für besondere Fähigkeiten besitzen, die in uns schlummern. Aus denen wir etwas machen können. Und dass jeder den Schlüssel zu einem glücklichen Leben hat, wenn er sich fragt: wofür brennt mein Herz? Was erfüllt mich mit Freude? Dann habe ich dich und Anna beobachtet, wie ihr so fröhlich miteinander gespielt habt. Ihr habt euch so in das Spiel vertieft, ihr seid ganz in eurem Ballspiel aufgegangen." – „Ja Tim, da hast du mich richtig verstanden. Glücklich kannst du werden, wenn du dich ganz an etwas verlierst. Oder ganz in einer Tätigkeit aufgehst und alles um dich herum vergisst. Bei der Arbeit sagt man dem Flow. Du vergisst dann Raum und Zeit. Bei den Menschen, die dir am Herzen liegen, nennt man das Hingabe oder Liebe. Entscheidend für ein erfülltes Leben sind auch Dankbarkeit für alles, was dir geschenkt ist und dein Ja zum Leben. Die Freude, zu leben." – „Du hast auch gesagt, dass du aus jedem Tag ein Fest machen willst." Carmen nickte still.

Sie waren an einer abgelegenen Stelle angelangt. Vor einer Palme blieb Tim stehen. „Das hat mir gutgetan. Und ich merke jetzt, wie wichtig du für mich geworden bist." Ein inniger Blick Tims versank in Carmens Augen. Er nahm Carmen in seine Arme, drückte sie an sich. Seine Zunge suchte Carmens Mund, und ein inniger Kuss verband beide. Ihre Zungen begrüßten sich freudig und spielten miteinander. Carmen schloss die Augen. Tims Herz schlug schneller.

Als sie ihre Umarmung aufgelöst hatten, traten sie den Rückweg ins Hotel an. Tim war innerlich erregt. Er liebte Carmen. Er liebte auch Lea, und er hatte eine innige Bindung an seine Tochter, der er seine ungeteilte Liebe und Zuneigung schenkte. Er war glücklich, eine kleine Familie zu haben. Seit er geheiratet hatte, war auch seine tägliche Arbeit im Hotel mit einem neuen Sinn erfüllt worden. Das verdiente Geld war für seine Familie bestimmt.

Lea beantwortete seine Liebe mit ihrer Zärtlichkeit, ihrer interessierten Anteilnahme an seinem Leben, mit ihrer Sorge für ihn und seine Tochter in all den kleinen und großen Tätigkeiten im Haushalt. Sie war da, wenn er aufwachte, sie lächelte Tim an, wenn er morgens die Augen aufschlug, und wenn er abends zu Bett ging, schenkte sie ihm ihre körperliche Nähe und schlief mit ihm. Leas Körper empfing ihn hingebungsvoll. Und er merkte, Lea schenkte sich ihm gerne. Es war schön, Lea zur Frau zu haben.

Wenn Tim sich mit Carmen verabredete, trat ihm eine Fröhlichkeit und eine Freude am Leben entgegen, die ihn mitriss. Carmen zu treffen, fand Tim ansteckend. Selbst wenn Carmen nachdachte oder etwas las, blieben in ihrem ebenmäßig geformten Gesicht um ihre Mundwinkel Lachfältchen. Meist dauerte es nicht lange, bis Carmens Humor und ihre Heiterkeit ihn zum Lachen brachte. Und wenn Carmen von Schwierigkeiten in ihrem eigenen Leben berichtete, geschah dies stets mit der Überzeugung: daran arbeite ich, und ich finde eine Lösung! Ich schaffe das!

Carmen ruhte in sich selbst und wirkte in sich gefestigt.

Auf dem Rückweg ins Hotel kamen Carmen und Tim an einer Bank vorbei. Carmen deutete auf die leere Bank und fragte: „Haben wir noch einen Augenblick für uns?" Tim nickte, und sie setzten sich. Carmen ergriff die Initiative; „Tim, wir müssen vorsichtig sein. Ich freue mich, wenn du mich in die Arme nimmst. Es ist schön, wenn du mich küsst. Aber Lea ist meine beste Freundin, und ich möchte nicht, dass diese Freundschaft zerbricht. Und du bist Leas Mann. Ich will nicht zwischen dir und Lea stehen. Und ich möchte auf keinen Fall, dass deine Ehe in die Brüche geht wegen unserer Beziehung. Du darfst dich nicht durch meine unbeschwerte Fröhlichkeit täuschen lassen. Auch wenn ich deine Zärtlichkeit nicht abweise, bleibst du Leas Mann. Der Mann einer Anderen. Das soll so bleiben. Ich fände es schade, wenn eure Ehe wegen mir zerbricht. Das täte mir in der Seele weh." Carmen machte eine Pause. Auch Tim dachte nach. Er wollte Lea auch nicht verletzen oder sie gar verlieren. Er wollte sich nicht von Lea trennen oder sich gar scheiden lassen wegen Carmen. „Aber Carmen hat mich in ihren Bann gezogen. Ich liebe sie und komme nicht los von ihr."

In seinem Kopf begann ein Kopfkino. Tim fragte sich, wie sein Leben verlaufen wäre, wenn er sich an jenem ersten Abend in der Stella Bar Carmen zugewandt hätte statt Lea. Wenn er mit Carmen ein Date verabredet hätte. Wäre er heute mit Carmen verheiratet?

Tim fasste Mut. „Sag mal Carmen, wenn ich mit dir statt mit Lea eine Beziehung aufgebaut hätte und dein Herz erobert hätte, was hättest du auf meine Frage gesagt: Willst du mich heiraten?" Carmen warf ihren Kopf zurück, dann lächelte sie. „Das kann ich dir nicht sagen, Tim. Noch hat kein Mann mein Herz erobert. Du hast mich für dich eingenommen, und ich bin liebend gerne mit dir zusammen, ich mag dich, es ist schön mit dir. Ich genieße die Zeit mit dir, ja, ich genieße sogar deine Zärtlichkeiten. Aber deswegen heiraten?" Ein Achselzucken Carmens bekräftigte diese Antwort.

„Das ist eindeutig", dachte Tim. „Mehr kann ich von Carmen nicht erwarten."

Auf dem Rückweg fühlte sich Tim mit einem Mal wie erleichtert. Carmen hatte ihn in ihr Herz sehen lassen. Er hatte Klarheit und wusste, woran er mit Carmen war.

Und dennoch dachte er bei sich: „Noch lieber als mit Lea tanze ich mit Carmen. Ich werde sie auch weiterhin nach dem Tanzen an mich ziehen. Und wenn Lea es nicht sieht, werde ich Carmen küssen."

Tim blieb unter Carmens Bann.

Von Ferne sahen die beiden Spaziergänger Lea in der Galerie sitzen. Tim beschleunigte erfreut seinen Gang, beugte sich zu Lea hinunter und küsste sie. Lange und intensiv.

„Anna war müde. Sie ist heute schnell eingeschlafen." – „Morgen werde ich ihr wieder die Gutenachtgeschichte vorlesen", erklärte Tim.

Als von der Bar her die Discomusik an ihre Ohren klang, fragte Lea: „Geht ihr auch mit zum Tanzen?" „Ja, gehen wir tanzen." Alle drei folgten den Klängen der Musik und gingen hinein.

Heute tanzte Tim mehr mit Lea als an den Abenden zuvor. Und diesmal war es Lea, die Tim an sich zog und innig küsste, als der letzte Tanz ausklang. Als sie zurück im Zimmer waren, verführte Tim Lea, und sie schliefen miteinander.

61

„Wann wirst du morgen abgeholt?", fragte Lea und wandte sich rüber zu Carmen auf ihrem Liegestuhl. „Um halb drei muss ich mich in der Hotelhalle bereithalten."

– „Dann können wir zwei nach dem Frühstück noch einmal ins Meer zum Schwimmen." – „Und spielst du mit mir noch einmal Wasserball?" – „Auf jeden Fall, Anna. Wenn du willst, können wir auch jetzt noch einmal mit dem rot-weißen Ball ins Wasser gehen."

Als Carmen mit Anna zum Pool aufgebrochen war, drehte Lea ihren Kopf zu Tim. „Schade, dass Carmen morgen zurückfliegt. Diesmal haben wir mehr miteinander geredet als letztes Jahr in Torremolinos. Mir kam es so vor, als ob sich Carmen in den letzten vier Tagen bewusst mehr Zeit für mich genommen hat. Das hat mir gutgetan. Ich bin so dankbar, dass sie meine Freundin ist." Lea machte eine Pause. Von unten sah sie über den Rand ihrer Sonnenbrille zu Tim auf. „Du magst Carmen aber auch sehr gerne?" Tim war nicht überrascht über diese Frage. „Ja. Darum ist es schade, dass sie morgen zurückfliegt." Mehr wollte Tim nicht zugeben.

Vor fünf Tagen hatte er Carmen unter der Palme geküsst. Danach hatten sie das klärende Gespräch. Offenbar hatte dieses Gespräch auch bei Carmen etwas ausgelöst. Carmen war die tiefe Freundschaft mit Lea bewusst geworden. In den Tagen danach waren die beiden Freundinnen auch öfters zu zweit in der Poolbar oder in der Galerie gesessen. Und Tim war viel mehr und länger mit Anna im Wasser als letztes Jahr in Spanien.

„Dann lass ich euch jetzt allein. Genießt die Zeit miteinander und habt viel Spaß!" Diesmal war Tim mit Lea und Anna zum Reisebus gekommen, um sich von

Carmen zu verabschieden. Lea umarmte ihre Freundin, und auch Tim nahm Carmen in seine Arme.

Nachdenklich ging er zurück zur Liege am Pool. Die nächste Woche musste er ohne Carmen auskommen.

Die restlichen sechs Urlaubstage vergingen wie im Fluge. Erleichtert stellte Tim fest, dass Lea die „Richtlinien bei der Kreditvergabe für Eigentumswohnungen" im Hotelzimmer zurückließ. Bald steckte Lea diese in das Außenfach ihres Koffers. Stattdessen begann Lea, einen Liebesroman zu lesen. Auch sonst bemerkte Tim einige Veränderungen an seiner Frau. Manchmal trat Lea grundlos an ihn heran, umarmte ihn und überraschte ihn mit einem intensiven Zungenkuss. Ging das Frühstück zu Ende, sah sie Tim oft verliebt in die Augen. Sie schlug sogar eine geführte Tour nach Knossos und Heraklion vor. Seit neustem erzählte Lea sogar Witze, von denen Tim annahm, dass diese von Carmen stammten. Steckte Carmen hinter diesen Veränderungen seiner Frau?

Genau das wollte Tim herausfinden, als er Lea fragte, worüber sie denn mit Carmen gesprochen habe. „Über das Leben und das Glück!", sprudelte es aus Lea hervor. „Carmen hat mir die Augen geöffnet. Ich werde in meinem Leben täglich beschenkt, und erst jetzt merke ich, wie gut es mir geht, über wie Vieles ich mich immer wieder freuen kann. Und dass ich immer wieder entdecken kann, was mir Freude macht. Wie sagte Carmen so schön: finde heraus, was dein Herz zum Singen bringt!"

„Wie schön ist es, mit dir hier zu sitzen und darüber zu reden." Selig lächelte Lea Tim an. Nein, Tim hatte mit

Lea nicht über den Schlüssel zum Glück geredet. Er saß nur still und aufmerksam Lea gegenüber und staunte, diese Gedanken aus dem Mund seiner Frau zu vernehmen. Carmens Gedanken.

„Wollen wir uns zur Feier des Tages eine Flasche Sekt leisten? Ich stifte die Flasche als kleinen Dank für den schönen Urlaub, den du mir und Anna schenkst!" – „Das ist ein schöner Gedanke, danke, liebe Lea!" Tim winkte dem Kellner. Dass seine Frau ohne äußeren Anlass Sekt spendierte, war neu.

Auch sonst kam Tim seine Frau lebendiger, fröhlicher vor. Verträumt blickte Tim auf das glitzernde Blau des Meeres.

Jetzt fiel Tim die letzte Flasche Sekt ein, die er mit seiner Frau getrunken hatte. Er hatte mit Lea auf die bevorstehende Beförderung zur Teamleiterin ab dem 1. Januar angestoßen. Da fielen ihm einige Fragen ein, die er Lea in diesem Zusammenhang stellen wollte. Doch der entspannte Blick über die Weite des Meeres hielt ihn davon ab. „Nach dem Urlaub", dachte er. „Jetzt genießen wir jede Minute mit vollen Zügen. Und abends gehe ich mit Lea wieder tanzen."

„Ich bin gespannt, ob Mirela sich bei uns meldet. Sie hatte mir vorgeschlagen, dass wir uns nach ihrer Hochzeitsreise mal treffen könnten." – „Wollt ihr euch nach der Arbeit in der Stadt treffen?" – „Ich denke schon. Würdest du dich dann um Anna kümmern?" – „Keine Frage. Gerne!" Tim hatte eine Idee. „Wenn das Wetter schön bleibt, könnten wir auch mal zu fünft am Wochenende in einen Biergarten gehen, was hältst du davon?" – „Ja klar. Und Mitte September ist dann wieder Oktoberfest."

62

Tim war gespannt, ob Lea die neue Seite, die er an ihr während der zweiten Hälfte ihres Urlaubs entdeckt hatte, bewahren würde. Er hatte mehrmals gestaunt, wie gelöst und heiter seine Frau sich in den letzten Tagen in Griechenland gab. Es war eine neue Seite an Lea, die sonst eher ernst, zurückhaltend und bedächtig wirkte. Die ernste, stille Seite seiner Frau war ihm während der ersten Zeit seiner Verliebtheit nicht stark aufgefallen. Jedenfalls hatte ihn dieser Wesenszug Leas nicht gestört. Lag das daran, dass seine Blicke in den hellblauen Augen Leas versunken waren, die aus einem eher blassen, von wunderbarem schwarzen Haar umspielten Gesicht strahlten? Oder lag es daran, dass er selbst in der Rolle des Eroberers den aktiven Part allein bestritten hatte? Dass er nur ein Ziel hatte, diese schmale, schlanke Frau mit dem zarten Gesicht für sich zu gewinnen, die seine zu nennen?

Der erste Arbeitstag nach dem Urlaub begann nach dem gewohnten Muster mit der Rollenteilung für den Montag: es war Annas Papa-Tag. Tim nahm seine Tochter mit in den Kindergarten. Es waren Annas letzte Tage in der gewohnten Umgebung. In der zweiten Septemberwoche begann die Schule, und Annas Einschulung stand bevor.

Tim war erleichtert, dass weder Slavica noch Frau Müller ihn mit der Mitteilung über besondere Vorkommnisse begrüßten. Wegen der Sommerpause war auch weniger Post als sonst liegen geblieben. Mit Erstaunen stellte er fest, dass die Belegung des Hotels sehr hoch war. Tim rieb sich die Hände. „Schon drei Wochen vor der Wiesn sind wir fast ausgebucht. Super!"

Zwanzig Minuten vor neun Uhr klingelte das Tischtelefon. Es war Lea. „Ich will dir noch einen guten Anfang wünschen. Und eine gute Woche." Tim freute sich. Gute Wünsche per Telefon – von seiner Frau – das war neu. Vor weniger als einer Stunde hatten sie sich noch mit einem Zungenkuss in der Wohnung verabschiedet. „Auch ich wünsche dir einen guten Start in die Arbeitswoche. Und am Mittwochmittag gibt es wieder Lunch bei mir im Hotel!"

Am Dienstag gegen halb sechs Uhr nachmittags war es Zeit, Carmen anzurufen. Die fröhliche Stimme Carmens markierte den Beginn einer heiteren Unterhaltung. „Ich bin froh, dass ich wieder in München bin, und ich freue mich auf das Wiedersehen mit dir." – „Ich freue mich auch auf Freitag. Holst du mich wieder ab?" – „Ja, vor eurem Dienstgebäude, halb drei." Tim berichtete noch über die Tage in Kreta nach Carmens Abreise und erwähnte die Veränderungen, die er an seiner Frau wahrgenommen hatte. „Hoffentlich bleibt das so!"

Kaum hatte Tim das gesagt, da klopfte es an der Türe seines Büros im Hotel. „Herein!", rief er mit lauter Stimme. Er drehte sich auf seinem Bürostuhl in Richtung Türe. War es Antonio vom Serviceteam, der gerne persönlich mit seinen Fragen zu Tim kam, oder Ettore, der Kellner von der Bar? Was gab es für ein Problem? Gerade als er „Moment, Carmen" in die Muschel sagte, öffnete sich die Türe und Lea trat ein. Elegant gekleidet, in weißer Bluse, blauem Hosenanzug und Pumps: seine Frau! Eine Schrecksekunde lang verschlug es Tim die Sprache. Es half nichts, die Karten mussten auf den Tisch. „Ich telefoniere gerade mit Carmen. Sie fragt, wann wir wieder in die Stella Bar wollen?" Tim erkannte in Leas Gesicht einen Ausdruck der Verwunderung. Warum meldete sich Carmen nicht bei ihr? Sie beide waren doch beste Freundinnen, und nun verhandelte Carmen mit Tim! „Ich gebe dir mal Lea, sie holt mich von der Arbeit ab."

„Hallo Carmen, hier Lea. Deine Sehnsucht nach meinem Mann muss groß sein! Wieso meldest du dich nicht bei mir?" Die Antwort konnte Tim nicht hören. Lange schwieg Lea und hörte Carmen zu. Schließlich sagte Lea: „Tim und ich reden noch darüber. Ich rufe dich an. Du erfährst es rechtzeitig – von mir!" Die letzten beiden Worte klangen hart und bestimmt. „Und Tschüss!" Vor Tim stand eine resolute und entschlossene Frau: Lea.

Lea drehte sich zu Tim um. Er war aufgestanden und wollte seine Frau küssen. Doch Lea schob Tim zur Seite. „Geht das schon länger so mit euch beiden? Was läuft da noch? Das frage ich dich, Tim. Die ganze Wahrheit. Jetzt!"

Lea war, während sie dies sagte, immer lauter geworden. Ärger stand in ihr Gesicht geschrieben. „So kenne ich Lea gar nicht", dachte Tim. „Wir haben doch nur mit dem Tanzen überlegt…" – „Das kann nicht sein, ich versuche seit einer halben Stunde dich zu erreichen. Und immer ist bei dir belegt. Was habt ihr für Geheimnisse vor mir? Und warum rufst du Carmen nicht von zu Hause aus an?"

Tim fehlten die Worte. So hatte er seine Frau noch nie erlebt. Verlegen senkte er den Kopf. Lea sah Tim forschend an. „Hast du mir noch etwas zu sagen, über dich und Carmen? Glaubst du, mir ist entgangen, wie du Carmen beim Tanzen immer an dich drückst? Hast du etwas mit Carmen?" Ihre Stimme war nicht mehr laut, aber sie sah Tim fragend an und forderte eine Antwort. „Wir haben nur telefoniert. Ja, ich verstehe mich auch sehr gut mit Carmen, manchmal bewundere ich sie. Aber ich habe nichts mit ihr!" – „Überlege gut, was du tust. Du weißt genau, was passiert, wenn du neben mir noch eine andere Frau hast." Lea machte eine Pause. Sie sah ihn mit einem fragenden Blick an. „Kann ich dir vertrauen?" – „Ja, Lea, das kannst du. Und du, nur du allein hast meine ganze Liebe." Lea setzte sich auf den Stuhl vor Tims Schreibtisch. Tim dachte: „Ich habe wirklich eine attraktive Frau!" Sein Blick glitt von ihrem Scheitel hinunter bis zu den roten Pumps.

„Also, warum ich vorbeigekommen bin: Mirela hat mich kurzfristig angerufen. Sie drängte mich, dass wir uns schon heute sehen. Ich wollte dir das am Telefon mitteilen. Da das nicht ging, bin ich auf dem Weg zur U-Bahn bei dir vorbeigekommen. Kümmerst du dich um Anna?" – „Ja, selbstverständlich. Ich hole sie bei Lara ab. Ich mach mich gleich auf den Weg." Lea war wieder aufgestanden. Tim ging zu Lea und küsste sie auf den Mund. Es war ein flüchtiger Kuss.

„Das hat mir noch gefehlt", dachte Tim auf dem Heimweg. So ein Aufstand wegen eines Telefonats! „Ja wenn sie mich nackt in Carmens Hotelzimmer angetroffen hätte… aber es ist ja nichts dergleichen passiert. Ich habe nur einmal mit Carmen geschlafen und es dann bleiben lassen." Als er in der S-Bahn saß, gestand er sich ein, dass Carmen durchaus eine Freundin für ihn geworden war. Wie gerne war er mit ihr zusammen, fieberte ihren heimlichen Dates entgegen. Er liebte ihre fröhliche, unbeschwerte Art, ihren Humor, ihren Charme. „Ich habe mich in Carmen verguckt, und jetzt hat sie einen Platz in meinem Herzen." Bei den letzten Schritten auf dem Weg nach Hause dachte er: „Ja, ich liebe Carmen." Ein warmes Gefühl ergriff Tim. In zwei Stunden würde Lea wieder vor ihm stehen. „Und Lea liebe ich auch. Und Anna." Schweren Herzens sperrte er die Haustüre auf.

Seine Grübeleien verflogen, als er Anna bei Lara abholte und sie ihm entgegenlief. „Mein Goldschatz." Zärtlich küsste er Anna auf den Kopf. „Jetzt mache ich für uns eine schöne Brotzeit. Für dich habe ich Sesamsemmeln gekauft. Die isst du doch so gerne mit Leberwurst?" – „Oh ja, Papa, danke!"

Anna schlief tief und fest, als Lea nach Hause kam. Zuvor hatte Tim seiner Tochter vorgelesen. Wie immer, wenn er allein bei seiner Tochter war, hatte Anna darauf bestanden, dass Papa ihr zwei lange Abschnitte vorlas, und nicht nur einen, wie sonst üblich.

Etwas unsicher ging Tim seiner Frau entgegen. Sollte er sie küssen, nach dem Ärger von heute Abend? Mit großen Augen sah ihm Lea ins Gesicht. Doch, es gab einen Zungenkuss.

Tim setzte sich in die Sitzecke. Als seine Frau sich seitlich zu ihm dazugesetzt hatte, sagte sie: „Hast du noch einmal nachgedacht? Willst du bei mir bleiben?" - „Ja, ich liebe dich von ganzem Herzen. Wie bei der Hochzeit." – „Dann handle auch danach!" Lea machte eine aufmunternde Kopfbewegung. Danach ließ sie ihren Blick durch das Wohnzimmer schweifen.

Nach einer Pause sagte sie: „Jetzt was ganz anderes. Mirela wollte mich doch unbedingt heute noch treffen. Sie strahlte vor Glück, als sie mich umarmte. Sie ist schwanger. Und stell dir vor: Finn und Mirela bekommen Zwillinge!" – „Dann freuen wir uns mit ihr!"

63

Als Tim mit Carmen beim Italiener saß, berichtete Tim Carmen von der Szene, die Lea ihm gemacht hatte. Carmen hatte konzentriert zugehört. Sie begann mit den Worten: „Lea ist eifersüchtig. Und sie hat Angst, dich an mich zu verlieren. Unser langes Telefonat hat sie verletzt. Das musst du verstehen." – „Aber ich liebe Lea, ich will sie nicht aufgeben." – „Ist dir das nicht klar: Lea liebt dich, ihr Herz brennt für dich, und sie wird keine andere Frau neben sich dulden. Sie will, dass du ihr ganz gehörst. Und nach unseren langen Gesprächen in Rethymno kenne ich Lea gut genug, um zu wissen, was passieren wird, wenn du mich liebst und wir gemeinsame Sache machen: sie wird dich rausschmeißen!"

„Aber wir reden doch nur miteinander!" – „Nein Tim, sei bitte ehrlich: du hast dich in mich verliebt. Du triffst dich nicht nur mit mir, du nimmst mich in den Arm wie eine Geliebte, und wenn wir nicht beisammen sind, kreisen deine Gedanken um mich." Tim schwieg. Carmens Diagnose stimmte. Tim überlegte. Sollte er Carmen fragen, wie sie zu ihm stand? Sie nach ihren Gefühlen für ihn fragen, herausfinden, ob sie ihn liebte? Er kannte Carmens Freiheitsdrang, ihren Wunsch, ungebunden zu sein. Tim fielen Carmens Worte ein, die sie ihm nach dem Kuss unter der Palme gesagt hatte: „Noch hat kein Mann mein Herz erobert."

Tim wollte mit der Frage nach Carmens Gefühlen für ihn keine Enttäuschung für sich selbst provozieren. Er konzentrierte sich auf die Dessertkarte.

„Was rätst du denn, Carmen?" – „Ich schlage vor, wir gehen auf Distanz. Wir beenden unsere heimlichen Treffen hinter Leas Rücken. Wenn etwas Zeit vergangen ist, können wir uns wieder mal zu viert sehen. Oder wir gehen zu dritt in die Disco. Davon will Lea im Moment noch nichts wissen." – „Hast du das mit ihr besprochen?" – „Ja, aber sie hat den Vorschlag mit dem Tanzen in der Stella Bar abgelehnt. Für den Augenblick wenigstens."

Jetzt fiel Tim ein, was ihn Schachmatt gesetzt hatte. Es war Mirelas Wunsch, möglichst noch am gleichen Tag Lea zu treffen. Und die besetzte Telefonleitung hatte seine Frau vom benachbarten Arbeitsplatz in der Bank zu ihm ins Büro getrieben, um ihm das geplante Treffen mit Mirela mitzuteilen. Just in dem Moment, wo er am Telefon mit Carmen geplauscht hatte, war seine Frau in sein Büro gekommen. Und Lea hatte ihn bei seinem Plausch mit Carmen ertappt. Sein gut gehütetes Geheimnis war aufgeflogen.

Resigniert sank sein Kopf nach unten. Seine Lust auf eine Nachspeise war verflogen. Kurz angebunden verlangte er die Rechnung. Er verabschiedete sich von Carmen mit einem Handschlag.

64

Mirela hatte auch ihre Freundin Tanja umgehend mit ihrer guten Nachricht überfallen. Zum Abschluss schlug sie Tanja vor: „Das müssen wir fest feiern!" – „Doch nicht mit Sekt?", fragte ihre Freundin ungläubig. „Für dich und Franz schon, auch für Finn. Für mich werde ich einen alkoholfreien Sekt kaufen." – „Was wird jetzt aus deinem Job?" – „Finn und ich haben überlegt, nachdem wir Zwillinge bekommen, werde ich nach dem Mutterschutz und der Elternzeit erst mal Pause machen. Wir haben zum Glück eine große Wohnung, und der Mietzins ist günstig. Kommt hinzu, dass ich durch die Wohngemeinschaft, die ich mit Sarah hatte, trotz meines bescheidenen Gehalts noch etwas absparen konnte. Im Rückblick war die Zeit mit Sarah ein Glücksfall für mich. Stell dir vor: ich habe sogar einen Aktien-ETF auf die größten Unternehmen aus den entwickelten Ländern der ganzen Welt abgeschlossen. Den bespare ich monatlich, für meine Altersvorsorge." – „Aha. Da hast du von deinem Fachwissen profitiert", sagte Tanja anerkennend. „Um langfristig und erfolgreich etwas für die private Altersvorsorge zu tun, braucht man kein Universitätsstudium. Es reicht die Einsicht, dass ich mein Geld inflationsgeschützt und rentabel nur durch die Anlage in Aktien anlegen kann. Aktien sind Anteile an börsengehandelten Unternehmen. Durch den Kauf eines ETFs investierst du dein Geld in große und profitable Unternehmen. Du wirst Miteigentümer an diesen Unternehmen. Du wirst nicht nur Miteigentümer der Unternehmen, in die der Fonds investiert, sondern du wirst auch am Gewinn dieser Unternehmen beteiligt. Bis zu vier Mal Jährlich erhältst du eine Ausschüttung aus dem ETF, das Geld fließt in diesem Fall auf dein Konto. Es gibt auch ETFs, die das Geld, das dir als Ausschüttung zusteht, wieder anlegen. In diesem Fall erhältst du statt einer Gutschrift auf dem Konto neue Fondsanteile in dein Wertpapierdepot eingebucht. Man nennt diese Fonds thesaurierende Fonds. Dadurch wächst dein Depot durch den Sparplan und die wieder angelegten Ausschüttungen kontinuierlich, wie von selbst."

„Was machst du dann, wenn du nichts mehr verdienst?" – „Ich werde die Sparraten aussetzen. Und sobald ich wieder etwas verdiene, bespare ich den ETF wieder."

Tanja hatte aufmerksam zugehört. „Das klingt interessant. Wir haben zwar bei uns jeder eine Betriebsrente, aber Franz hat mal erwähnt, dass wir privat noch etwas mehr für unser Alter tun sollten. Franz und ich möchten gerne in der Rente so weiterleben wie bisher. Du weißt schon, mit Reisen und so." – „Willst du als Rentnerin dann in der Südsee überwintern?" Beide lachten. „Das nicht. Aber wir möchten nicht dauernd rechnen müssen, ob das Geld noch reicht. Darum wollen wir zusätzlich eine private Altersvorsorge aufbauen. Würdest du uns mal ein paar Tipps geben?" – „Ja, gerne."

Danach kam Mirela noch auf die bevorstehenden Anschaffungen im Hinblick auf die Geburt der Zwillinge zu sprechen.

Bevor sie sich verabschiedeten, meinte Mirela: „Frag doch mal Franz, ob wir uns wieder einmal mit dem Picknickkorb im Biergarten treffen wollen?"

65

Tim saß in der U-Bahn und war auf dem Weg ins Hotel. Mit hängendem Kopf hatte er sich letzten Freitag von Carmen verabschiedet. Sie wollten sich nicht mehr heimlich treffen. Carmen hatte vorgeschlagen, ihren persönlichen Austausch zu zweit ruhen zu lassen. Wie lange, darüber hatten sie nicht gesprochen. Und ein Zusammensein mit Carmen, Frau und Tochter wollte er nicht vorschlagen. Wenn Anna nach Carmen fragte, traf das Tim gleich doppelt. Auch Anna war von Leas Verärgerung betroffen.

Tim war ernüchtert. Zwei persönliche Höhepunkte der Woche fielen jetzt ersatzlos aus. Und die Erkenntnis, dass Carmen kein Liebesverhältnis mit ihm eingehen wollte, schmerzte ihn. Er hatte Carmen geliebt, aber Carmens Herz hatte er nicht erobert. Die Zärtlichkeiten, die Carmen mit ihm ausgetauscht hatte, waren Ausdruck ihrer Sympathie, ihrer Zuneigung zu ihm – mehr nicht. Tim hatte Carmens Küsse missverstanden.

Als er das Hotel betrat, machte ihm Chiara ein Zeichen. Sein Trübsinn fiel von ihm ab. „Wir bekommen wieder die Lieferung mit dem Heizöl. Sie wollen wissen, wann sie liefern können."

Tim versprach, den Termin telefonisch zu vereinbaren. Heute unterhielt er sich auch privat mit Chiara, fragte nach ihrer Familie und lächelte sie interessiert an. „Ho un' ampia parentela, non solo in Italia, ma anche in Germania." – „Lei va spesso in Italia?" – „No, non vado molto spesso in Italia."

Anders als Slavica fuhr Chiara nur sehr selten in ihr Herkunftsland. Aber sie hatte zwei Onkel, die regelmäßig zum Besuch des Oktoberfests nach München kamen. Aus diesem Anlass hatte Chiara auch schon das eine oder andere Mal einen Tag Urlaub genommen.

Chiara war kleiner als Slavica. Bis heute hatte Tim der jungen Frau mit dem dichten kastanienbraunen Haar keine besondere Beachtung geschenkt. Als er sich nach dem Gespräch freundlich lächelnd verabschiedete, sahen ihn zwei große braune Augen an.

Tim ging in sein Büro, bestellte das Heizöl und verein-barte einen Liefertermin. „Nächsten Dienstag ist Annas erster Schultag", fiel ihm ein. „Ob das ein glücklicher Tag wird? Oder der Anfang eines ewigen Kampfes um Ordentlichkeit und Hausaufgaben? Ob Anna eine ehr-geizige und fleißige Schülerin wird? Wenn Anna die Gene ihrer Mutter hat, wird sie bestimmt eine eifrige und pflichtbewusste Schülerin werden. Und die vielen Fragen, die sie mir immer wieder stellt, sind vielleicht ein Zeichen dafür, dass sie lernwillig ist."

Ja, das musste Tim seiner Frau lassen. Sie war akkurat, pflichtbewusst, wenn nicht gar pflichtversessen. Ihre ru-hige, bedächtige Art verbunden mit ihrer Arbeitshaltung wirkte auf Tim gelegentlich etwas pedantisch, wenn nicht gar humorlos. Aber das war ihr Wesen. Tim ak-zeptierte das. Das war Lea – seine Frau.

Tim war ein durchschnittlicher Schüler gewesen, den seine Mutter immer wieder zu den Hausaufgaben an-treiben musste. Er ging am Nachmittag lieber zum Fuß-ballspiel.

Jetzt fiel ihm die Schultüte ein. Diese hatten die großen Kindergartenkinder schon im Kindergarten gebastelt. Sie lag schon in der Schrankwand in Annas Zimmer. Jetzt ging es nur noch darum, sie mit Geschenken und Süßigkeiten randvoll zu machen. Tim überlegte, ob er auf dem Heimweg Süßwaren für die Schultüte kaufen sollte. „Dann komme ich zu spät nach Hause. Das ma-che ich lieber am Freitagnachmittag. Da kann ich um zwei Uhr gehen. Ein Treffen mit Carmen gibt es ja nicht mehr." Traurig senkte er den Kopf. „Dann kaufe ich am Freitagnachmittag ordentlich Süßes. Und ein Stofftier möchte ich Anna auch noch in die Schultüte legen." Sein Gesicht hellte sich auf.

Tim wandte sich der Post zu. Schon wieder Werbung für Wein! Lustlos überflog Tim den Prospekt. Wein verkaufte sich schlecht an der Bar in der Lounge. Ein Mineralwasser gegen den Durst, ein Kaffee zur Stärkung, ein kühles Helles zur Erfrischung. Das funktionierte und auch der seit Frühjahr erweiterte Gastronomiebereich erfreute sich wachsender Beliebtheit. Jetzt gab es mehr Tische, und kalte Snacks wie belegte Sandwiches kamen gut an. Geschäftsleute und Beschäftigte aus den Büros in der Nachbarschaft des Hotels kamen zum Mittagslunch. Der Umsatz war gestiegen und spülte Einnahmen in die Kasse. Auch Ettore, der Barkellner, profitierte davon. Wenn Lea jetzt am Mittwochmittag zum Lunch kam, brauchte Tim keine vorherige Bestellung bei Ettore aufzugeben. Es war alles da, um den kleinen Hunger zu stillen. Tim genoss diese Besuche seiner Frau bei ihm im Hotel. Jetzt war er es, der sie bewirtete… Sie waren der alten Gewohnheit treu geblieben, zum Lunch auf dem Barhocker zu sitzen, obwohl es jetzt neu auch Tische im Foyer gab, die zum Servicebereich des Barkellners zählten. Neulich waren am Mittwochmittag auch alle Barhocker besetzt gewesen, und Tim hatte auf einem Tablett den Lunch mit den Getränken in sein Büro getragen. Sie hatten um seinen Schreibtisch sitzend ihren Imbiss eingenommen. Lea fand das lustig.

Der Prospekt mit den Weinen veranlasste Tim, sich auf den Weg in die Bar zu machen. „Hallo Ettore, alles in

Ordnung?" – „Tutto bene, Herr Gerling!" Tim sah sich um. Noch war die Lounge leer. Es war noch viel zu früh. Die Hotelgäste waren beim Frühstück, wenn sie aus geschäftlichen Gründen in München waren. Die größere Gruppe an Besuchern, die wegen des Oktoberfests eingecheckt hatten, lagen noch im Bett. Der eine oder andere Wiesnbesucher würde vielleicht vor dem Frühstück aus therapeutischen Gründen bei Ettore ein Bier in Auftrag geben, um gegen den Kater anzukämpfen...

Tims Blick glitt über die Flaschen, die oberhalb des Tresens wie die Soldaten in einer Reihe standen. Spirituosen, Hochprozentiges. „Wir werden das Angebot straffen, Ettore. Sie bekommen in Kürze auch eine neue Getränkekarte. Achten sie auf die neuen Preise!" Tim nannte Ettore einige Marken, die er aus dem Sortiment nehmen wollte. Bei Whisky ergab sich so eine Beschränkung auf je einen Vertreter aus Schottland, einen aus Irland, und einen aus den USA.

Tim gab Ettore keine Begründung für das gestraffte Sortiment. Dem aufmerksamen Leser der neuen Getränkekarte wäre sogleich aufgefallen, dass alle hochprozentigen Getränke hochpreisig waren. In der Bar wurden jetzt nur noch teure Spirituosen verkauft. Eine hohe Getränkerechnung erhöhte die Marge und die Einnahmen. Tim hatte seine Lektionen aus der Ausbildung gelernt.

Tim verließ die Lounge und ging an der Rezeption entlang in Richtung Aufzug. Obwohl er ernster Stimmung war, lächelte er Slavica und Chiara an.

66

Als Tim Anna die Gutenachtgeschichte vorgelesen hatte, setzte er sich zu Lea in die Sitzecke. „Nach dem ersten Schultag willst du also essen gehen, Tim?" – „Ich fände das schön, wenn wir den Tag gemeinsam feiern. Wir könnten deine Eltern fragen, ob sie zum Essen zustoßen wollen. Was hältst du davon?" Lea beugte sich vor und nickte. „Ja, das ist eine schöne Idee. Und den Kaffee trinken wir dann bei uns. Soll ich einen Kuchen backen? Mirela hatte neulich eine Idee dafür. Ich werde sie anrufen und nach dem Rezept fragen." Aha. Mirela. Leas neue Freundin. Mit Mirela hatte sie in letzter Zeit öfters telefoniert. Carmen war in Ungnade gefallen.

„Dann werde ich für fünf Personen einen Tisch reservieren. Oder willst du noch jemanden zusätzlich einladen?" Tim dachte an Carmen, mit der seine Tochter im Urlaub so gerne gespielt hatte. Anna schlief tief und fest in ihrem Zimmer. Wäre sie am Couchtisch bei ihren Eltern gewesen und hätte sie Carmens Namen gehört, hätte sie gerufen: „Ui, Carmen, wie schön!" Doch Tim schwieg. Lea verneinte Tims Frage. Tim griff nach seinem Notebook und ging auf die Homepage des Restaurants, um den Tisch zu reservieren.

„Ach ja, Mirela und Finn fragen, ob wir uns mal im Biergarten treffen wollen. Tanja und Franz kommen auch. Die beiden hast du auf der Hochzeit kennengelernt." Tims Laune verbesserte sich. Carmen war gestorben, aber es gab ja noch andere Bekannte…

„Das ist eine gute Idee, Lea. Wann soll das sein?" – „Samstagmittag." Tim strahlte seine Frau an. „Gerne, sag ruhig zu. Du kannst Mirela auch fragen, ob sie einen Kuchen mitbringt!" Lea hatte mehrmals Mirelas Begeisterung für das Backen erwähnt. „Kuchen im Biergarten? Sollen wir dann den Kaffee mitbringen? Und Tanja die Schlagsahne?" Lea lachte, und Tim stimmte in ihr Lachen ein. Zwischen Lea und Tim verbreitete sich eine heitere, gelöste Stimmung. Tim sah vergnügt in das Gesicht seiner Frau. „Wie hübsch Lea ist, wenn sie lächelt!", dachte er. „Sie gefällt mir noch immer. Sie ist immer noch so hübsch wie damals in der Bank, als ich sie kennengelernt habe." – „Dann rufe ich jetzt Mirela an." Lea ging zum Telefonieren in das Arbeitszimmer.

Mit neugierigem Interesse hatte Tim die Entwicklung der Freundschaft zwischen seiner Frau und Mirela beobachtet. Mirela, die Brünette mit dem Pferdeschwanz und dem BWL-Studium. Da war auf Mirelas Hochzeit etwas in Gang gekommen, das ihn verblüffte. Da verstanden sich zwei Frauen, als würden sie sich schon zwanzig Jahre lang kennen. Sie kannten sich zwar schon länger, doch erst nach der Hochzeit waren Lea und Mirela Freundinnen geworden. Sie waren sich in vielem ähnlich. Und sie ergänzten sich auch. Zu der eher zurückhaltenden Lea gesellte sich die kontaktfreudige, redselige und gefühlsbetonte Mirela. Sie hatte bei der Verabschiedung in Herrsching, nach der Hochzeitsfeier, Tim spontan umarmt und ihm ins Ohr geflüstert: „Da hat aber Lea einen guten Fang mit dir gemacht!" Danach hatte sie ihn auf die Stirn geküsst. Den Abschluss bildete ein sehr inniger Blick Mirelas in Tims Augen. Dieser gefühlsbetonte Abschied hatte auch Tim bewegt.

Fast eine Stunde war vergangen, als Lea zurück in das Wohnzimmer kam. „Das mit dem Biergarten ist perfekt. Um zwölf Uhr. Wie beim letzten Mal. Ich habe zugesagt, dass ich einen Nudelsalat mitbringe." Tim freute sich auf das Treffen am Samstag im Biergarten. Und auf den Nudelsalat.

Gut gelaunt und ausführlich berichtete Lea über die Vorbereitungen auf die Geburt der Zwillinge. Auch über Mirelas Schwangerschaftsgymnastik berichtete Lea.

Als der Abend am Couchtisch zu Ende war und Lea aufgestanden war, nahm Tim seine Frau in die Arme. Er umschlang sie und küsste sie innig. „Ich liebe dich!" – „Ich liebe dich auch." Kurz darauf begann ihr Liebesspiel. Leas Hingabe kam Tim ekstatischer, feuriger vor als er es von ihr kannte.

67

Ein tiefblauer Himmel versprach einen spätsommerlich warmen Tag, trotz der herbstlichen Temperaturen am frühen Morgen. Gut gelaunt saß Tim seiner Frau gegenüber beim Frühstück. Tim hatte beim Bäcker Sesamsemmeln geholt, die seine Frau so sehr liebte. Eben bestrich sie eine halbe Semmel mit feiner Kalbsleberwurst. Tim war bereits bei Semmel mit Aprikosenmarmelade angelangt. Beim Frühstück bevorzugte er Süßes, währenddessen er bei einer bayerischen Brotzeit Herzhaftes bevorzugte: Wurstsalat und eingelegten Presssack. Damit war er beim Thema. „Was steuern Tanja und Mirela zur Brotzeit bei?" – „Tanja bringt einen Wurstsalat mit, und Mirela wollte einen Frischkäseaufstrich zubereiten." – „Der Frischkäseaufstrich passt perfekt zu den Wiesnbrezen!", bemerkte Tim. Diese hatte Tim vom Bäcker mitgebracht. Wiesnbrezen waren bis zu viermal so groß wie die gewöhnlichen Brezen. Sie wurden in der Regel nur während der Dauer des Oktoberfests verkauft. Es war üblich, dass man sich eine Wiesnbreze mit den Tischnachbarn teilte.

Nach dem gemeinsamen Frühstück packte Lea den Korb. Rechts am Rand stach das weißblaue Tischtuch mit dem Rautenmuster empor. Sogar die Servietten zeigten das blau-weiße Rautenmuster.

Auf der gegenüberliegenden Seite, neben dem Topf mit dem Nudelsalat, sah Tim drei Radis. Zuoberst lag die Bäckertüte mit den Wiesnbrezen. „Hast du auch an den Salzstreuer gedacht?" fragte Tim. – „Wie gut, dass du mich erinnerst." Lea verschwand nochmals in der Küche.

Tanja und Franz waren schon im Biergarten angelangt und winkten ihnen lebhaft zu. Nach der freudigen Begrüßung legte Lea das Tischtuch aus. Sie brauchten nicht lange auf Mirela und Finn zu warten. Mirela umarmte alle freudig, und Tim bemerkte ihr schweres Parfüm. Lustig baumelte Mirelas kastanienfarbiger Pferdeschwanz, als sie sich umdrehte. „Packmes!" Franz gab das Zeichen zum Aufbruch in Richtung Schänke. Franz, Finn und Tim machten sich auf den Weg, um die Getränke zu holen.

Diesmal saß Tim Tanja gegenüber. Das war ihm ganz recht, denn er hatte noch nicht viel mit Tanja geredet. Und auf Mirelas Hochzeit hatte er nur einmal mit ihr getanzt. Er erkundigte sich nach ihrer Arbeit. „Du hast es gut, du kannst mit Franz in die Betriebskantine zum Essen gehen." – „Ja, das machen wir, so oft es geht. Das Essen ist gut und preiswert. Und so eine Kantine hat noch einen Vorteil: wir haben einmal täglich ein warmes Essen. Aus diesem Grund koche ich abends in der Regel nicht mehr."

Tim beobachtete seine Banknachbarn und hörte mit, wie sich Finn und Franz unterhielten. Er war überrascht, dass Finn bestens über den Tabellenstand der Fußball Bundesliga im Bilde war. Franz war offensichtlich auch an Fußball interessiert und verfolgte am Wochenende immer die Sportberichte im Fernsehen. Tim selbst hatte seit der Geburt seiner Tochter nicht mehr viele Berührungspunkte mit Fußball. Der Kontakt zu Lukas war dadurch auch sehr locker, mehr sporadisch geworden.

Am unteren Ende der Reihe saß Mirela, in ein lebhaftes Gespräch mit seiner Frau vertieft. Seine Frau saß auf der gleichen Holzbank wie er selbst. Aus diesem Grund konnte er Lea nicht sehen, denn sie saß neben seinem Banknachbarn Franz. Mit Mirela wollte er später noch reden. Er brauchte ihren Rat, denn sie war in wirtschaftlichen Dingen durch ihr BWL-Studium prädestiniert dafür.

Nach dem Essen, als seine Frau zwischendurch ihren Platz verlassen hatte, ergriff Tim die Gelegenheit und setzte sich Mirela gegenüber auf die Bank. „Jetzt leiste ich dir Gesellschaft, Mirela." – „Ich freue mich, dass du zu mir kommst." Mit einem breiten Lächeln empfing ihn Mirela. Tim knüpfte bei der Einladung zur Hochzeit an, betonte, wie gut ihm die Feier gefallen hatte, erwähnte auch, dass er gerne noch länger mit ihr getanzt hätte. Zwei braune Augen sahen ihn intensiv an. „Ja Tim, wir beide hätten es auch noch länger miteinander ausgehalten, geht dir das auch so?" Ihm war, als strahlte ihn Mirela an, als sie das sagte. Mochte ihn Mirela? Gefiel er ihr? Tim verwarf diesen Gedanken, denn Mirelas gefühlsbetonte, manchmal etwas überschwängliche Art richtete sich an alle, denen sie sich zuwandte. Ihm war diese Art, Gefühle zu zeigen und sogar durch körperliche Gesten zu betonen, nicht unbekannt. Er hatte eine Tante, die sich genau so gab wie Mirela. Aber dass er der besondere Liebling von Alice war, der Schwester seiner Mutter, konnte er daraus nicht ableiten. Alice war zu allen so überschwänglich und herzlich, die sie traf. Das hatte nichts zu bedeuten.

Nachdem er sich nach Mirelas gesundheitlichem Zustand erkundigt hatte, kam er auf seine Überlegungen zum Ausbau des Gastronomiebereichs zu sprechen. Es dauerte nicht lange, da fragte Mirela: „Hast du eine Kostenstellenrechnung dabei?" Tim versuchte, aus dem Gedächtnis Mirela ein paar ungefähre Zahlen zu liefern, aber Mirela war damit nicht zufrieden. „Tim, ich brauche genaue Zahlen. Nur dann kann ich dir helfen. Kann ich mal bei dir im Hotel vorbeikommen? Du hast die Zahlen doch sicher bei der Hand." – „Ja, gerne. Vielleicht nächsten Freitagnachmittag?" – „Ja, das passt. So gegen drei Uhr?" – „Gerne. Drei Uhr nachmittags, nächsten Freitag." Mirela strahlte Tim an, und er sah lange in ihre braunen Augen.

In der Zwischenzeit war seine Frau zurückgekommen. Tim stand auf und machte den Platz für Lea frei. Als er auf seinen Platz zurückkehrte, hörte er noch, wie Lea von Annas erstem Schultag sprach.

Als Tim und Lea sich von den anderen verabschiedet hatten, sagte seine Frau auf dem Heimweg: „Mirela hat dich in den höchsten Tönen gelobt. Sie schwärmte förmlich von dir, was du für ein netter, umgänglicher Mann seist. Du scheinst ihr zu gefallen." – „Viel habe ich aber nicht getan. Ich habe sie um Hilfe gebeten. Mirela ist bereit, mich zu beraten und will sich im Hinblick auf die Erweiterung des Gastronomiebereichs meine Geschäftszahlen ansehen. Sie kommt am Freitagnachmittag der nächsten Woche bei mir im Hotel vorbei. Sie will sich unsere Zahlen ansehen." – „Da hast du mit Mirela sicher eine kompetente Beraterin an deiner Seite", fand Lea.

Nachdem Tim Anna abends zu Bett gebracht hatte, trugen Lea und Tim noch die Süßigkeiten und die Geschenke zusammen, die alle in Annas Schultüte verstaut werden mussten. Anna hatte als Glücksbringer für Anna ein rosa Stoffschweinchen mit blauen Augen gekauft. Tim war ganz entzückt von dem Schweinchen. „Piggy", stand auf dem Etikett. Er hielt das Schweinchen hoch und bewunderte es von allen Seiten. „Ist das ein süßes Schwein", rief er ganz begeistert. Er machte das Grunzen des Schweins nach, bewunderte es erneut von allen Seiten und trennte sich nur ungern von dem süßen Stofftier. Dann holte er das Pferdchen, das er für Annas Schultüte gekauft hatte. „Es ist süß, aber etwas groß. In diesem Fall müssen wir es ganz oben in die Schultüte legen," befand Anna. – „Ich wollte dich nicht ausstechen. Aber dein Schweinchen ist weicher und eignet sich besser zum Kuscheln." Erneut hob Tim das Schweinchen hoch und bewunderte es von allen Seiten.

68

An Annas erstem Schultag wurde das Stoffschwein der große Liebling Annas. Immer wieder hielt sich Anna ihre Piggy an die Wange. Genau so wie ihr Papa hielt sie das Schweinchen hoch und bewunderte es. Auch das Stoffpferdchen eroberte schnell Annas Herz. Doch mit in die Schule wollte Anna nur die Piggy nehmen. „Das Pferdchen ist müde. Ich lege es auf mein Bett. Dort kann es schlafen. Wenn ich wieder zurück bin, dann spiele ich mit ihm."

Als Lea am Mittwoch zu Tim in sein Hotel zum Lunch kam, ließen beide die Einschulung Annas noch einmal Revue passieren. „Das hat die Schulleitung schön gemacht. Dass zur Begrüßung der Schulchor singt, damit hätte ich nicht gerechnet," sagte Lea. „Der Empfang durch die Direktorin und den Schulchor war reizend. Und hat zum Glück nicht zu lange gedauert. Wo doch die Kinder auf ihre Lehrerin und auf ihre Banknachbarn so gespannt waren." Anna hatte Glück, sie war in ihrem Klassenzimmer nicht fremd. Sie saß neben Lara, die am gleichen Tag eingeschult wurde.

Nachdem Lea ihre Serviette zusammengelegt hatte, wurde Lea nachdenklich. „Komisch, dass wir von Carmen nichts gehört haben. Keine Glückwunschkarte zu Annas Einschulung, kein Geschenk. In unserem gemeinsamen Urlaub haben wir mehrmals über Annas großen Tag gesprochen. Das passt doch nicht zu Carmen." – „Hältst du denn noch Kontakt zu Carmen?", wollte Tim wissen. „Momentan nicht." – „Wann hast du denn das letzte Mal mit ihr telefoniert?" Lea senkte den Kopf. „Das war von deinem Büro-Apparat aus."

„Dann darfst du dich nicht wundern, Lea. Grad freundlich warst du damals nicht zu Carmen."

Tim dachte nach. „War die Freundschaft zwischen Carmen und Lea zerbrochen?" Tim wusste es nicht. Lea war jetzt mit Mirela dicke. Tim dachte bei sich selbst: „Mit Carmen bin ich durch. Carmen ist für mich ein abgeschlossenes Kapitel. Das ist Vergangenheit. Ich weiß auch, dass wir nächstes Jahr nur zu dritt in Urlaub fahren werden."

Tim gab Ettore ein Zeichen und bestellte für sich und seine Frau zwei Espressi.

Am Nachmittag vertiefte sich Tim in die Kostenstellenrechnung der letzten Jahre. Zahlen über Zahlen. Er druckte die Abrechnungen der Bar in den letzten drei Jahren aus. Und die neuesten Zahlen für die erste Hälfte des aktuellen Kalenderjahres. „Hoffentlich kann Mirela damit etwas anfangen."

Als Mirela am Freitagnachmittag an seine Türe klopfte, war er überrascht. Unter einer blauen Lederjacke trug Mirela einen beigen Pullover, der nach unten den Blick auf eine nicht mehr ganz neue Jeans freigab. Ihre Füße steckten in Sneakers. Fast war Tim etwas enttäuscht. Von seiner Frau war er einen anderen Dresscode gewöhnt, und auch Carmen war äußerst modebewusst aufgetreten. Viel selbstbewusster. Doch als er an Mirela herantrat und ihr die Hand reichte, kam ihm ein schwerer orientalischer Duft entgegen. Und Mirelas Lippen leuchteten erdbeerrot. In dieser Farbe waren auch ihre Fingernägel lackiert.

„Hallo Tim!" Mirela lächelte ihn an. „Grüß dich Mirela. Danke, dass du Zeit für mich hast." Tim nahm Mirela die Lederjacke ab und hängte sie auf einen Bügel. Der Aufhänger an der Lederjacke war ausgerissen. Offenbar war es ein altes Stück aus Mirelas Kleiderschrank. „Am besten setzen wir uns nebeneinander." Tim zeigte auf den Platz vor seinem Schreibtisch. „Ich habe dir die Zahlen der letzten zweieinhalb Jahre ausgedruckt." Mirela beugte sich über die Zahlen. Sie studierte sie und sagte lange nichts. „Hast du mal hochgerechnet, wieviel mehr Umsatz du durch die Erweiterung des Gastrobereichs generieren könntest? Um ein tragfähiges Urteil abgeben zu können, muss ich eine Kosten-Nutzen-Rechnung erstellen." Mit einem prüfenden Blick sah Mirela in Tims Gesicht. Tim nannte eine Zahl, die Mirela auf einem der Blätter notierte. Jetzt deutete Mirela auf diese Zahl und sagte mit einem kritischen Blick: „Davon gehen aber noch die Kosten ab. Willst du noch wen einstellen?" – „Eigentlich nicht." Mirela sah nochmals auf das Zahlenwerk, und urteilte dann: „So wie es jetzt läuft, arbeitest du im Gastrobereich profitabel. Ob das so bleibt, wenn du noch die Kosten für den Umbau mit einberechnest, bezweifle ich." Mirela machte eine Pause. „Um aussagekräftige Berechnungen zu prognostizieren, bräuchte ich einen Kostenvoranschlag für die Baumaßnahmen. Außerdem möchte ich mir die Räumlichkeiten ansehen und mit deinen Mitarbeitern reden, wie sie über deine Idee denken. Auch in personeller Hinsicht. Wollen wir schnell runter in die Lounge gehen?" Mirela war in Fahrt gekommen. Mirela, die Betriebswirtin. Während ihrer Ausführungen war Mirela lebendig, richtig temperamentvoll geworden.

„Das geht mir fast ein wenig zu schnell, Mirela. Aber so wie es jetzt ist, arbeite ich profitabel?" Prüfend sah Tim Mirela an. „Auf den ersten Blick ja. Ich werde mir die Zahlen mitnehmen und daheim nochmals studieren." Mirela faltete die Blätter und steckte sie in ihre Handtasche.

„Ich danke dir, Mirela. Du hast mir geholfen, sehr sogar. Ich weiß jetzt, dass ich aktuell auf der sicheren Seite bin. Du sagst, so wie es ist, arbeiten wir profitabel. Möglicherweise war das mit der Erweiterung des Gastrobereichs nur ein Traum, so eine Art Wunschgedanke. Ich bin vor allem Hotelier, und nicht Gastwirt eines Speiselokals. Wie kann ich dir eine Freude machen?" – „Indem du mit mir auf einen Drink gehst!" Mirelas Gesicht nahm einen anderen Ausdruck an. Fast etwas keck blickten ihre Augen Tim an: „Wenn du noch etwas Zeit für mich hast, das wäre schön!" Ein Lächeln beendete ihre Worte.

„Gehen wir ein paar Schritte? Ich kenne ein nettes Lokal ganz in der Nähe!" Tim half Mirela in die Lederjacke.

Ganz entspannt schlenderten Tim und Mirela in das Lokal, das er mit Carmen besucht hatte, am Beginn ihrer heimlichen Dates. Diesmal brauchte er sich nicht zu verstecken. Mirela war wie Carmen Leas Freundin. Aber Lea wusste von seiner dienstlichen Besprechung mit Mirela.

„Was darf ich dir anbieten, Mirela?" Mirela entschied sich für ein stilles Mineralwasser, und Tim bestellte einen Kaffee. Versonnen sah Mirela an Tim vorbei. Ihr Blick ging an Tim vorbei ins Leere, und sie senkte den Kopf. „Was hast du auf dem Herzen, Mirela?" – „Ich habe nur gedacht, wie lange es her ist, seit ich mit dem zu tun hatte, was ich in der Uni studiert habe. Dass ich mal um einen Rat in betriebswirtschaftlichen Fragen gebeten werde. Das hat mich traurig gemacht. Aber dass du es warst, dem ich mit meinem Wissen helfen konnte, macht mich ganz glücklich." Mirela strahlte Tim an. „Für heute hast du mich sehr glücklich gemacht, Tim. Ich danke dir von Herzen." Mirela legte ihre Hand auf die von Tim. Tims Augen blieben auf den erdbeerrot lackierten Fingernägeln haften. In Mirelas Gesicht mit den erdbeerroten Lippen kam neues Leben, und ein fröhliches Gespräch kam in Gang.

Als Tim auf die Uhr sah, stellte er erstaunt fest, dass schon zwei Stunden vergangen waren. „Darf ich dich noch zur U-Bahn begleiten?", fragte Tim. „Dann haben wir den gleichen Weg!"

Tim brachte Mirela noch zur U-Bahn, die sie zum Ostbahnhof bringen sollte. Bei der Verabschiedung bohrten sich Mirelas braune Augen in Tims Augen. „Ich schaue mir die Zahlen am Wochenende durch. Darf ich dich am Montagabend nochmals im Hotel besuchen? Ich bringe auch Zeit mit. Finn ist Montagabend im Training. Vielleicht gehen wir noch wo hin?" Verschmitzt blickte Mirela Tim an.

Tim nahm Mirela in die Arme und drückte sie an sich. Als Mirelas U-Bahn losfuhr, winkte sie ihm noch lächelnd zu.

Nachdenklich fuhr Tim nach Hause zu Frau und Kind. Er konnte seine Frau gut verstehen, dass sie sich mit der warmherzigen Mirela angefreundet hatte. Auch Tim gefiel Mirela. Es war schön, mit ihr zu reden, zu plauschen. Tim freute sich auf Montagabend mit Mirela.

Als Tim zu Hause angekommen war, empfing ihn Anna mit dem Pferdchen in der Hand. Tim war sichtlich erfreut zu sehen, dass er mit seinem Geschenk zum ersten Schultag ins Schwarze getroffen hatte. „Hat dein Pferdchen schon gefressen?" Anna schüttelte den Kopf und hielt ihrem Vater das Pferdchen hin. „Dann gebe ich ihm zu fressen." Tim hielt seine geschlossene Hand vor das Maul von Annas Liebling, so, als ob darin das Futter stecken würde. „Da – hier kommt das Fressen."

Beim gemeinsamen Abendessen erkundigte sich Lea nach dem Ergebnis des Gesprächs mit Mirela. „Mirela sieht die Erweiterung des Gastrobereichs kritisch. Sie will sich die Unterlagen mit den Zahlen zu Hause noch einmal durchsehen. Sie vermutet, dass die Kosten der Erweiterung den Nutzen übersteigen. Sie kommt am Montagabend noch einmal bei mir vorbei." – „Wie bist du denn überhaupt auf die Idee mit dem Ausbau der Gastronomie gekommen?" – „Ich hatte kürzlich Besuch von einem Kollegen von der Ausbildung. Er kam just in dem Augenblick, als jeder Tisch belegt und kaum ein Stuhl mehr frei war, mitten in der Mittagszeit. Er meinte, da ließe sich noch mehr daraus machen. In der Zwischenzeit bin ich nicht mehr überzeugt davon. Ich glaube, ich lasse die Lounge so, wie sie ist." – „Du bist Hotelier und kein Wirt, Tim." Tim legte das Besteck auf den Teller und sah Lea dankbar an. Ein zärtlicher Blick traf Leas Augen. Verliebt sah er seine Frau an. „Du stimmst mir also zu, Lea?" – „Ja Tim. Warte aber ruhig ab, was Mirela dazu sagt. Sie ist vom Fach."

Als Tim Anna die Gutenachtgeschichte vorgelesen hatte, setzte er sich zu seiner Frau ins Wohnzimmer. Es gab ein weiteres Thema, das ihn in den letzten Tagen beschäftigt hatte.

Er hatte über die alte Freundin seiner Frau nachgedacht: Carmen. War es möglich, dass zwischen den beiden Frauen seinetwegen die Eiszeit ausgebrochen war?

Für ihn war die Sache erledigt. Er hatte sich einmal in Carmen verguckt, hatte zu ihr einen persönlichen Kontakt aufgebaut, aus dem eine Hoffnung und ein Verlangen in ihm wach geworden waren, die unerfüllt blieben. Er hatte eingesehen, dass er damit in eine persönliche Sackgasse geraten war. In gegenseitigem Einvernehmen hatten Carmen und Tim entschieden, ihre persönlichen Kontakte aufzugeben.

Tim hatte sich damit abgefunden. Jetzt konnte er Carmens Namen ohne Schmerz oder Trauer aussprechen. „Was ist mit deiner Freundin Carmen? Bist du noch immer böse auf sie? Willst du gar keinen Kontakt mehr mit ihr halten?" – „Ich habe mich über dich und Carmen maßlos geärgert. Ja, ich war stocksauer auf das, was da hinter meinem Rücken ablief. Wenn ihr miteinander Schluss macht, dann kann ich vielleicht wieder einmal meine Freundin anrufen." – „Wir haben längst Schluss gemacht!", beteuerte Tim. „Wir wollen uns nicht mehr treffen. Am besten, du fragst Carmen selbst. Ruf sie einfach an!" – „Lass mir noch etwas Zeit, Tim. Ich hoffe, du siehst ein, dass ihr mich verletzt habt. Du musst mir aber auch etwas Zeit lassen, darüber hinwegzukommen."

Tim sann vor sich hin. Er hatte seinen Fehler eingesehen und sein Verhalten geändert. „Es wäre schön, wenn Lea und ihre Freundin Carmen wieder zueinander finden", dachte er. Er überlegte, wie er Lea eine Brücke zu Carmen bauen könnte, aber ihm kam kein passender Gedanke. Da fiel ihm sein Freund Lukas ein. „Ich werde Lukas wieder einmal anrufen", sagte er, auch um das Thema zu wechseln.

69

Als Tim am Montagmorgen mit der S-Bahn von Pasing in die Münchener Innenstadt fuhr, war ihm klar, dass er keine Erweiterung des Gastrobereichs in seinem Hotel anstrebte. Egal, was Mirela zu diesem Thema sagen würde. Er war trotzdem gespannt auf Mirelas Kommen.

Diesmal trug Mirela über einer weißen Bluse mit Rüschen eine Sportjacke, unter der ein modischer schwarzer Lederrock zum Vorschein kam. Sie war eleganter als am letzten Freitag. Als Tim die Türe seines Büros geschlossen hatte, umarmte sie Tim. „Wie Tante Alice", dachte er. Aus diesem Grund beantwortete er ihre Geste etwas routinemäßig. Auch diesmal empfing ihn ein schwerer orientalischer Duft. Mirela blickte zu ihm hoch. „Bist du müde?", fragte er. „Wenn ich ehrlich bin: ja. Ich bin etwas geschafft. Aber jetzt bin ich bei dir!" Mirela strahlte Tim an, und er fand in diesem Moment zum ersten Mal, dass Mirela ein hübsches Gesicht hatte. Sonst reichten ihre äußeren Reize nicht an Carmen, geschweige denn an seine Frau heran. Bei weitem nicht!

Was Mirela zu den Geschäftszahlen mitteilte, bestätigte Tims Entscheidung. Er würde keine Erweiterung des Gastrobereichs vornehmen. „Ich danke dir, Mirela. Ich stimme deinem Urteil zu." – „Was machen wir jetzt?", frage Mirela unvermittelt. Das Geschäftliche war geklärt, Mirela stellte sich auf ein paar gemütliche Stunden mit Tim ein. „Ich habe für uns zwei einen Tisch reserviert", sagte Tim und nannte den Namen eines Italieners. „Dann gehen wir!", verkündete Mirela. Die Müdigkeit war von ihr abgefallen, Mirela stand entschlossen auf und holte ihre Jacke vom Haken.

Auch heute gab ein Wort das andere, und auch während des Essens gab es keine Pausen. Vieles erfuhr Tim von Mirela, von dem er manchmal dachte: „Hat Mirela das auch Lea anvertraut?" Aber Tim stellte fest, dass er selbst auch aus sich herausgegangen war. Dabei kannten sich Tim und Mirela erst seit zwei Gesprächen besser. Das interessierte Gesicht, mit dem Mirela Tim zuhörte, ihre empathische Art, auf ihn einzugehen, öffneten Tims Herz, ohne dass er es merkte. Manchmal ruhten zwei braune Augen auf Tims Gesicht, und er fand wieder einen Faden für die Fortsetzung des Gesprächs. Als Tim die Rechnung bezahlt hatte, bedankte sich Mirela: „Danke dir Tim, das war ein wundervoller Abend." Mirela strahlte Tim an, und schloss mit bestimmten Worten: „Ich besuche dich wieder einmal im Hotel, Tim!" Auf diese Feststellung wusste Tim keine Antwort. Aber er hatte genickt, und Mirela zog ihre Schlüsse.

Am Bahnsteig umarmten sie sich nach der verbalen Verabschiedung. Lange hielt sich Mirela an Tim fest. Fast kam es Tim vor, als klammerte sich Mirela an ihn.

Auf der Heimfahrt mit der S-Bahn überlegte er, was Mirelas Umarmung auf dem Bahnsteig bedeutete. War es ein Ausdruck der Sympathie, ein Zeichen der Zuneigung, oder suchte Mirela einen Halt?

Mit einem angenehmen Gefühl ging er seiner Wohnung entgegen.

70

Tim hatte sich gegen die Erweiterung des Gastrobereichs entschieden. Mirela war zum gleichen Urteil gekommen, und das hatte er ihr beim zweiten Besuch in seinem Hotel auch kommuniziert. Damit war die Sache aus betriebswirtschaftlicher Sicht erledigt. Für Tim.

Lea telefonierte regelmäßig mit ihrer neuen Freundin Mirela. Mal meldete sich Mirela, mal rief Lea bei ihr an. Das machte sie gerne an den Abenden, an denen Finn beim Volleyballspiel war. Einmal hatte er auf dem Weg zur Toilette mitbekommen, wie Lea am Telefon zu Mirela sagte: „Tim ist dir so dankbar für deine Beratung, Mirela. Er ist froh, dass er sich gegen die Erweiterung des Gastrobereichs entschieden hat." Tim war neugierig, was Mirela dazu sagte. Er blieb im Flur stehen. Gerne hätte er ihre Antwort gehört. Dazu kam es nicht, denn seine Frau fragte als nächstes Mirela wegen eines Backrezepts.

Als Tim am Freitagnachmittag früher als sonst aus dem Hotel heimkehrte, kam ihm in der Wohnung nur seine Tochter entgegen. „Was macht die Mama?", fragte Tim. „Die telefoniert mit Carmen!" – „Oh!", machte Tim. Beginnt das Eis zu schmelzen?

Nach einer Dreiviertelstunde kam Lea zu Tim ins Wohnzimmer. Anna spielte im Kinderzimmer, und Lea setzte sich zu Tim. „Zunächst mal schöne Grüße von Carmen. Sie hat auch gefragt, wie es dir geht." – „Wer hat denn angerufen?" – „Ich habe den Anfang gemacht.

Ich habe mit Carmen geredet, auch über euch beide. Carmen hat mir alles erzählt. Ich weiß jetzt, dass ihr euch immer wieder zum Essen getroffen habt." Lea sah Tim ernst an. Er schwieg. Er überlegte: „Alles erzählt? Auch meinen Seitensprung?" Er senkte seinen Blick. Lea fuhr fort: „Dass ihr euch heimlich, hinter meinem Rücken zum Essen getroffen habt, ist nicht schön. Das finde ich hinterhältig, und dazu habe ich dir auch schon meine Meinung gesagt." Lea machte eine Pause: „Außerdem: ich wäre doch gerne mitgekommen zum Essen, Tim!" Herausfordernd blickten zwei große blaue Augen in Tims Gesicht.

Lea war aufgestanden und rückte an Tims Seite. Sie legte ihren Arm auf Tims Knie. „Wenn du mir versprichst, das nie mehr zu tun, bin ich bereit, einen Schlussstrich zu ziehen. Ich vergebe dir. Kannst du mir versprechen, dich nicht mehr mit Carmen hinter meinem Rücken zu treffen?" – „Ja Lea, ich verspreche dir, ich verabrede mich nicht mehr mit Carmen hinter deinem Rücken."

„Bist auch du mit Carmen im Reinen?", fragte Tim. „Ja Tim. Ich habe auch Carmen verziehen. Carmen hat allerdings durchblicken lassen, dass du derjenige warst, der sie immer wieder eingeladen hat. Sie hat dich auch mehrmals gefragt, was ich zu euren heimlichen Treffen wohl sagen würde. Sie hat dich wiederholt daran erinnert, dass du mit mir verheiratet bist. Stimmt doch?" Leas blaue Augen fixierten Tim. „Ja Lea, das stimmt. Zwei oder drei Mal sogar." Tim sank nach hinten in die Lehne des Sofas.

„Vergib, Lea. Es tut mir leid."

Als Lea in die Küche gegangen war, um die Platte für das Abendessen zu herzurichten, blieb Tim wie gelähmt auf dem Sofa sitzen.

Lea wusste (fast) alles. Ein kleines Geheimnis blieb zwischen Carmen und Tim bestehen. Da er mit Carmen Schluss gemacht hatte, war es nur noch eine schöne Erinnerung. Eingebrannt in sein Herz.

Tim staunte. Carmen hatte ihre gemeinsame Episode nicht bemäntelt oder schöngeredet. Sie stand dazu. Sie war ehrlich. Carmen war nicht nur eine fesche, quirlige und unternehmungslustige Blondine, sie war auch ein geradliniger und ehrlicher Mensch.

Tim wünschte sich Klarheit. Er ging in die Küche zu seiner Frau. „Seid ihr wieder Freudinnen?", wollte Tim zum Abschluss wissen. „Ja Tim." Und mit einem breiten Lächeln blickte ihn Lea an. „Carmen fragt, ob wir uns wieder einmal in der Stella Bar zum Tanzen treffen wollen? Wir drei!" Tim musste erst schlucken, so sehr war er überrascht. „Wann würdest du denn am liebsten in die Stella Bar wollen?" – „Ich werde Carmen den Samstag der nächsten Woche vorschlagen. Vorher rede ich noch mit der Mama von Lara, wegen des Schlüssels. Ist dir das auch recht?" – „Ja, Lea. Sehr. Ich freue mich, wieder einmal mit dir zu tanzen."

71

Tim war froh, dass sich seine Frau mit Carmen ausgesprochen hatte und dass die Freundschaft zwischen Carmen und Lea wieder zum Leben erwachte. Guter Dinge und innerlich gelöst ging er der neuen Arbeitswoche entgegen. Er war auch erleichtert, dass er sich nicht mehr mit Fragen im Zusammenhang mit der Umgestaltung des Gastrobereichs herumschlagen musste. Mirela hatte ihm attestiert, dass die Bar und der Restaurationsbetrieb profitabel arbeiteten. Er überlegte, ob er Mirelas Prüfung und ihr abschließendes Urteil der Geschäftsleitung in der Konzernzentrale mitteilen sollte. Ihm lag allerdings kein schriftlicher Bericht Mirelas vor, und deswegen verzichtete er darauf. Die gestiegenen Einnahmen sprachen bereits eine deutliche Sprache. Der Geschäftsbericht und der Jahresabschluss des Hotels würden dies mit Zahlen belegen.

Als Tim am Donnerstagnachmittag in seinem Büro eine kurze Pause machte, fiel ihm der kommende Samstagabend ein. Mit Lea in der Stella Bar. Und mit Carmen. Er fasste einen Vorsatz. „Ich werde mich ganz an Lea halten. Mit ihr bin ich verheiratet!"

Er beugte sich wieder über die Zeitschrift des Fachverbandes Hotel. Da läutete das Telefon. Chiara meldete sich. „Ihr Termin kommt jetzt zu Ihnen rauf." – „Danke, Chiara." Verdutzt hängte er ein. Da klopfte es schon an seiner Türe, und Mirela trat gut gelaunt in sein Büro. „Ich bin dein Termin!" Fast wäre Tim erschrocken.

Rasch stand er auf und ging Mirela entgegen. Mit einem eingeübten Lächeln begrüßte er Mirela und nahm ihr die Lederjacke ab. „Was führt dich zu mir?", kam über seine Lippen. Kaum hatte er diese Frage in den Raum gestellt, da tat es ihm leid. Mit dieser geschäftsmäßigen Frage empfing er Antonio vom Facility Management oder Ettore, den Barkellner. Aber Mirela war die Busenfreundin seiner Frau, und mit Mirela hatte er auf ihrer Hochzeit getanzt. Verlegen suchte er nach einer Entschuldigung. „Entschuldigung, Mirela, ich war gerade so in die Lektüre versunken. Welche Überraschung!" Um seinen Fauxpas wieder gutzumachen, machte er einen weiteren Schritt auf Mirela zu und nahm sie in den Arm. Diesmal war das Parfüm leichter, fast frühlingshaft. Mirelas braune Augen sahen zu Tim auf, und Mirela sagte: „Ich sehe, die Überraschung ist gelungen!" Sie zwinkerte Tim zu. „Hast du eine Stunde für mich?"

Tim war auf dieses Wiedersehen nicht vorbereitet. Leas Vorwürfe wegen der heimlichen Treffen mit Carmen waren ihm noch sehr gegenwärtig. Auf der anderen Seite war ihm Mirela nicht unsympathisch. Sie war eine angenehme Gesprächspartnerin, der er auch persönliche Gedanken anvertrauen konnte. Sie war im dritten Monat schwanger und würde bald Mutter von Zwillingen sein. Er wollte nicht unhöflich sein. Er sah die Tüte in Mirelas Hand. „Hast du Einkäufe in der Stadt gemacht?" – „Ja. Und ich wollte dich besuchen." – „So ganz zufällig ist Mirela nicht hier. Sie wollte mich sehen!", dachte Tim. Das hinterließ gemischte Gefühle in ihm.

„Darf ich dir in der Bar etwas anbieten?" – „Ja, gerne." – „Komm, gehen wir zum Lift."

Als er neben Mirela stand und auf den Aufzug wartete, dachte er bei sich: „Die Hotelbar ist eigentlich nicht der richtige Ort für ein privates Beisammensein, wo jeder uns beide sehen kann." – „Warte, Mirela, ich hole noch deine Jacke." Er ließ Mirela stehen und kehrte um. Als Tim zurückkam, sagte er: „Ich kenne ein nettes Lokal, vorne, bei der U-Bahn." Mirela nickte und ging neben ihm her. „Ist Finn wieder beim Volleyball?" – „Ja, wie jeden Donnerstag- und Montagabend." Sie erreichten das Café in der Nähe des U-Bahnhofs. „Grüß Gott Herr Gerling!", mit diesen Worten wurde er beim Betreten der Gaststätte gegrüßt. „Heute geht alles schief!", dachte Tim. Er half Mirela, sich zu setzen, hängte ihre Lederjacke auf und nahm ihr gegenüber Platz.

Als Tim in Mirelas Gesicht blickte, stellte er fest, dass ihr Gesicht etwas runder, weicher geworden war. Tims Augen studierten Mirelas Gesicht, während sie die Karte las. Es sah weiblicher, zarter aus. Und Tim gestand sich ein, dass ihm Mirela jetzt besser gefiel…

Mirela bestellte eine heiße Schokolade, und Tim Mineralwasser. Tim griff nach seinem Handy. „Wen willst du jetzt anrufen?" – „Ich sage Lea nur, dass ich dich getroffen habe und dass es etwas später wird." Mirela streckte ihre Hand aus. Mirelas erdbeerrot lackierten Fingernägel zeigten in Tims Richtung. Sie legte ihre Hand auf Tims Hand. „Nicht doch Tim. Wegen einer halben Stunde! Das brauchst du deiner Frau nicht auf die Nase zu binden. Wenn ich ausgetrunken habe, kannst du mich zur U-Bahn begleiten." Verschwörerisch zwinkerte ihm Mirela zu. „Nächstes Mal komme ich eine Stunde früher!" Mirela machte eine Pause. Nachdem sie einen Schluck getrunken hatte und die Tasse wieder abgestellt hatte, sah sie Tim ernst an. „Überleg dir mal, wie ich dich beruflich unterstützen kann. Sicher gibt es Zahlen in deiner Buchhaltung, die wir uns mal zu zweit ansehen können." – „Danke für dein Angebot, das ist sehr nett."

Nachdem Tim die Rechnung bezahlt hatte, hörte er Mirela sagen: „Ich bin ja so froh, dass ich mit dir reden kann. Du bist ein echter Freund für mich geworden!" Und Mirela strahlte Tim an. Tim konnte sich Mirelas Schmeichelei nicht entziehen, und er bedankte sich für ihr Kompliment mit den Worten: „Ja Mirela. Dass wir uns getroffen haben und uns so gut verstehen!" Das war ehrlich. Genau das hatte Tim in diesem Augenblick gedacht, gemeint und gesagt.

Als er vor Mirela auf der Rolltreppe stand, dachte Tim: „Hoffentlich habe ich jetzt nicht noch Öl ins Feuer gegossen!"

Bei der Verabschiedung auf dem Bahnsteig umarmten sie sich wie beim letzten Mal. Wieder sah Mirela zu Tim auf, als sich ihre Arme voneinander lösten. Mirelas Gesicht war nahe an Tims Gesicht, und ihm war es fast, als böte Mirela ihm ihre roten Lippen zum Kuss dar. Sie trennten sich ohne weitere Zärtlichkeit. Mirela stieg in die U-Bahn ein und verschwand im Wageninnern.

Auf der Fahrt mit der S-Bahn nach Pasing grübelte Tim über die Bedeutung dieses Besuchs. Mirela hatte beim letzten Besuch angedeutet, dass sie ihn wieder einmal im Hotel besuchen wollte. Heute war sie gekommen. Da sein Hotel nicht an der Ladenzeile lag, war der Umweg zum Hotel nur aus einem persönlichen Motiv zu erklären: Mirela hatte Tim treffen wollen. „Sie wird wieder kommen. Das mit dem Blick in die Geschäftsbücher ist nur ein Vorwand. Ich kann mir zwar vorstellen, dass sie mich gerne unterstützt, wenn ich sie als Betriebswirtin um ihren Rat bitte. Das schmeichelt ihr vielleicht sogar, wenn ich sie um ihre Hilfe, um ihren Rat bitte. Sie hat ja BWL studiert und ist dadurch vom Fach. Aber der gemeinsame Blick in die Bücher ist doch nur ein Vorwand, Zeit mit mir zu verbringen.“ Tim sinnierte vor sich hin.

Das erste Mal in seinem Leben hatte jemand ihm das Angebot gemacht, ihm in seinem Beruf zu helfen, zur Seite zu stehen. Lea erkundigte sich zwar täglich nach Neuigkeiten. „Gibt es was Neues bei dir“, fragte sie fast jeden Abend. Aber dieses Neue konnte ein neues Kleid Slavicas sein, eine Kaffeemaschine, die streikte und repariert werden musste oder eine große Reisegruppe aus Spanien, die durch ihr lautes Reden und ihr Temperament die Hotelhalle in den Ausnahmezustand versetzt hatte. Oder eine Vase mit Rosen, die das Zimmermädchen hatte fallen lassen. Das fiel für Tim unter die Rubrik Klatsch und Tratsch. Berichtete Tim über die wirtschaftlichen Probleme seines Betriebs, hörte Lea zwar zu, fragte aber nicht nach. Doch, Lea stieg schon zu, wenn es um einen neuen Kredit ging. Das berührte die Geschäftsinteressen ihrer Bank, die mit der Vergabe von Krediten Geld machte. Aber fremdes Geld löste nicht immer die betrieblichen Probleme eines Unternehmens, das hatte man im Verlauf der Corona-Pandemie gesehen. Blieben die Gäste aus, löste fremdes Geld nicht das strukturelle Problem des Hotels. Schulden konnten auch in den Bankrott führen.

Kurz vor der Einfahrt in den Pasinger Bahnhof war für Tim nur das eine klar: „Heimlichkeiten wie bei Carmen will ich mit Mirela nicht hinter dem Rücken meiner Frau. Auf gar keinen Fall!" Als er die letzten Schritte zu Fuß zu seiner Wohnung zurücklegte, dachte Tim fröhlich: „Am Samstag gehe ich mit Lea tanzen." Ja, an seine Frau wollte er sich halten. Er liebte sie noch immer. Vielleicht sogar mehr, seit sie ihm die Geschichte mit Carmen verziehen hatte.

72

Beim Frühstück am Samstagmorgen sprachen Tim und Lea über den gemeinsamen Abend in der Stella Bar. „Der Papa wird dir abends eine Gutenachtgeschichte vorlesen. Sie ist ganz, ganz lang, viel länger als die gestern." Lea beugte sich zu Anna. „Papa und ich gehen heute Abend mit Carmen tanzen. Aber du bist ja ein großes Mädchen und brauchst keine Angst zu haben." – „Kommt Carmen wieder einmal zu mir zum Spielen?", wollte Anna wissen. Tim und Lea sahen sich an. „Aber gewiss, Schatz!", antwortete Lea. „Möchtest du noch ein Hörnchen?" Anna schüttelte den Kopf. „Wenn du ausgetrunken hast, dann geh ins Bad." - „Darf ich Enti spielen?" – „Aber ja!"
    Anna glitt von ihrem Stuhl und ging in Richtung Bad.

„Stell dir vor, Lea, Mirela war am Donnerstag auf ihrem Stadtbummel kurz bei mir." Überrascht sah Lea von ihrer Sesamsemmel auf. „Sie hat vorher eingekauft und hat zum Abschluss des Stadtgangs noch kurz bei mir reingeschaut. Sie hat mir Hilfe beim Finanzplan angeboten." – „Davon hat sie mir am Telefon nichts erzählt." - „Siehst du, darum erfährst du das jetzt von mir. Kann sein, dass wir uns die Zahlen mal zu zweit ansehen." – „Dann kommt sie noch einmal zu dir?" – „Ja. Aber wir haben nichts vereinbart. Ich muss sie erst anrufen." – „Dann mach das ruhig. Jetzt hast du eine Frau vom Fach bei der Hand, das ist doch gut."

Tim hatte für sich überlegt, den Termin so zu legen, dass Lea zum Abschluss der Besprechung zustoßen könnte. Auf einen Drink zu dritt. Leas Arbeitsplatz war fußläufig vom Hotel entfernt. Doch das brachte er noch nicht zur Sprache.

Carmen hatte sich sichtlich auf ein Wiedersehen mit Lea gefreut. Sie war aufgesprungen und Lea entgegengelaufen, als sie mit Tim auf die hintere Ecke des Clubs zugingen. Sie umarmte Lea und hielt sie länger in ihren Armen. Tim wurde per Handschlag begrüßt, und das war ihm so ganz recht. Als die beiden Freundinnen sich auf der Sitzbank niedergelassen hatten, begann sogleich eine angeregte Unterhaltung. Tim konnte nicht hören, worüber die beiden sich unterhielten. Amüsiert beobachtete er die heitere Stimmung, die Lea und Carmen erfasst hatte. Gedankenverloren überließ er sich den Rhythmen der Musik. Er tanzte vergnügt mit Lea. Zu Carmen hielt er zurückhaltend Abstand. Doch die blonde Freundin seiner Frau ließ das nicht gelten. Mit einer Bewegung ihres Kopfes forderte Carmen Tim zum Tanz auf.

Da es recht laut war, folgte Tim Carmen, als sie zum Rauchen nach draußen ging. „Ich bin froh, dass ihr wieder miteinander Kontakt habt.", sagte Tim, als sich Carmen die Zigarette anzündete. „Darüber bin ich auch froh. Wir sind doch Freundinnen. Und Lea ist dir nicht mehr böse?" – „Nein. Sie hat mir die heimlichen Essen mit dir verziehen." Tim machte eine Pause. „Das andere bleibt unser Geheimnis?" Fragend sah er in Carmens Gesicht. „Unbedingt. Ist besser für uns alle." – „Dann soll es ein Geheimnis bleiben." Carmen nickte und blies den Rauch aus.

Tim sah nachdenklich zu Boden. „Schicke Schuhe hast du, Carmen. Ich habe immer wieder festgestellt, dass du bei Schuhen einen exquisiten Geschmack hast." – „Nur bei Schuhen?" Carmen sah Tim mit großen Augen an. „Nein, in allem." Tim lächelte. „Sie ist immer noch äußerst attraktiv!", dachte Tim.

Zurück in der Disco, forderte Tim Lea auf. Es wurde ein langer, inniger Tanz. Heute zog Tim seine Frau an sich und drückte sie fest an sich, als ihr letzter gemeinsamer Tanz zu Ende ging. Ein inniger Kuss krönte den Abschied von der Tanzfläche.

Auf der Heimfahrt in der U-Bahn setzte sich Lea neben Tim und lehnte ihren Oberkörper an Tims Schulter. Das tat Lea in der Öffentlichkeit selten. Zu Hause angekommen, fragte Tim: „Wollen wir noch etwas kuscheln?" Lea umarmte Tim wortlos und zog ihn danach ins Schlafzimmer. Und sie hatten Sex.

73

Tanja hatte sich mit ihrer Freundin Mirela verabredet. Sie war neugierig zu hören, wie es in der jungen Ehe von Mirela und Finn ging. Sie saßen in einem italienischen Lokal und hatten Pizza bestellt. „Erst mal schöne Grüße von Franz. Er bedauert, dass die Biergartensaison zu Ende ist." – „Das geht mir auch so", ergänzte Mirela. „Ich habe die Zeit zu sechst im Biergarten immer sehr genossen. Die lockere, heitere Atmosphäre, das Sitzen im Freien, einfach herrlich. Und ich konnte mein Dirndl tragen. Ob das jetzt noch geht, weiß ich nicht." Mirela sah an sich nach unten auf ihren Bauch und lächelte. „Freut sich Finn auf die Zwillinge?" – „Ja sehr. Ich glaube, er ist schon aufgeregt und fiebert der Geburt entgegen, mehr als ich das tue. Aber er gibt das nicht zu. Er gibt sich entspannt und cool. Aber er ist sehr in Sorge um mich. Er achtet sehr darauf, dass ich mich schone. Am liebsten würde er mich auf Schritt und Tritt begleiten. Dabei arbeite ich ja noch Vollzeit. Der Mutterschutz beginnt bei mir erst im neuen Jahr."

„Und wie war das am Anfang eurer Ehe, als du noch nicht schwanger warst, wie habt ihr das mit Beruf und Haushalt geregelt?" Tanja löcherte Mirela. „Wie du ja weißt, haben wir eine Zugehfrau. Darauf hat Finn bereits am Anfang unserer Ehe bestanden. Die Kosten dafür hat er immer voll übernommen, wie auch die Miete und sämtliche Nebenkosten. Und ich habe Glück: Finn kauft auf dem Heimweg vom Finanzamt gerne ein. Ich kann ihm am Dienstag und am Freitag immer einen Einkaufszettel mitgeben. Er trägt die Sachen im Rucksack nach

Hause. Und jeden zweiten Samstagvormittag fahren wir zu zweit zum Großeinkauf." – „Ich sehe, das ist bei dir und Finn alles gut durchstrukturiert", bemerkte Tanja anerkennend. „Franz hat es nicht so mit Besorgungen auf dem Heimweg. Aber wenn wir mit dem Auto in den Großmarkt fahren, da kauft er gerne auch Vorräte ein. Auch Lebensmittel, als ob eine Hungersnot bevorstünde. Ich sage dann an der Kasse gerne: heute haben wir wieder eingekauft wie vor Weihnachten, aber Franz sagt dann immer, dass sich die Fahrt in den Großmarkt nur auf diese Weise lohnt!"

Tanja fragte Mirela nach Finns Engagement in der Volleyballmannschaft. „Bist du nicht traurig, dass du an zwei Abenden der Woche allein bist?" – „Ja, daran habe ich mich bis heute noch nicht so ganz gewöhnt. Zwei Abende ohne Finn! Er geht ja direkt vom Büro in das Training, und wenn er abends vom Training kommt, ist er jedes Mal müde und geht bald ins Bett. Kürzlich hat mich Tim im Hotel gebraucht, wegen einer betrieblichen Sache. Da war ich froh, dass ich am Donnerstagabend den Rücken frei hatte und Zeit für Tim hatte." Tanja sah Mirela von der Seite mit einem fragenden Blick an. „Tanja, du magst Tim, das ist mir neulich schon im Biergarten aufgefallen. Habe ich nicht recht?" – „Ja Tanja, das ist ein wirklich netter Mann. Man kann gut mit ihm reden." Tanja lächelte süffisant. Sie kannte ihre Freundin Mirela und wusste, dass sie nicht nur sehr kontaktfreudig und eine gute Zuhörerin war, sondern in ihren Beziehungen auch anstrengend, fordernd sein konnte. Mirela etwas abzuschlagen, ihr gegenüber nein zu sagen, war manchmal schwierig. Mirela reagierte verletzt, wenn man ihr den Willen nicht ließ, wenn man ihr etwas abschlagen wollte. Oft ließ Mirela ein Nein nicht gelten, das mussten auch Menschen erfahren, die sie in ihr Herz geschlossen hatte. Tanja fasste ihre Erfahrungen mit Mirela in einer Frage zusammen: „Du bist also gerne bei Tim." – „Ja, ich bin gerne mit Tim zusammen." – „Und was sagt Lea dazu?" – „Sie hat keinen Grund, eifersüchtig zu sein. Diesen Grund werde ich ihr nicht liefern!" Das hatte Mirela mit Bestimmtheit gesagt.

Tanja führte das Weinglas zu den Lippen. Mirela dachte: „Tim ist reizend, aber wenn er nur nicht so zugeknöpft, so verklemmt wäre. Hat er bei der Verabschiedung am Donnerstag nicht gemerkt, wie sehr ich mich über einen Kuss von ihm gefreut hätte?"

„Und du bist mit Franz immer noch glücklich?", wollte nun Mirela wissen. „Ja Mirela, es ist wie am ersten Tag, wir sind immer noch sehr verliebt. Schade nur, dass er so viele Überstunden machen muss. Was ich gut finde sind unsere Ausflüge an den Wochenenden. Franz sagt, er kann draußen in der freien Natur herrlich abschalten und auftanken. Manchmal machen wir auch eine Radtour." – „Oh!", rief Mirela, die nicht so sportlich war.

Bevor sich die Freundinnen verabschiedeten, schlug Tanja ein gemeinsames Essen mit ihren Biergartenfreunden in der Adventszeit vor. In einem Lokal zum Essen. „Dann kannst du Tim wiedersehen!", spitzte Tanja. „Ich glaube nicht, dass ich so lange auf Tim warten kann!", dachte Mirela für sich.

Auf dem Heimweg überlegte Mirela, wann sie Tim wieder treffen könnte. „Wir haben vereinbart, dass wir uns vorher telefonisch absprechen. Vielleicht ist es besser, wenn ich Tim die Initiative überlasse. Ich werde ihm Zeit lassen. Vielleicht freut er sich schon auf ein Wiedersehen. Er hat mir bestätigt, dass er froh ist, dass er mich kennengelernt hat."

74

Graues Novemberwetter mit Nebel und Nieselregen legten einen Grauton über Stadt und Land. Mit dem Schirm in der Hand machte sich Tim auf den Weg zur Bushaltestelle. Den Weg von der Haustüre bis zum Bushäuschen zu Fuß legte er gerne zurück, doch mit hochgeschlagenem Mantelkragen und dem Schirm in der Hand machte ihm das keine Freude.

Die Sanierung der Bäder war abgeschlossen, und im Hotel war es wieder ruhig. Die Buchungszahlen für Advent und die Feiertage stiegen nur langsam. Die Auslastung der Zimmer war mau. „Zum Glück geht diese Periode auch vorüber", dachte Tim.

Drei Wochen waren seit Mirelas Besuch vergangen. „Wohl oder übel muss ich mich bei Mirela melden. Sie hat mir ihre Unterstützung angeboten, und ich reagiere nicht darauf. Das ist unhöflich."

Tim hatte mit seiner Antwort auf Mirelas Angebot gezögert. Er wusste nicht recht, welche Zahlen Mirela sich ansehen wollte. Ihm war auch kein strukturelles oder finanzielles Problem seines Hotels bewusst. Ein dumpfes Gefühl in ihm sagte: Mirela will noch etwas anderes als nur helfen. Er vertagte die Entscheidung. „Nächste Woche melde ich mich bei Mirela."

Es war seine Frau, die ihn beim Abendessen mit der Frage überraschte: „Hast du inzwischen einen Termin für die Besprechung mit Mirela vereinbart?"- „Wie kommst du jetzt drauf?" - „Mirela hat mich am Telefon gefragt, ob du krank seist! Das habe ich verneint. Mirela war erleichtert zu hören, dass du gesund bist. Sie geht davon aus, dass du sie bald anrufst. Sie lässt dich herzlich grüßen." Tim verzog den Mund. „Hat Mirela mich jetzt durch meine Frau am Angelhaken?" Er schüttelte den Kopf. „Warum schüttelst du den Kopf?" - „Ich muss mich auf dieses Treffen erst vorbereiten." Das war weit hergeholt. Tim wusste nicht, was für betriebswirtschaftliche Fragen er mit Mirela besprechen sollte. Ihm wurde klar, dass er selbst der Inhalt des Termins war. Mirela wollte ihn wiedersehen. Das konnte er seiner Frau aber nicht sagen.
    „Hör zu, Tim. Ich telefoniere nachher noch mit Mirela wegen eines Rezepts. Sobald ich fertig bin, gebe ich dir das Handy. Dann kannst du mit ihr deinen Termin vereinbaren." Tim gab sich geschlagen. Er nickte nur stumm. „Zwei Freundinnen und ein Ehemann", so könnte der Titel der Geschichte lauten, dachte Tim.

Mitten im Tatort, es war schon kurz nach neun, brachte Lea Tim ihr Handy ins Wohnzimmer. Tim stand auf, ging auf seine Frau zu und nahm das Handy entgegen. Er zog sich in das Arbeitszimmer zurück. Nach den gemeinsamen Plänen des Paares war dieses Zimmer ursprünglich für das zweite Kind reserviert gewesen. Mittlerweile war es eine Mischung aus Bügel- und Arbeitszimmer geworden. Es gab dort auch einen Schreibtisch, an dem Anna gelegentlich, auf einem dicken Kissen sitzend, gemalt hatte. Da Lea diesen Raum ausgiebig für ihre langen Telefonate mit Carmen und Mirela nutzte, hatte Tim dem Zimmer den Spitznamen „Konferenzzimmer" verpasst. „Grüß dich Mirela", sagte er trocken. „Geht es dir gut?" – „Ja, danke. Mir geht es sehr gut." Mirela kam gleich zur Sache. „Wann sehen wir uns?" - „Was möchtest du von mir haben?" Tim hörte, wie Mirela kicherte. „Ein paar Zahlen kannst du mir auch zeigen."

„Gut. Was ist mit Donnerstagnachmittag, nach 5 Uhr?" – „Ausgezeichnet. Ich freue mich auf dich." – „Schön, Donnerstagnachmittag, nach 5 Uhr. Ich stelle ein paar Häppchen in den Kühlschrank. Und einen alkoholfreien Sekt. Tschüss."

„Viel habt ihr einander aber nicht zu sagen gehabt", spitzte seine Frau, als Tim eine Minute später wieder das Wohnzimmer betrat. Das stimmte. So wortkarg war Tim sonst nicht. Seine Telefonate mit Carmen hatten regelmäßig eine halbe Stunde gedauert. Vom Büro aus. Damals.

Tim teilte seiner Frau den Termin mit und erwähnte auch, dass er Mirela im Hotel ein paar Häppchen anbieten wollte. „Rechne am Donnerstag der nächsten Woche erst nach neun Uhr mit mir."

75

Mirela stand vor ihrem Kleiderschrank. „Was soll ich anziehen, wenn ich zu Tim gehe?" Sie entnahm dem Kleiderschrank einen kurzen schwarzen Lederrock mit einem Schlitz an der Seite. „Der hätte im Sommer noch gepasst. Und dazu schwarze Netzstrumpfhosen mit Spitzen." Enttäuscht hängte Mirela den schwarzen Minirock wieder in den Schrank. Daneben hing ein rotes Lederkostüm. „Schick!", befand Mirela. Leider passte der Rock nicht mehr, er war Mirela zu eng geworden. „Nächstes Jahr wieder. Hoffentlich kann ich meine Figur halten."

Nach einer weiteren Anprobe stellte Mirela überrascht fest, dass das dunkelrote Dirndl noch passte. Das mit den Rüschen und den Spitzen. „Und darüber ein Seidentuch mit Fransen. Wenn ich das Tuch ablege, kommt mein Busen zur Geltung. Dann gefalle ich Tim bestimmt." Keck drehte sich Mirela vor dem Spiegel zur Anprobe um die eigene Achse. Warf sogar einen Blick über die Schulter in Richtung Spiegel. Mirela lächelte glücklich. Sie gefiel sich selbst im Spiegel. Zum Glück war Finn schon in die Arbeit gefahren. Er hätte sich über diese Modenschau mitten unter der Woche gewundert. Kostümproben unter der Woche waren sonst allenfalls zu Zeiten des Oktoberfests angesagt.

Mirela ging in die Küche, setzte sich kurz hin und trank ihren Kaffee aus. „Hoffentlich ist Tim heute etwas zugänglicher. Aber er scheint Zeit für uns einzuplanen. Sonst würde er keine Häppchen vorbereiten. Und auch keinen Sekt kaltstellen."

Mirela zog ihren Mantel an und machte sich gutgelaunt auf den Weg an ihren Arbeitsplatz. In ihrer Handtasche hatte sie das Fläschchen mit der schweren orientalischen Duftnote verstaut.

Auch Tim bereitete sich auf Mirelas Besuch in seinem
Arbeitszimmer vor. Er hatte einige Dateien mit relevanten
statistischen Werten gefunden. Sogar einen Auszug aus
der Kostenstellenrechnung des ersten Halbjahres hatte
er ausgedruckt. Diesmal wollte er sich nicht bei der Arbeit überraschen lassen. Deshalb schloss er sein Büro ab,
fuhr mit dem Aufzug in das Erdgeschoß und setzte sich
nach einem kurzen Schwatz mit Chiara in die Lounge. Es
wurden lange Minuten des Wartens. Tim war auf Mirelas
Kommen gespannt. Trotz des geschäftlichen Anlasses unterschied sich seine Stimmung von jener, die ihn sonst vor
wichtigen Geschäftsterminen erfasste. Er wartete nicht
auf eine externe Beraterin, sondern auf Mirela. Die beste Freundin seiner Frau, mit der er auf ihrer Hochzeit
getanzt hatte, die ihn im Biergarten angestrahlt hatte.

Mirela hatte das Hotel betreten. Tim stand auf und ging
langsamen, fast bedächtigen Schrittes auf Mirela zu. Als
sie Tim sah, lächelte Mirela ihn an. „Willkommen in
meinem Reich, Mirela!" Jetzt lächelte Tim seine Besu-
cherin an, und sie gaben sich die Hand. „Hallo Tim, ich
freue mich!"- „Ganz meinerseits."
Als sie Tims Büro erreicht hatten, nahm Tim Mirela
den Mantel ab und hängte ihn auf. „Oh, das schöne
Dirndl!", rief er. „Komm, setzen wir uns in die Bespre-
chungsecke." Tim holte die Auszüge, die er für Mirela

vorbereitet hatte. „Willst du mal drüber schauen? Ich mache derweil den alkoholfreien Sekt auf." Mirela vertiefte sich in die Zahlen. Nach einer kurzen Weile meinte sie: „Die Kostenstellenrechnung des ersten Halbjahres kenne ich schon. Ich habe mir die Zahlen der untersten Zeile beim letzten Mal gemerkt." – „Donnerwetter", dachte Tim. „Respekt!" Mirela legte die Blätter neben die Sektgläser auf den Tisch. „Wollen wir nicht erst anstoßen? Ich habe mich so auf dich gefreut!" Mirelas braune Augen ruhten auf Tim. Sie griff nach ihrem Sektglas und reichte Tim das andere Glas. Mirela beugte sich vor und prostete Tim zu. Auch Tims Augen ruhten einen Augenblick in Mirelas Augen. Ihre braunen Augen strömten eine Ruhe und eine innere Wärme aus, die Tim noch nie in den Augen einer Frau gesehen hatte. Ihm wurde ganz wohl ums Herz. Er atmete Mirelas schweres Parfüm ein. Als er seine Augen senkte, glitt sein Blick über den spitzenverzierten Ausschnitt auf Mirelas pralle Brüste. „Du hast dich heute besonders hübsch gemacht, Mirela!", hörte er sich sagen. Mirela öffnete ihre Lippen, dann sagte sie: „Ja Tim, für dich." Mirela strahlte Tim an und beugte ihren Kopf hinüber zu Tim. Ihre erdbeerfarbenen Lippen öffneten sich und fanden Tims Mund. Als sich ihre Zungen trafen, begrüßten sie sich freudig. Ein leidenschaftlicher, langer Kuss folgte. Mirela stand auf und setzte sich auf Tims Schoß. Sie umschlang ihn und hielt ihn innig fest. Tim überließ sich seinen Gefühlen. Er begann, ihre Wangen, ihren Hals und ihre Brust mit Küssen zu überschütten. Mirela stand wieder auf und umarmte Tim, der seine Hände über Mirelas Rücken nach unten gleiten ließ. Mirela öffnete Tims Gürtelschnalle und machte sich an seiner Hose zu schaffen. Tim merkte, wie sein Glied steif wurde. Tims Hose fiel zu Boden. Mirela hob ihren Rock und setzte sich auf die Tischplatte, die Hände nach hinten abgestützt. Das linke Bein stützte Mirela auf dem Stuhl ab, das andere Bein nahm Tim in seinen Arm. Mirela lehnte sich zurück und bot Tim ihren Schoß dar. Tims Glied drang in Mirela ein. In rhythmischen Bewegungen kamen beide zum Höhepunkt. Mirela stöhnte vor Glück und hatte ihre Augen geschlossen.

Nachdem sie den Höhepunkt erreicht hatten, verharrten sie in enger Umarmung. Mirelas Atem kitzelte Tims Hals. Tim erlebte die Wärme und die Geborgenheit, die Mirela ihm schenkte. Er spürte ein Gefühl von Sicherheit, das er noch nie erlebt hatte.

Wieder sahen sie sich in die Augen. Ihre Lippen trafen sich, und das Spiel ihrer Zungen war wie von Feuer. „Ich liebe dich", hauchte Tim. „Ich dich auch."

Ihre Körper lösten sich. Tim zog die Hose wieder hoch, und Mirela rutschte von der Tischplatte auf den Boden und strich ihre Dirndlschürze glatt. Wortlos setzten sie sich auf die Couch. Mirela lehnte ihren Oberkörper an Tims Schulter.

Mirela drehte ihren Kopf und sah Tim in die Augen. Verschwörerisch sagte Mirela: „Ich sehe schon, ich werde dich noch öfters beraten müssen!" Zwei braune Augen ruhten in Tims Augen. Wieder ergriff Tim das Gefühl der Wärme und Geborgenheit in Mirelas Nähe.

Tim stand auf, holte die Sektgläser und schenkte nach. „Ich hole dann mal die Häppchen", sagte er und ging zum Kühlschrank. Beide kosteten die Leckerbissen, die Tim am Marienhof geholt hatte. Mit Appetit griff Mirela zu. „Du hast einen guten Geschmack, Tim!" Über diese Anerkennung freute sich Tim.

Als Mirela sich frisch machen ging, überlegte er sich eine Strategie. „Ich gebe Mirela die ausgedruckten Seiten mit. Sie soll sie daheim studieren. Nächsten Donnerstag werten wir das Ergebnis aus." So wollte er das Lea vermitteln. „In der Öffentlichkeit müssen wir vorsichtig sein." Wieder hatte Tim ein Geheimnis. Er sprach auch mit Mirela über die neue Situation. „Ja Tim, wir haben uns gefunden. Das ist wunderschön. Du bist für mich das größte Geschenk, das ich je bekommen habe. Und dieses Geschenk möchte ich für immer behalten."

Tim erschrak, als er diese Worte hörte. Mirelas Worte klangen ernst. Jetzt nickte Mirela mit dem Kopf. Ihr Gesicht war von einem feierlichen Ernst. Ja, Mirela wollte Tims Liebe.

Es war erst kurz nach sieben. Tim schlug Mirela vor, zu zweit zur U-Bahnstation zu gehen. Bei der Verabschiedung am Bahnsteig fiel es beiden schwer, die Umarmung zu lösen. Ihr Kuss war heiß und innig. „Bis zur Auswertung. Nächsten Donnerstag, gleicher Ort, gleiche Zeit." Mirelas braune Augen blickten Tim an. Wieder nickte Mirela zur Bekräftigung mit dem Kopf.

„Schön, dass du schon da bist!" Mit diesen Worten empfing ihn Lea, seine Frau. „Wo ist Anna?" – „Sie ist im Bad und putzt gerade die Zähne." Tim freute sich. Er konnte Anna noch die Gutenachtgeschichte vorlesen!

„Seid ihr jetzt fertig?" Mit diesen Worten holte ihn Lea zurück aus seinen Träumen, als sie vor dem Fernseher saßen. Tim hatte den Krimi nicht mitverfolgt. Er war in Gedanken bei Mirela. „Womit fertig?" – „Du und Mirela!" Nein, Tim und Mirela waren miteinander nicht fertig. Ihre Liebe hatte erst begonnen…

„Die Zahlen habe ich Mirela mitgegeben. Sie will sie zu Hause in Ruhe studieren." – „Dann könnte ich dich am Freitag im Hotel abholen? Du wolltest doch mit mir noch nach einem neuen Mantel schauen." – „Ja, gerne. Freitag passt perfekt."

76

Versonnen saß Tim in der S-Bahn und fuhr am Montagmorgen in die Arbeit. Er hatte am Wochenende viel nachgedacht.

Vor über zehn Jahren hatte er Lea in der Kreditabteilung der Bank kennengelernt. Die ernste junge Frau mit den langen schwarzen Haaren und den blauen Augen hatte ihm gefallen. Er hatte sich in sie verliebt, er wollte sie haben und er hatte sie erobert. Er wollte sie zur Frau nehmen und Lea hatte seinen Heiratsantrag angenommen. Sein Werben war mit Erfolg gekrönt gewesen.

Nach dem ersten, zufälligen Treffen in der Stella Bar, als er auch auf Carmen gestoßen war, hatte er sich in kleinen Schritten an Lea herangewagt. Er war unsicher, ob er die zurückhaltende junge Frau für sich gewinnen würde. Und doch hatte er es am Ende geschafft.

Lea hatte sich für Tim geöffnet, hatte ihm ihr Vertrauen und dann ihr Herz, ihren Körper und ihr Leben geschenkt. Sie beantwortete seine Liebe mit Zärtlichkeit und schenkte ihm widerspruchslos ihren Körper, wenn sie miteinander schliefen. Er war der aktive, der nehmende Teil, Lea der passive, der gebende, schenkende Teil. Tim hatte Lea an sich gezogen, sie zu seiner Frau gemacht. Tim hatte Lea für sich gewonnen.

Wie anders war Mirela! Schon auf ihrer eigenen Hochzeit mit Finn hatte sie ihm ins Ohr geschmeichelt. Sie hatte ihn umworben, hatte mit ihren Reizen auf sich aufmerksam gemacht, hatte Tim ihren erdbeerroten Mond zum Kuss dargeboten. Mirela hatte Tim an sich gezogen, und Tim hatte sich auf Mirela eingelassen.
Mirela, die beste Freundin seiner Frau, hatte Tim erobert. Für sich selbst. Sie begehrte Tim.

Mit Mirela war es genau umgekehrt gewesen, als es bei Lea gewesen war.

Gemischte Gefühle machten sich in ihm breit. Eine zweite Frau war in sein Leben getreten. Ein neues Geheimnis galt es zu bewahren, und neue Heimlichkeiten standen ihm, dem verheirateten Mann, bevor. Und die Verbindung zu Carmen hatte er erst kürzlich abgebrochen.

Tim runzelte die Stirne. Er war ratlos. Er liebte Lea, seine Frau. Er liebte seine Tochter Anna, und er wollte seine Ehe auf keinen Fall auf das Spiel setzen. Aber er hatte in Mirelas Armen etwas verspürt, was er noch nie erlebt hatte: das Gefühl einer tiefen Geborgenheit, einer Sicherheit, die ihm guttat. Mirela war ein Mensch, der in sich selbst ruhte und der eine große Selbstsicherheit ausstrahlte. Ihr Urteil, um das Tim sie in betriebswirtschaftlichen Fragen gebeten hatte, war treffsicher und fundiert gewesen. Auch in privaten Dingen gab sich Mirela selbstbewusst und sicher. Wenn Mirela sagte: „Ja Tim, so ist es", dann kam das aus Mirelas Mund mit einer Sicherheit und einer Gewissheit, dass Tim keinen Grund hatte, zurückzufragen oder gar das Urteil in Frage zu stellen. Oder duldete Mirela keine Widerrede? Bis jetzt hatte Tim Mirela noch nicht widersprochen.

Bei seiner Frau stellte er gelegentlich Fragen, wenn Lea etwas vertrat. Nicht aus Skepsis oder Misstrauen, sondern um ihre Argumente zu erfahren und sie besser zu verstehen.

Bei Carmen war das wieder anders gewesen. Carmen bewahrte in ihren Äußerungen eine vornehme Zurückhaltung. Was Carmen sagte, hörte sich eher wie eine Überlegung, wie ein Rat oder wie eine Empfehlung an. Carmen fiel es nicht schwer, sich zurückzunehmen und dem anderen zu seinem Recht zu verhelfen. „Carmen hat die seltene Gabe, sich selbst nicht allzu ernst zu nehmen. Ihre Heiterkeit, ihre Fröhlichkeit und Gelassenheit macht sie zu einem glücklichen Menschen. Und diese Fröhlichkeit steckt andere an." Auch nach der Trennung von Carmen fiel Tim kein einziger Streit mit Carmen ein. Mit der fröhlichen Blondine mit den tief liegenden blauen Augen konnte man schwer streiten.

Der Zug erreichte den S-Bahnhof Marienplatz und Tim musste aussteigen. Als er sein Hotel erreichte, schob er seine Überlegungen zur Seite. „Am Donnerstag kommt Mirela zur Beratung, und am Freitag kaufe ich meiner Frau einen neuen Wintermantel." Frohgemut begann er die neue Arbeitswoche. Erst ging er zu Slavica, und als er sie begrüßt hatte und ihren Arbeitsplatz verließ, sah er seitlich an ihren Beinen hinunter. Slavicas lange Beine steckten in einem schwarzen Minirock.

Auch diesmal empfing Tim Mirela in der Lounge. Diesmal trug sie ein weites Umstandskleid. Tim fiel auf, dass ihre Beine in roten Stiefeletten steckten. Wieder leuchteten ihre Lippen erdbeerrot. Tim lächelte Mirela an und sah in ihr strahlendes Gesicht, als er ihr die Hand gab. Den Kuss und das Spiel ihrer Zungen holte das Paar in Tims Büro nach. Eine innige Umarmung folgte, und Tim genoss die Geborgenheit, die Mirelas Körper ihm mitteilte.

Es dauerte nicht lange, und ihre Körper vereinigten sich. Wieder hatte Mirela ihren Rock hochgehoben und sich auf die Platte des Schreibtisches gesetzt und sich hinten auf ihren Händen abgestützt. „Ich werde sehen, dass wir in Zukunft ein Zimmer für uns nutzen können", sagte Tim halb entschuldigend. Mirela lachte. „Aber Tim, ich finde es ganz lustig so, hier auf deinem Schreibtisch."

Als sie am Couchtisch sitzend Brotzeit machten, sagte Mirela: „Ich möchte öfters mit dir reden können. Am Telefon." – „Ja, das geht schon. Meine Büronummer

hast du ja." - „Und am Wochenende, bin ich dann ganz
ohne dich?" Mirela sah ihn fragend an. Tim dachte nach.
Seine eigene Handynummer wollte er Mirela ungern geben. „Mirela ist zu ungestüm. Sie ruft mich dann an,
wenn ich zu Hause bei meiner Familie bin. Das stellt
uns beide am Ende bloß." Tim schürzte die Lippen, dann
meinte er: „Ich lass mir etwas einfallen."

Tim wurde sachlich. „Danke, Mirela, für deine Unterstützung, für die kompetente Beratung. In betriebswirtschaftlicher Hinsicht sehe ich jetzt klarer." – „Gern
geschehen. Was uns zwei betrifft, sehe ich jetzt auch klarer." – „Wie meinst du das, Mirela?" – „Ich unterstütze
dich in betriebswirtschaftlichen Dingen gerne auch weiterhin. Wenn du Fragen hast, kannst du jederzeit zu mir
kommen. Aber du führst dein Hotel sicher und mit Erfolg. Das haben mir deine Zahlen gezeigt. Du brauchst
mich als Frau mit betriebswirtschaftlichen Kenntnissen
wahrscheinlich nicht mehr." Mirela machte eine Pause.
Sie trank einen Schluck alkoholfreien Sekt. Als Mirela
das Sektglas abgestellt hatte, wandte sie ihr Gesicht Tim
zu. Die braunen Augen Mirelas fixierten Tim. „Aber ich
brauche dich, Tim." Mirela war aufgestanden und hatte
sich neben Tim gesetzt. Sie legte ihren Arm um Tim und
küsste ihn. Lange spielten ihre Zungen miteinander. „Ich
brauche dich, Tim."

Etwas verunsichert durch diesen unerwarteten Besitz-
anspruch aus Mirelas Mund, hielt Tim dagegen: „Aber
du hast doch einen Ehemann, Finn." Mirela warf ihren
Kopf nach hinten. Ein Lächeln erschien auf ihrem Gesicht. „Ja, ich bin Finns Frau. Ich liebe Finn und bleibe

bei Finn. Ich schenke ihm zwei Kinder, die ich mit Finn großziehen werde. Aber seit ich mit dir auf meiner Hochzeit getanzt habe, bist du hier drin." Mirela legte ihre Hand auf ihre Brust. Mit einem breiten Lächeln strahlte sie Tim an. „Ich liebe dich, ist das nicht schön für dich?"

77

Lea hatte sich vor einer Woche mit Mirela verabredet. Sie wollten sich bei dem kleinen Italiener in unmittelbarer Nähe ihrer Bank treffen. Doch Mirela war nicht allein gekommen. Sie brachte Tanja mit.

Während des Essens war das Gespräch auf Mirelas betriebswirtschaftliche Beratung von Tim im Hotel gekommen. Tanja hatte daraufhin mehrmals ihre Blicke zwischen den Köpfen Leas und Mirelas hin und her schweifen lassen. Als dann Mirela auf die Toilette gegangen war, hatte Tanja Lea angespitzt. „Ist dir nicht aufgefallen, wie Mirela von deinem Tim spricht? Dein Mann scheint Mirela sehr zu gefallen."

Vom Gift der Eifersucht befallen, war Lea nach dem gemeinsamen Pizza-Essen nach Hause gefahren. Sie grübelte, ob sich zwischen Mirela und Tim etwas anbahnte wie damals mit Carmen. „Bloß nicht schon wieder!" Resigniert und beunruhigt war Lea vor einer Woche nach Hause zurückgekehrt.

Lea liebte Tim sehr. Aber der Gedanke, dass es neben ihr noch eine weitere Frau gab, die Tims Gefühle weckte, war für Lea unerträglich. Sie wollte nicht die zweite Geige in Tims Leben spielen.

Heute Donnerstag hatte Lea Anna die Gutenachtgeschichte vorgelesen. Aber ihre Gedanken waren weder bei der Geschichte noch bei ihrer Tochter. „Gute Nacht, Schatz!"

Sie setzte sich in die Sitzecke ihres Wohnzimmers. „Wann kommt er denn heute nach Hause? Hoffentlich sind diese Besprechungen mit Mirela bald vorbei." Da hörte sie, wie Tim die Wohnungstüre öffnete. „Wir sind durch. Beratung beendet. Keine weiteren Termine mit Mirela. Na, was sagst du dazu!" Lea war aufgestanden und trat an Tim heran. Sie küssten sich.

Als Tim neben Lea im Wohnzimmer saß, sagte er: „Jetzt brauche ich Mirela nicht mehr um ihren Rat bitten. Deswegen kommt sie nicht mehr zu mir ins Hotel." Lea lächelte entspannt und bemerkte: „Jetzt bist du sicher froh, dass die Besprechungen abgeschlossen sind." Tim sah zu Boden. „Die Besprechungen sind vorbei. Das andere hat erst begonnen", dachte er.

„Willst du dich wieder mal mit Carmen treffen?" – „Ja, vielleicht nächste Woche. Ich werde sie Samstagvormittag mal anrufen." – „Ich ginge ganz gern auch wieder mal in die Stella Bar." – „Mal sehen."

Am späten Montagnachmittag rief Tim Mirela an. „Wie schön, dass du an mich denkst. Du machst mich überglücklich, Tim!" Mirela war ein gefühlsbetonter Mensch. Sie hatte nicht nur starke Gefühle, sie zeigte diese auch, verbal und körperlich. „Ja, ich muss oft an dich denken, Mirela. Es war so schön am Donnerstag." – „Das kannst du wieder haben, Tim. Ich kann auch mal in der Mittagszeit."

Tim überlegte. Schließlich sagte er: „Vielleicht Montagmittag nächste Woche." – „So lange lässt du mich warten? Aber Tim!" Der erste Teil des Satzes hörte sich wie ein Vorwurf an. Der zweite Teil eher wie Schmeichelei. Es entstand eine Pause. Mirela ließ nicht locker. „Vielleicht geht ja wieder Donnerstag?" – „Nein, Mirela, am Donnerstag möchte ich pünktlich nach Hause gehen. Ich rufe dich aber am Mittwoch oder Donnerstag wieder an." – „Fein. Und den Montagmittag halten wir mal fest. Ich komme gegen halb eins. Ich mache dann länger Mittag im Büro. Dann haben wir für beides Zeit. Ich liebe dich!" Mirela hängte ein, ohne auf Tims Zusage zu warten.

Obwohl er sich etwas überrumpelt fühlte, freute sich Tim auf Mirela. Mirela hatte Tim erobert. „Jetzt gehöre ich ihr!", dachte er.

Tim griff nach dem Generalschlüssel. Er wusste, dass es früher in der obersten Etage unter dem Dach Einzelzimmer für das Personal gegeben hatte. Diese Zimmer waren kleiner als die Einzelzimmer für Hotelgäste. Sie standen jetzt leer, denn keiner der Angestellten wollte an seinem Arbeitsplatz, im Hotel, auch zur Nacht bleiben. Das wäre zwar finanziell attraktiv, fand aber bei den Angestellten keine Gegenliebe. Für die Stunden mit Mirela brauchte er einen Rückzugsort. Er verließ sein Büro und ging zum

Aufzug. Er hätte nie gedacht, dass er je in seinem Leben ein Liebesnest bauen würde. Dieser Gedanke schmeichelte ihm fast ein wenig. Voller Neugierde fuhr er in die sechste Etage.

Bereits das zweite Zimmer schien diesen Ansprüchen zu genügen. Auf dem Bett lag eine beige Decke. „Die tun wir zur Seite. Einen Bettbezug finde ich draußen in einem der Schränke", dachte Tim. Eine Toilette mit Nasszelle war auch vorhanden. Schräg vor dem Bett stand ein Tischchen mit einem Sessel. „Ich hole mir im Nachbarzimmer einen zweiten Sessel."

Nachdem er den Sessel im Nachbarzimmer geholt und das Bett bezogen hatte, setzte er sich auf den Sessel. „Noch eine Flasche alkoholfreien Sekt und Mirela kann kommen."

Abends, in der S-Bahn auf dem Weg nach Hause, war der schelmische Stolz über das vorbereitete Liebesnest verflogen. Gewissensbisse plagten Tim. „Ich spiele Lea vor, dass ihre beste Freundin vorübergehend meine Beraterin war. Dass diese Beziehung geschäftlich war und der Kontakt jetzt zu Ende ist. In Wirklichkeit habe ich ein Liebesnest für Mirela und mich vorbereitet. Was, wenn Mirela sich verplappert oder unser Verhältnis auf andere Weise auffliegt? Wird Lea mir meine Untreue je verzeihen?"

Die andere Frage, die Tim umtrieb, war die, wie ernst Mirela es mit ihm meinte. „Auch heiße Gefühle können erkalten. Wie ist es möglich, dass sich Mirela auf ihrer eigenen Hochzeit in mich verliebt? Das spricht doch charakterlich massiv gegen Mirela! Was findet sie an mir? Wie ist sie gerade auf mich gekommen? Sie hat doch einen grundehrlichen, fleißigen Mann, der sich auf die werdende Familie freut und zu ihr hält? Eine gemeinsame Zukunft hat sie mit Finn, ihrem Mann, aber die kann ich ihr nicht bieten. Von meiner Familie werde ich mich nie trennen, so sexy und verführerisch kann gar keine Frau sein! Das möchte ich weder Lea, noch meiner Tochter antun. Niemals lasse ich mich wegen Mirela scheiden."

Ein mulmiges Gefühl beschlich Tim. „Das ist doch brandgefährlich, was ich da anfange. Was denken die Zimmermädchen, wenn sie feststellen, dass das Bett in einem leeren Zimmer benützt wird? Am Ende machen sie mir darüber noch Meldung und fragen, was zu tun ist?"

In Gedanken versunken trippelte er seiner Wohnung entgegen. Seine Grübeleien verflogen erst, als Anna mit ihrer Piggy ihm entgegenlief.

78

Am Montagmittag hatte sich Mirela verspätet. Mehr als zehn Minuten. Gegen Ende dieser Wartefrist hatte Tim gedacht: „Vielleicht bleibt mir das alles erspart." Doch Mirela suchte ihn auf. „Ich bin neugierig!", hatte sie während der Fahrt mit dem Aufzug geflüstert.

Als sie das kleine Zimmer betreten hatten, zog Mirela Tim an sich und küsste ihn. Der Kuss war lange und innig. Tim wurde von einem intensiven Gefühl der Zärtlichkeit, ja der Hingabe an Mirela ergriffen. Ihre Umarmung sagte ihm: „Jetzt gibt es nur noch uns zwei!" Tim musste sich eingestehen: „Ja, ich liebe Mirela, ich fühle mich bei ihr geborgen. Es ist schön, mit ihr zusammen zu sein." Tim fühlte sich ganz von Mirelas Liebe umfangen.

Er nahm Mirela den Mantel ab, schenkte den alkoholfreien Sekt ein und prostete Mirela zu. „Auf uns!"

Ein inniger Blick verband beide. Mirela umfing mit ihren Armen Tim und hauchte ihm ins Ohr: „Es ist so herrlich, dass ich dich habe."

Sie zogen sich aus, und in wilder Erregung führte sie die körperliche Lust zum Höhepunkt. Mirela hielt Tim mit ihren Armen fest umfangen.

Lange lagen sie noch nebeneinander. Tim atmete Mirelas schweres Parfüm ein. Mirelas Atem kitzelte ihn.

Als sie wieder auf den kleinen Sesseln sitzend sich zuprosteten, sagte Mirela mit einem bewundernden Blick: „Ein schönes Nest hast du für uns gebaut." Tim lächelte. „Ein echtes Liebesnest", dachte er.

Lange schwiegen sie. Tim durchbrach das Schweigen: „Sag mal Mirela, was hat dich für Finn eingenommen? Wie hast du gemerkt, dass er der richtige Mann ist, dass du ihn zu deinem Mann haben möchtest?"

„Nach langer Zeit hatte ich über eine Dating-Plattform endlich wieder Glück. Finn ist solide, ehrlich, fleißig, wollte Kinder. Er war mir auf Anhieb sympathisch. Und ich war bald 37. Ich musste zuschlagen." – „Liebst du ihn noch?" – „Ja Tim. Ich liebe ihn noch. Aber du gefielst mir auf Anhieb. Ich habe mich bei unserem gemeinsamen Tanz auf der Hochzeit in dich verliebt. Und du bist jetzt meine große Liebe." Zur Bekräftigung war Mirela aufgestanden und legte ihre Arme um Tim. Tim empfing die körperliche Wärme Mirelas und den Duft ihres schweren Parfüms. Sie küssten sich.

Bei der Verabschiedung, noch in ihrem kleinen Nest, betonte Mirela: „Bis nächsten Montag. Aber vielleicht besuche ich dich schon am Freitagmittag." Wieder fanden ihre Lippen zueinander, und ihre Zungen spielten lange miteinander.

79

Vierzehn Jahre später

Jetzt waren auch die mündlichen Abiturprüfungen vorbei. Eine Last war von Anna abgefallen. Sie hatte sich lange und gründlich auf die verschiedenen Prüfungen vorbereitet. Wie oft hatte sie ihren Freundinnen Leonie und Sophie einen Korb gegeben, wenn diese am Wochenende mit ihr ausgehen wollten! „Nachher, wenn die Prüfungen vorbei sind, dann gehe ich mit euch wieder in die Disco!", hatte Anna entschieden. Obwohl sowohl Leonie als auch Sophie ebenfalls vor den Abiturprüfungen standen. Auch für ihren Freund Ben hatte Anna kaum Zeit übrig. Die Strebsamkeit und ihr Pflichtbewusstsein hatte Anna von ihrer stillen Mutter geerbt. Tim, ihr Vater, war auch während seiner Prüfungszeiten zum Fußballspiel gegangen. Tim hatte für sein Leben einen eigenen Wahlspruch, über den Anna den Kopf schüttelte. „Das eine tun und das andere nicht lassen." Nach diesem Motto hatte er oft gelebt. Als Ehemann und Geliebter. Gelegentlich hatte er in der Liebe sein Herz auch anderen Frauen zugewandt. Und ihnen nicht nur sein Herz geschenkt.

Jetzt stand Anna in der Schlange vor dem Zimmer eines Mitglieds des Direktorats. In wenigen Minuten würde sie erfahren, ob sie die Abiturprüfung bestanden hatte. Und einen Auszug mit den einzelnen Abiturnoten in ihren Händen halten.

Alle in Annas Familie waren davon ausgegangen, dass Anna das Abi bestehen würde. Aber keiner hatte mit einem Notendurchschnitt von 1,7 gerechnet! Als Anna den Ausdruck ihrer Noten in der Hand hatte, konnte sie dies selbst nicht glauben. Doch, oben stand ihr Vorname und auch ihr Familienname. Sie hielt ein brillantes Abiturzeugnis in den Händen. Zunächst nur als Vorabdruck.

Schon stand Leonie neben ihr und guckte neugierig von der Seite auf Annas Ausdruck. „Oh! Kompliment!", entfuhr es ihr. Anna war froh, dass Sophie nicht danebenstand. Sophie hätte bestimmt gerufen: „Du Streberin!" Obwohl dieses Prädikat eine Seite Annas zutreffend beschrieb, hörte Anna das nicht gerne. Ja, sie war strebsam und fleißig, wie sie es an ihrer Mutter beobachtet hatte.

Vielleicht waren es auch die Gene, die zu ihrem Erfolg beitrugen. Aber es gab noch jemanden, der auf die junge Frau einen prägenden Einfluss ausübte: Carmen. Die fröhliche, unternehmungslustige Freundin ihrer Mutter hatte Anna beeindruckt. Carmen arbeitete hart und konzentriert in ihrem Beruf. Gleichzeitig war sie offen für die schönen Seiten des Lebens. Ihre Fröhlichkeit verriet: es ist schön zu leben! Carmen hatte Anna von ihrer Arbeit berichtet und mit ihr über die wichtigsten Dinge des Lebens gesprochen. Carmen war zu Annas Mentorin geworden.

An das gemeinsame Ballspiel mit Carmen in Torremolinos und Rethymno konnte sich Anna nicht mehr erinnern. Sie wusste davon aus Erzählungen ihres Vaters Tim. Aber es hatte auch später Urlaube zu viert, mit Carmen gegeben. Und Carmen hatte sich Anna in vielen Gesprächen immer wieder zugewandt. In der Oberstufe des Gymnasiums hatte Carmen Anna sogar einmal auf eine Städtereise nach Paris eingeladen. Als sie Kind war, hatte Carmen mit Anna Ball gespielt. Als Anna heranwuchs, hatte Carmen ihr von ihrer Arbeit erzählt, aus ihrem Leben berichtet. Und sie hatte ihre eigenen Überzeugungen in vielen Gesprächen an Anna weitergegeben. „Die wichtigste Person in deinem Leben bist du selbst, Anna. Die Art, wie du über dich selbst denkst, ist der Schlüssel zu einem erfüllten und glücklichen Leben. Selbstachtung, Selbstwertschätzung und Selbstliebe sind enorm wichtig. Die Art, wie du mit dir selbst umgehst, bestimmt auch dein persönliches Glück.“

Carmen war überzeugt, dass jeder Mensch seit der Geburt reich beschenkt ist. „Du hast so viele großartige Gaben und Begabungen in dir, die du nur entdecken musst. Du bist etwas ganz Besonderes, Anna, etwas Einmaliges." Oder sie lehrte Anna: „Denke jeden Morgen, wenn du wach bist, was dir alles geschenkt wird: die Liebe deiner Eltern, ein warmes Zuhause, Gesundheit, genug zu essen und alle deine Fähigkeiten. Danke Gott dafür. Wenn du Dankbarkeit empfindest, fühlst du dich beschenkt, reich. Und mache jeden Tag zu einem Fest."

Erst kürzlich hatte ihr Carmen auf eine Glückwunschkarte geschrieben: „Dankbarkeit und Freude sind die Grundlagen für ein erfülltes Leben!"

„Ich will Mama und Papa berichten. Aber zuerst rufe ich Carmen an!" Anna griff nach ihrem Handy.

„Gratuliere Anna. Das hast du gut gemacht. Dein Einsatz hat sich gelohnt. Ich freue mich mit dir! Das müssen wir feiern. Hast du heute Abend Zeit?"

Carmen lud Anna zum Essen in ein kleines Lokal ein. „Ich komme gerne. Jetzt rufe ich noch meine Eltern an." – „Liebe Grüße von mir."

80

Carmen war wieder ein fester Bestandteil ihrer Familie geworden. Sie würden sich auch alle bei der Zeugnisverteilung und auf der Abiturfeier treffen. Für Tim war Carmen mittlerweile wie eine ältere Schwester mit großer Lebenserfahrung. Mit Carmen führte er ernste Gespräche. Ohne sexuelle Hintergedanken. Und Carmen war Leas beste Freundin geblieben.

Leas Freundschaft mit Mirela war an dem sexuellen Verhältnis ihres Mannes mit Mirela zerbrochen. Tims amouröse Liaison hatte über zwei Jahre Bestand gehabt. So lange war das geheime Liebesnest in der sechsten Etage des Hotels Best Stay unentdeckt geblieben. Kurz vor und lange nach der Geburt der Zwillinge war das Zimmer im sechsten Stockwerk für Stunden der Liebe allerdings leer geblieben. Aber Mirela war es gelungen, Tim wiederholt zu sich zur Mittagszeit einzuladen. In ihre Wohnung nach Ramersdorf. Aber Mirela bot Tim nichts zum Essen an. Verführerisch in Reizwäsche gekleidet, zog sie Tim an sich und bot ihm ihren Körper dar. Weder an Parfüm noch an Nagellack oder Lippenstift hatte Mirela gespart. Tim genoss die körperliche Liebe einer Frau, die ihn immer wieder zu sich rief und nur ungern gehen ließ.

Finn hatte im Finanzamt sehr regelmäßige Dienstzeiten. Er glaubte an die Liebe seiner Frau und sah keinen Grund, an ihrer Treue zu zweifeln. Er Liebte Mirela und war ihr treu. Doch wie oft empfing Mirelas Vagina Tims Glied in den Mittagsstunden...

Es war ein Taschentuch ihres Mannes mit seinen Initialen, das Tims sexuelles Verhältnis zu Mirela auffliegen ließ. Dieses hatte Mirela ihrer Handtasche entnommen, als sie bei einem Treffen mit Lea in einem Straßencafé saß. Sie hatte niesen müssen und wollte sich schnäuzen.

Lea erschrak, als sie in den Händen Mirelas ihr Geschenk an Tim entdeckte. Sie erstarrte vor Schreck. Danach wurde sie resolut und verlangte mit lauter Stimme von Mirela Rechenschaft.

Mirela hatte den Fragen Leas nicht standgehalten und die Fortsetzung ihrer Kontakte zu Tim eingestanden. Auf die empörte Frage Leas: „Schläft Tim etwa mit dir?", hatte Mirela den Kopf gesenkt und geschwiegen. Daraufhin war Lea auf der Stelle aufgestanden und hatte Mirela zurückgelassen. Lea war zutiefst verletzt und maßlos enttäuscht. Schon in der S-Bahn brach sie in Tränen aus. Sie konnte sich nicht vorstellen, dass sie von den beiden Menschen, die ihr am nächsten standen, so schamlos hintergangen wurde. Dabei war es nicht die körperliche Seite, die Seitensprünge ihres Mannes, die ihr zusetzten, sondern der schamlose Vertrauensbruch. Durch Tim, ihren Ehemann. Und durch ihre Freundin Mirela.

Auf den Krach, den sie Tim bereitet hatte, floh dieser für zwei Wochen aus der ehelichen Wohnung und übernachtete während dieser Zeit im „Liebesnest". Für Tim folgten deprimierende Abende in dem kahlen Zimmer, ganz allein, ohne Geliebte…

Nach drei Wochen bot Lea ihm die Hand zur Versöhnung. Lea verzieh Tim und er schwor Besserung. Er brach den Kontakt zu Mirela vollständig ab. Reumütig kehrte er wieder in die eheliche Wohnung in Freiham zurück. Jetzt wollte er nur noch für Lea und Anna da sein.

81

Beschwingt betrat Anna die kleine Pizzeria, in die Carmen sie zur Feier des Tages eingeladen hatte. „Ich gratuliere dir, Anna. Herzlichen Glückwunsch zu deinem hervorragenden Abitur. Dein Fleiß ist belohnt worden!" Die beiden Frauen umarmten sich.

Als sie dem Kellner ihre Bestellung aufgegeben hatten, sagte Carmen: „Wie du ja weißt, bin ich mit deinen Eltern schon sehr lange eng befreundet. Deine Mutter kenne ich schon seit meiner Ausbildung bei der Bank. Wir sind schon als Lehrlinge am Freitagabend manchmal zum Tanzen gegangen. Als deine Mutter in der Kreditabteilung ihre Stelle angetreten hatte und in Dachau eine Wohnung fand, ist sie nach den Discoabenden zu mir gekommen und hat bei mir übernachtet. Wir haben viel Schönes gemeinsam erlebt, auch nach deiner Geburt. Und jetzt gehöre ich fast schon zu eurer Familie. Ich finde das einfach toll!" Carmen strahlte Anna an. „Diese Freundschaft ist mir heilig!" Carmen dachte bei sich: „Und du, Anna, bist für mich wie eine Tochter." Stattdessen sagte sie: „Und jetzt sind wir zwei Freundinnen geworden, siehst du das auch so?" – „Ja, Carmen, du bist meine Freundin."

Carmen griff nach Annas Händen. Lächelnd sah sie in Annas Gesicht. „Und ich möchte dir noch ein Geschenk machen, Anna. Ich möchte mit dir für eine Woche ans Mittelmeer fliegen. Eine Woche, nur wir beide. Das Ziel bestimmst du!" – „Danke, Carmen. Du bist so großzügig!" Anna strahlte vor Glück.

Während der Vorspeise erzählte Anna von Ben, ihrem Freund. „Er hat das Abi auch bestanden. Gottlob! Denn das sah nicht immer danach aus." – „Dann gehst du sicher bald wieder mit ihm tanzen?" – „Ja, schon morgen!" Anna strahlte, wurde aber bald wieder ernst. Das fiel Carmen auf. „Ist etwas mit Ben, das dir Sorgen bereitet?" Anna lächelte. „Sorgen nicht gerade. Aber es ist schade." Anna berichtete, dass Ben sich noch nicht für ein Studium entscheiden wollte. Oder konnte. „Er will sich einfach nicht entscheiden. Er sagt, dann ist er festgelegt und verliert seine Freiheit." – „Das ist bei jeder Entscheidung so. Wenn du A sagst, kannst du nicht gleichzeitig B sagen", bemerkte Carmen trocken. „Jede Wahl schließt andere Möglichkeiten aus. Dafür kannst du dich aber ganz auf dein Studienfach fokussieren, für das du dich entschieden hast. Wenn du dein Studienfach annimmst und dich mit neugierigem Interesse, ja mit Liebe in dein Studium vertiefst, wirst du es leichter haben. Du hast nach einer Entscheidung, die du getroffen hast, den Kopf wieder frei."

Anna fuhr fort: „Ben will erst mal was vom Leben haben. Von der Welt sehen, wie er das nennt. Ich kann und will das das nicht, ich werde mich für ein Studium entscheiden und mich dann immatrikulieren. Im Herbst werde ich Studentin!" Stolz blickte Anna Carmen an.

Nach einer Pause ging Anna aus sich heraus. „Weißt du, dass er jetzt neun Monate Work and Travel macht und nach Neuseeland fliegt, dass wir lange getrennt sein werden, ist das eine. Aber ich bin mir nicht sicher, ob wir zusammenpassen. Er ist mir zu sprunghaft, zu unverbindlich. Das stört mich an ihm." – „Es ist gut, dass du merkst, dass dich das stört. In deinen Gefühlen solltest du auch dir selbst gegenüber immer ehrlich sein. Es wäre leichtsinnig, in der Verliebtheit darüber hinwegzusehen."

Beide schwiegen eine Weile.

Carmen sagte nachdenklich: „Liebe ist schenken und empfangen. Einen Menschen kannst du nur mit ganzem Herzen lieben, wenn du ihn annimmst, so wie er ist. Du wirst Schönes, Großartiges an dem geliebten Menschen entdecken, aber auch Unvollkommenheit, Schwächen. Wenn du diesen Menschen liebst, kannst du auch seine Schattenseiten, seine Marotten, sogar seinen Egoismus mit einem Lächeln akzeptieren, wenn du einsiehst: diese Seiten gehören auch zu ihm. Er ist so, und ich liebe ihn, so wie er ist! Ich liebe ihn um seiner selbst willen. Wenn du merkst: dieser Mensch ist einmalig! Es ist ein Wunder, dass wir zueinander gefunden haben. Ich bin dankbar, dass er bei mir ist. Und es macht mich glücklich, wenn er mit mir den Weg durch das Leben gehen will. Dann kannst du auch Zukunftspläne mit diesem Menschen schmieden."

Anna hatte in Carmens Gesicht gesehen und ihre Worte in sich aufgenommen.

„Jetzt kannst du auch verstehen, warum Mirelas Liebe zu deinem Vater gescheitert ist, warum sich beide wieder getrennt haben, trotz ihrer Gefühle, die sie füreinander entwickelt haben. Mirela hat deinen Vater genommen, weil er ihr gefiel, und sie wollte ihn besitzen, weil sie ihn brauchte. Gewiss haben sie schöne Stunden miteinander verbracht. Mirela hat deinen Vater in ihrer besitzergreifenden Liebe umfangen. Aber das machte ihn unfrei. Keiner der beiden war in ihrer Beziehung zueinander frei. Fordern und besitzen haben mit wahrer Liebe nichts gemein. Fordern und besitzen sind Kategorien des Rechts! So denken Juristen, aber nicht Menschen, die das Geheimnis der Liebe verstanden haben." Carmen machte eine Pause.

„Ich finde es schön, dass deine Eltern wieder zueinander gefunden haben. Sicher bist du, Anna, auch froh darüber. Deine Mutter hat unbewusst geahnt, worauf es in der Liebe ankommt, und sie hat alles richtig gemacht. Dein Vater konnte lange nicht sehen, was für ein großartiger Mensch deine Mutter ist. Er suchte bei anderen Frauen Glück und Geborgenheit. Das hat er dort nicht gefunden. Er hat das Glück in der Liebe erst finden müssen: deine Mutter und dich."

„Ich bin froh, dass meine Eltern wieder zueinander gefunden haben. An ihren Blicken, die sie einander manchmal zuwerfen, und an der Art, wie sie miteinander reden, merke ich, dass sie sich beide noch lieben. Und ich bin dankbar für all das, was sie für mich getan haben. Und dass ich studieren darf."

Anna strahlte Carmen an. „Und ich bin glücklich, Carmen, dass du meine Freundin bist."